摩石精舍

王少杰先生篆刻

韵事杂谈

张传伦 著

天津出版传媒集团
百花文艺出版社

图书在版编目（CIP）数据

韵事杂谈 / 张传伦著. -- 天津 : 百花文艺出版社, 2020.8
ISBN 978-7-5306-7919-7

Ⅰ. ①韵… Ⅱ. ①张… Ⅲ. ①散文集-中国-当代 Ⅳ. ①I267

中国版本图书馆 CIP 数据核字(2020)第 132652 号

韵事杂谈
YUNSHI ZATAN
张传伦 著

出 版 人: 薛印胜
责任编辑: 王 燕 徐 姗
整体设计: 郭亚红
出版发行: 百花文艺出版社
地址: 天津市和平区西康路 35 号 **邮编:** 300051
电话传真: +86-22-23332651（发行部）
+86-22-23332656（总编室）
+86-22-23332478（邮购部）
网址: http://www.baihuawenyi.com
印刷: 山东临沂新华印刷物流集团有限责任公司
开本: 880 毫米×1230 毫米 1/32
字数: 160 千字
印张: 8.5
版次: 2020 年 8 月第 1 版
印次: 2020 年 8 月第 1 次印刷
定价: 48.00元

如有印装质量问题，请与山东临沂新华印刷物流集团有限责任公司联系调换
地址:山东省临沂市高新技术产业开发区新华路 1 号
电话:(0539)2925659
邮编:276017

目录

正月纪行

正定篇

正定，龙兴之寺，万佛之都。隆兴寺是正定最大的古寺庙建筑群，隋之龙藏寺。唐时称龙兴寺，今名隆兴寺，不过百年。民国时梁思成考证正定古寺建筑之时，寺名仍称为龙兴寺。龙兴寺曾为好几个朝代的敕建皇家寺庙。

寺内有一棵数人合抱的大槐树，宋太祖赵匡胤做北周都检时，立此槐下，但见祥云缭绕，瑞鹤盘旋，以为大吉之兆，龙兴之征象，暗自发誓，一旦黄袍加身，必封此寺为皇家寺庙。于宋初经太祖敕重建，“铸四十二臂观音七十三尺金铜像，覆以大悲阁”。大悲阁今日尚存，观音安在，我佛慈恩，诸天雨花，众生欢喜。寺内还有好几座北宋佛殿楼阁。

正定，万佛之都，前人未有此说，由我首次提出，然却名副其实，毫无夸张之意。正定仅隆兴寺内一座明代佛殿内，即供奉佛像一千〇七十三尊，铜铸造像构思巧妙，造型奇特，形成“千佛绕毗卢”的格局，毗卢为梵文“毗卢遮那”的简称，意指“光明普照”，此铜铸毗卢佛为明代皇家敕建，为万历皇帝与其生母慈圣皇太后特旨御制，高六点四二米，三层四身相连，面向四方的坐式毗卢大佛的三层圆鼓形莲座上共雕饰一千尊小佛。

仅此一例，足资证明由我首倡正定为“万佛之都”，信为不虚。

与隆兴寺前称龙兴寺一样，正定地名，亦有变革。古称“真定”，清雍正时易为“正定”，为避世宗胤禛的名讳，可见皇帝的威权势力之大，胤禛的这个“禛”字是带示部偏旁的，也须避讳。“禛”本指吉祥，谓以真诚而受福佑。

雍正是有真学问的，开蒙即为国中学识最为渊博的师傅悉心传授，汉学功力能不深湛?!总不在翰林进士之下。雍正授意，易“真定”为“正定”，可证其文字训诂之严谨，切中《古今韵会举要》之旨：“真，正也。”

雍正书法中正端肃，极见功夫。玩古的眼光也在他的儿子乾隆之上。据古瓷专家说，雍正一朝的瓷器远比乾隆的高雅秀逸，我附议。只是好奇为避名讳，倘若真是发“真”音的字眼儿都要避讳，那麻烦可就大了，太乙真人，如何尊称？真假又当何辨？嗑瓜子好说，吃榛子，怎么说？当然了，这是题外话，回到正定。

我对于正定的印象历久而未磨灭，只因多年前读清人笔记，书名是什么忘了，看到一则有关正定大历寺所藏镇寺之宝——唐玄宗贵妃杨玉环手书小楷藏经，不禁心驰神迷。

邓之诚《骨董琐记》“杨贵妃写经”条记此事甚详：“真定大历寺有藏，虽小精巧，藏经皆唐宫人所书，经尾题名极可观。佛龛上有匣，藉匣古锦俨然。有开元赐藏经敕书，及会昌赐免拆殿敕书，有涂金匣藏经一卷，字体尤婉丽，其后题曰：‘善女人杨氏,为大唐皇帝李三郎书’”。

李三郎即唐玄宗李隆基。丰腴百媚的杨贵妃的书体该是何等模样？又当师法晋唐哪一位大家？

武则天的字,字帖上见过,一点不“媚娘”,笔画折冲间,气势雄奇,不让壮夫之笔。几万个汉字,都不够她用,率而自造,为其独用,创新了一个名字“曌”,音照,日月空明,这位中国历史上不可一世的女皇,傲屹千秋,空所依傍,“国”字也要自造一个“圀”,死后却要立“无字碑”,给后人留下无尽的联想空间。

杨贵妃,再贵不过一妃子,真正的尤物。原是玄宗皇子寿王的妃子,被壮年的公公一眼看上,儿媳一变,而为自个儿的媳妇。唐皇可以堂而皇之地这么干,后世赞美汉唐雄风的同时,又有“脏唐烂汉”之谓,对于至尊无上的皇帝而言,实在是小节,这真算不得什么的。

杨玉环真是应运而生,生在审美倾向崇尚女人丰乳肥臀的唐代。杨贵妃肉体丰满,富态的特征在玄宗面前充分展现出肉欲的诱惑,绝无赘肉的臃肿,曲线玲珑而风姿绰约。我格外感兴趣的是她玉腕灵运而成的那一册藏经,是否字如其人？一如满月般清华而丰润,或似一印弯月,俏丽而婉婷？

玄宗李隆基与贵妃杨玉环,倾国热恋之时,正值大唐开元盛世。正定的寺庙已然不止一座,最大的是龙兴寺,因何缘由贵妃的《心经》赐予了大历寺,贵妃是否来过大历寺？今日已很难考证精确。

戊戌正月初四上午,我来到隆兴寺。山门前矗立着一对被岁月剥蚀,尽现苍老而不减威赫气势的大石狮子。以我的鉴古眼光断其年份,至少是明代的。确切年份我一时难以判定,遂询问接待方安排的年轻女导游:“门口的这对石狮子,是什么年代的?”“清代的。”“我看年代还要早些。”女导游下面的回答,全不似她穿戴的体面,即使是这对石狮子确实是清代的,她的回答,也是真够令人不快的:“问我,告诉你了,你不信干吗问我。”我听后,尽量委婉地表达了我不能同意此女的回答,只是随她参观、听她讲解的心情,一下子没了。

我这人一向图自在,找清静,惹不起躲得起,兴致是不会受多大影响的。又问了几位寺内的工作人员,都说不清楚,石狮子旁也无文字介绍,究其何年代,是个疑问,想起胡适说的:做学问应于无疑处有疑,石狮子的年代存疑,我更要搞搞清楚,打通了承德避暑山庄博物馆韩馆长的手机向其求教……半小时后,韩馆长打来电话说:“问了当地有关人员,他们说究竟是宋还是清,没有定论。”挂了电话,我随即联想到杨贵妃小楷《心经》册页,是否还藏在寺内?打听的结果是,无人知晓有这本册页。

正定是座古城,东晋年代已建有佛教寺庙,将近两千年来,历经“五胡乱华”,十六国、南北朝、隋、唐、宋、元、明、清及近现代,宫殿盘郁,楼观飞惊,香火旺盛的时期居多,也不免战乱兵燹、自然灾害的破坏,寺内的文物更是难以避免被强抢暗盗的命运。周纪文先生告诉我说:如今世界上好几家著名的博物馆都藏有隆兴寺的文物。寺内现存的佛教文物差不多都是体量巨大、难以轻易搬动的大件。如明代铜铸双面佛,系明弘治六年铸造,一个大殿独为供奉此尊佛。双面佛面南者为西方极乐世界教主阿弥陀佛,双手做禅定印;面北者为东方琉璃世界教主药师佛，左手做禅定印，右手做慈悲印。此种形制的造像在汉传佛教寺院中极为少见。

隆兴寺中有一座慈氏阁，是宋代《营造法式》所记“永定柱”现存于世的唯一实物例证。与慈氏阁相距不远处有一座平面近似正方形的转轮藏阁，建筑结构采用大弯梁和移柱造、叉柱造的营造法，经过古建筑学家梁思成考证，赞为“木构建筑之杰作”。此阁，梁思成称为“转轮藏殿”，特色在于转轮藏。转轮藏之式创于南朝，是佛教寺院收藏佛经的书架，取佛教“法轮常转，自动不息”之意，自唐宋以来皆有造立。随着岁月流逝，保存下来的实物甚少，隆兴寺转藏殿内的宋代转轮藏是中国现存最古老、而且可以真正转动的佛经书架。转藏不同于看藏，看藏是指读经时天天读经，从头看到尾，一字不漏；而转藏则是读经文中每卷之初、中、后数行，仪轨甚是庄严笃敬。

建于殿下层中央之转轮藏，取法高古，构思严谨，技艺精湛。其为一八角形旋转书架，中有立轴，为藏旋转之中心。经屉以上，做成重檐状，下檐八角，上檐圆，下檐斗拱出双昂三下昂，上出椽及飞椽、角梁等等，一如《营造法式》之制，上檐出五杪重拱计心，其上不用椽头，仅用雁翅板，上装山华蕉叶，适为宋初原物无可怀疑。当年梁思成鉴识此转轮藏时，有一部分经屉已全毁。令我甚感欣慰的是，这几座北宋古建筑，得到了元、明、清和二十世纪五十年代的持久重修，才有今日基本完好的北宋建筑模样，未毁于“文化大革命”，更为幸事。

梁思成考证正定隆兴寺古建时，东晋、隋、唐的木质结构的建筑早已荡然无存，尚存隋代石制“龙藏寺碑”，屹立寺中千余年，素为金石书法家所珍爱。

正定半日游，对我来说最大的遗憾并不是未能一睹杨贵妃小楷藏经。此件册页最可称“物华天宝”，究其仍否存于天壤之间？茫然无知，这旷世之芳华、一缕之香魂或许早已在马嵬坡前玉殒香消……最大的遗憾是，行色匆匆，未及一访仍在寺内得到有效保护的隋代“龙藏寺碑”。此碑拓文，我少时即临摹数通，及长，深感此碑文字结体朴拙，冗繁削尽，方正有致，其为楷书，兼留隶意。清人杨守敬《平碑记》中点评：“细玩此碑，正平冲和处似永兴（虞世南），婉丽遒媚处似河南（褚遂良），亦无信本（欧阳询）险峭之态。”杨守敬所记，虽云切中肯綮，然却小有违和，有失时序。虞、褚、欧三公皆唐人，“龙藏寺碑”乃前朝隋代物，应说三公书格有似《龙藏寺碑》方称妥帖。

节日长假，向不出游，此番破例，良有所获。走马观花，又似蜻蜓点水，浮光掠影，已然神迷。容当择一清明朗日，隆兴重游，拜佛访碑，于此佛门净地，清修几日，一随大化流转，聆听天籁梵音……

石家庄篇

中国最大的庄是河北省省会石家庄，这当然是笑谈。中华人民共和国成立的前几年，河北省的省会是天津，天津地处河北省内，自然渊源很深。改革开放前，石家庄可谓棉纺之城，几个大的棉纺厂都是天津援建的，在全国很有名，职工也是由天津过去的。

二十世纪八十年代，我出差石家庄，一下火车，恍如还在天津。满大街的人几乎都说一口地道的天津话，市面上还有狗不理包子铺，当时的全国大城市，有狗不理包子铺开张的，恐怕只石家庄一市，显见得是为了一慰销了天津户籍、落户石家庄的天津人的思乡之情。我还特意品尝了一次，味道如何？实在不敢恭维。肉馅调水太多，汤包不是包汤，不敢再理。

我一向对军史深感兴趣，解放战争时期我军攻克石家庄的重大意义，令我记住了这里。石家庄战役是中国人民解放军由战略防御转入战略进攻后，攻克国民党坚固设防的大城市的首战，开创了解放战争时期，我军夺取敌人大城市的先例。

燕赵大地，历史的风云弥漫了几千年，留传了无数可歌可泣的故事。正月初四游正定，时间短促，未及去凭吊那位籍隶正定常山的三国时期的名将赵云。当年的一声断喝："吾乃常山赵子龙！"两千年后犹自铿锵回响在历史的长廊！

一九六八年，西汉皇家历史深垂的帷幕，于距石家庄不远的保定市郊满城被掀开了一角。施工人员无意间发现西汉中山靖王刘胜及王后窦绾的大墓，出土的金缕玉衣震惊世界，证实了古籍中所载金缕玉衣的真实存在。沈从文先生的先见之明也得到了印证，当时金缕玉衣只存在于文字记载中，沈先生发现了此前汉墓中有散落的小长方形玉片，即指出此物必为衣饰无疑。

当年中山靖王墓的发掘是在郭沫若的指导下进行的。出土的文物中，除了王、后的两件金缕玉衣，弥足珍贵的就是鎏金长信宫灯了。其后这三件宝物连同其他文物都珍藏在石家庄的河北博物院，牌匾是郭沫若写的，不称馆而称院，是沿袭他曾题北京故宫博物院例。河北博物院的牌匾一用至今，河北省乐于沿此旧制，不愿易名。

郭沫若的字有特色，老远一看就是郭体，“河北博物院”五个字中“物”字的写法，可谓自创，一般书家断乎不敢、不肯这样写。此字左“牛”右“勿”，非草体不得借笔，郭老霸气，不管这一套，虽是行楷，不客气地借了一笔。

戊戌正月纪行的第三站是石家庄，真是巧得很、巧得好，好极了！所住的国际饭店，隔着一条街是大广场，广场上最宏伟的建筑正是河北博物院。

不消几分钟，我就来到了广场，意外的惊喜是广场地面上有数不清的鸽子在觅食戏耍，这让我想起了和平。这和平年代的和平景象，自当珍惜，唯和平可养无限生机！这一群群的鸽子也真照顾我，我刚一想到这许多鸽子飞起来一定更好看，好像是我这想法便是指令一样，鸽子，一只只的鸽子拍打着翅膀，真的飞了起来，在我的头顶盘旋了好几圈，又纷纷降下，离我最近的鸽子仅一米远。这个现象了不起，说明石家庄人文明程度高，一直善待这些可爱的精灵，至少没有侵害它们。

鸟类是有记性的，一朝骚扰了它们，一辈子躲你远远的。人要想明白、活明白，鸟不需要人类，是人类需要鸟，如同大自然有无人类无所谓，人类离不开大自然。大自然于人类无所求，人类对大自然的索求，何尝有过一时一刻的停止；而大自然又是何等宽仁，人类不把她惹急了，她会隐忍；一旦她痛感贪婪的人类太过分了，她的报复之强烈，人类的力量是无法抵挡的。大自然的底线使她不会一味以德报怨。一个只会强调以德报怨的民族是怯弱的，一个雄强伟大的民族的正义报复，至少是加倍的。

西汉时代，不乏铁血英雄，中山靖王刘胜的事功、声名虽云远不及汉武帝，他的第十三代玄孙刘备绝对是东汉末世的大英雄，虽然王业不可以与西汉相埒，然其两千年来的知名度或可在汉武帝之上……我不禁神思绵邈，思古之情切，促使我快速办好了进馆参观的手续，荣幸地成为河北博物院第 2807341 位观众。

金缕玉衣和长信宫灯，保存品相之上好，超出了我的想象。刘胜鎏金玉枕的精美，更是出乎意料，隔着一层玻璃，如此近的距离，不由得人不赞叹两千年前汉家工匠精妙至极的构思、手艺。

长信宫灯之美，早有耳闻。赞美的话，我记之难忘的是说灯的设计很科学，灯的部件可以调节，利于变化光源。这个特点，不上手是感觉不到的，此灯今日乍一观之便觉与先前纸上印象不同。整器金光灿灿，鎏金层一定很厚，间杂时光造就的青铜器特有的红斑绿锈，斑驳得很苍润，陆离得很古韵，是很迷人的那一种宝贝，必须留下她的倩影，“此情可待成追忆”。

旅顺有个“罗振玉博物馆”

旅顺有个博物馆，二十世纪五十年代建立至今一直叫旅顺博物馆，实应叫“罗振玉博物馆”才对。馆藏青铜器、佛像、瓷器等三千多件，带刻字的殷商甲骨两千多片，难以计数的古籍包括一部分清宫档案，全部是罗振玉的收藏，粗略估计今日价值当在人民币几百亿之上。中华人民共和国成立后，是罚没的还是罗振玉家属捐献的，不得详知。一九四五年，日本战败投降后，苏军占领东北、解放军入关、内战开打，形势很乱。人们在一工厂车间发现一个大铁柜子，打开一看，全是楠木匣，里面安放着一片片的甲骨，都是罗振玉的藏品。谁也说不清这国宝是如何到了工厂的，当时的乱象可想而知。国学大师研究甲骨文，鼎鼎大名的是有“四堂”之谓的“雪堂”罗振玉、“观堂”王国维、“彦堂”董作宾、“鼎堂”郭沫若。最属“雪堂”于中国最古老的甲骨文字浸淫最深，只有他亲力收藏研究，亲炙了几千片不止，所书甲骨文楹贴条屏古秀苍润，比那三位好看得太多。落款有的署“叔言”，有的署“罗振玉”，真是钻研过古文字学的通人，一生过目的钟鼎彝樽、石刻碑拓既多且精，回馈在他的字上是醇厚、稳炼。

董存爵先生评点罗振玉的字“不是书法家夺目的美姿，而是饱学之士的雍容举止”。董先生看重他的行楷，道理在于“罗振玉的甲骨、金文、小篆、汉隶再好依然是在描摹古人的脚印”。罗振玉北京紫禁城行走的端谨步伐，随着宣统皇帝“履瑞”东北。他恪守忠臣之道，“定将捷足追圣迹”，愚忠得近乎迂腐，竟然真的相信日本人会帮助这一班末路君臣恢复大清。

“叔言”是罗振玉的字，“雪堂”之外他又号“贞松”，为的是不忘溥仪赐过他“贞心古松”匾额。晚年整理国故文稿，干脆题写“上虞罗氏贞松老人遗稿”，简直十足遗老气。日本人很是赏识罗振玉的才学，对他玩古的眼光格外认同，从他手里买走大量古董。罗振玉在大连开设“墨缘堂”古董店，大赚日本人的银圆。他毕竟是文而化之的大学问家，嗜古精深的博雅君子，水平够高的古物珍品，他无一日不精覃搜集。倘非如此，旅顺博物馆又岂能凭空而生出一座偌大宝山?！当然不容否认，几十年下来馆方也征集了一些文物，遗憾的是这其中有一两件赝品仍在赫然展出，鱼目混珠，不可长久存在，要请真专家把关鉴别。及见一硕大石刻佛像，我等一行一致的鉴定意见是新仿宋代的石雕新品，尚不够高仿水平。总之，后来入藏文物的总量及总的水平，难望罗氏项背。

旅顺博物馆的有关工作人员，不知是粗心还是水平有限，八成是二者兼而有之，把古代字画展柜中四条屏清人临书唐孙过庭《书谱》前后顺序都挂错，难免贻笑大方。还有一点顺便提出，如是全文照临《书谱》，或是大篇幅节临，四条屏显然不够写；如果这四条屏确定是失群的，现存之四条亦不应前后易位悬之展厅。罗振玉追随清代逊帝溥仪到东北任了伪职，隳志下水。我们无论怎样钦服他的学问、器识的渊深高明，都无法为他辩解而稍作缓颊。正是因为这个不可否认的历史问题，旅顺博物馆的一位领导与我等座谈时，提及罗振玉一语带过，不欲多言，可以理解。

旅顺博物馆的前身是日本人建的博物馆，实木大展柜高至四五米，前两年馆里申请下来了国家维护基金，重新装了玻璃，加了恒温恒湿装置，文物很安全，观之也安逸。博物馆占地甚是阔大，原来也是日本人所建植物园的园址，草木葱茏，最奇的是有好多棵大柏树，树桩斑驳如老龙鳞甲，枝叶浓绿氤氲，森然之气，望之神骨俱冷，一夕洗尽月余沽上暑热。归家半月后忆起大连旅顺三日游，记此千五百字，以志此行，用示不忘思古敬贤之至意。

静斋说斋号

寒舍的斋号挺多，用在不同的时期。

少时颜斋，喜闲雅野逸一类的，大有再多读几年书去做岩崖高士的志向，于是便起了个“放鹤楼”的斋号，正好配合我当时的鬻字生涯。时在二十世纪八十年代初，经济腾飞，东京某地地产价格之吓人，足以买下全世界。那时的日本，还多风雅之士，雅藏唐物，不似今日的日本青年好多都玩跑车玩女人去了。我的书法篆字不卖给八十年代的日本人，卖谁去，谁要啊?!

可我当时名不见经传，落款不宜落真姓名，自号“放少”，此便与“放鹤楼”桴鼓相应。一直很顺，过了好几年，一“毒舌友”太有才了，半开玩笑半发坏地讥讽我：“放少放少（放哨放哨），不如叫站岗。”说完他先自大笑起来，“下士闻道大笑，不笑不足以为道。”我懒得跟他说这个，更不会告诉他，我喜陆放翁，乃自号“放少”。“放少”连同“放鹤楼”从此闭关。

鹤，我依然喜欢，鹤立鸡群是自找别扭，但也没办法，让这高傲的鹤不脱离群众，低调装鸡，也装不像啊！不行就别凑合，道理上和不要跟不同层次的人吵架一样好懂。谁也阻挡不住鹤的飘逸，野鹤无粮天地宽，我改叫“逸鹤堂”了。又来事了，好友邹继东先生说：“我想号逸鹤草堂。”我一听要撞斋，赶紧说：“我早用上了，请董壮飞刻了章了。”坦白了说，是后来刻的，邹兄谦抑，不和我争。几天后，继东想了个更适合他的“逸佛草堂”，请启功先生题的匾。更妙的是，转眼二十多年过去了，仁兄继东佛心不改，繁华过眼，唯向莲台座前长明灯下，斋心礼佛甚恭，阿弥陀佛！

一时雅兴，用之不久的斋号有几个：“醉岩山房”“小东方未名斋”“习静斋”“爱吾庐”等等，印象犹深，差不多一半是请京津或海上名家赐题，另一半是购进的古人斋号。如“习静斋”是晚清南海康有为所书，“爱吾庐”的作者是清乾隆一朝的名臣钱南园，左都御史一身正气，一笔颜鲁公正楷更是写得铁骨铮铮。杨度的一幅堂阁名号有“文苑”二字，后面的一字是什么忘了。杨度民国时经周恩来发展为中共秘密党员，同时是杜月笙高揖的清客，一向吃得开兜得转，只是政治上幼稚无远见，他是洪宪劝进的大功臣，袁世凯看他最准，绝非经天纬地的王佐之才。袁氏弱了，杨度寓居上海。我的表弟周觉明是上海人，申江旧闻所知甚夥，喜欢上了这幅杨度的字。我几乎未加润让给了表弟，八成他也没留住。

二十世纪九十年代末，我又给自己想了一个斋号：“摩石精舍”。用之长远，一至于今，范曾先生乙亥赐题，当年刳楠制匾，连同手书仍旧双双悬于寒斋素壁之上。

“摩石精舍”与老当家张大千的“摩耶精舍”，只差一字。此斋名不牛都不行，举凡我认识的大名家差不多都给我题了，中小名家见状纷纷跟近，“摩石精舍”厥为天下名匾，洵为不虚。君若不信，大可一看都是何人所题：溥佐、慕凌飞、孙奇峰、龚望、张牧石、王世襄、启功、范曾、唐云来、董桥、何家英，尚有二三位大师题了不止一个。这一富余，有几张我就按当时的行情卖了，当然是用这银子换了古物，一文一厘未尝瞎造。

时任天津市书法家协会主席唐云来先生赐题斋号“摩石精舍”的日期最近，书法布局别开生面，长跋在四大字下面，仁兄边诵边写，许是念起了十年交情，竟亦生出了几分诗情，笔底漾出散朗高逸的墨韵，益见风雅：“传纶仁兄修学好古，爱石益甚，每有所获，必欣然忘食，藏之秘阁，终日摩挲，不知老之将至矣。吾见其痴，因题之。云来。”微吾书生传伦之微名的“伦”字唐先生写成了“纶”，于此愚弟实不宜为云来仁兄文过饰非，只好照抄。兄挥毫之际，弟正在侧右观摩，焉得不知写错了，未遑纠正，实则未想纠正，心下窃喜，原因有二：“纶”字雅具二音，切“观”音时，不意与三国周瑜“款曲周至”“雄姿英发，羽扇纶巾”相合。拜云公所赐“传纶”之妙处，实不让万世人伦之表之“伦”字也。还有一私因，当属私心一闪念，“大丈夫行不更名，坐不改姓”，有鉴于此，改日必须再讹唐先生一张上书“传伦”款的斋号，只是未必重写“摩石精舍”，想好了写什么再求不迟，只要唐先生雅兴一如既往就好。

董桥先生曾给与鲁迅先生风义在师友之间的书法大家台静农先生写过一篇文章，叫《台先生越写越生气》，说白了台先生也不是真生气。我要是写唐云来先生，至少题目上必须反其意而用之：“唐先生越写越高兴。”“传纶”款摩石精舍横幅法书，唐先生亲手钤印,引首章一盖就是一个碰头彩“丁酉大吉”！抬头见喜！同喜同喜！恭祝唐先生鸡年开心每一天！传伦这厢叩首了。

可气的是有人太有才,能把我仅有的一张王世襄先生写的“摩石精舍”糊弄走。济南的金刚说:“我也叫摩石精舍,这张王世襄归我,黄胄给我写过。”谁知道黄胄给他写过没有?他撂了几万块钱拿走了。范曾在济南索菲特酒店总统套房写给我的“知渐堂”,他见之喜极,走不动道儿了,必欲得之而后快。君子有成人之美,我也只能忍痛割爱了。其人出手亦甚大方,当时是二〇〇〇年,范先生的字从某种意义上衡量比今日贵多了。黄宾虹、溥心畬的三尺画两三万元即可买到,我一介寒士,饾饤小儒,偏喜收藏,动心又动款处着实不少,哪里抵挡得住大几万块的诱惑,索性连框子都送了。我这人一点儿不固执,银子揣怀里久了太热乎也闹心,遇到如意的古董玩器,掏出这阿堵物换了,岂不更爽快。

何家英写的“摩石精舍”我还富余一幅,不挑不拣都是四平尺横幅,哪位高士喜欢、银子又给得客气,拿走好商量。去留哪一张,难以取舍。今岁丁酉孟春,家英仁兄厚侃近作“摩石精舍”,论功力当在廿载旧题之上。旧作笔画虽在天津美院王体王颂余架构间,写不好便是下与白庚延,字形不古。我却钟情此幅上有我的名款,看着眼熟心热。何兄题书之时,我正整日陪他画当年年底(一九九八)参展香港的六十幅人物画,北京文雅堂杨兄广泰先生策展我协作(详情见旧文《何家英收藏的汉陶凫》),此一段美逾丹青的时光,恍如昨日。跋文虽算不上长题,但上款年款并皆佳妙，周详得很，我只好留下这幅旧作，唯愿家山不老，精舍常安春常在。

写至此，目光移至寒舍壁上挂悬溥佐老先生七言对联上的长圆形"春在堂"引首图章，配上八千岁富态清雅的行楷，实在是圆融吉祥，焕发满堂和气。晚清德清俞曲园读书写作的书斋也叫"春在堂"，是接待一班文友谈诗论文之所在，俞樾（曲园）三十岁时，在北京保和殿参加朝考，试题为"澹烟疏雨落花天"，俞樾以"花落春仍在"开篇，深得阅卷官曾国藩赏识，俞樾便以"春在"颜其斋，且将两百五十卷著作题为《春在堂全书》。

溥佐慕曲园高才，是雅借斯人堂号，化作自家的云林清阁？抑或是与先贤高义暗相契合？今人或未可知，然此佳话传之于世，即为茶资酒媒，前人风流今犹不及也。

"摩石精舍"，旺宅无疑，我不怕与人共享，同结善缘，共同富裕是好事。有人会说，大师们不要钱，白送你的，你倒拿去赚钱。请问：这世界有白来的东西吗？大师们是送了我不少字画，待我甚好，然我之所得绝非凭空而来，至少有时间、感情上的付出，况且本人从不干"唾沫粘家雀"的营生，只是在艺术上我主张要有"无鞍乘野马，赤手捉毒蛇"的胆气和魄力。

二〇一五年初，传伦冗务纷扰，"心遽体留"，翰墨因缘，间有不逮之虞。遂于是岁三月，蹋浮春风，排浪香江，过香港半山董桥先生书斋，进呈新作。先生阅后说："心还不静，六十岁就好了。"大师就是大师，看得真准啊，我适时拜求吾师赐一可求静心的文房斋号，好让我望之如人清凉境，须知静心之时大地即是蒲团。

但凡世间妙士拟起斋号，先用排除法，古今士人用过了，一般情况下，断不可用，尤是古贤的，崇拜得五体投地，非要沾溉点儿仙气，然也不可全盘套用，以免惹上不明休咎。禳解之法是前面加一“小”字，如人家叫了“吉庆堂”，你可以叫“小吉庆堂”，又礼貌又客气，“读书屋”之类的，甚至可以加上两个“小”字，“小小读书屋”，岂不谦和中更见雅致！

董师进书房，从书柜中抽出本清代线装书，里面专集古人斋室堂号，一查有这个静那个静的，倒不如单字一个“静”，愈显清静。于是我师赐“静斋”，我赶忙铺纸研墨，先写了个八分书体横幅的“静斋”，“斋”字拟张大千隶书笔意，竖写行楷款八行，由右至左：“写读求心静而已，书此付传伦养之。董桥羊年春日香岛半山。”钤朱文方形名章：董桥。长方引首章为：清香似旧时。董师审视了几眼，命我再自那一张虎皮旧宣上裁下一同样大小的尺幅，捉管以十足何绍基笔法写“静斋”二字，略大于八分书，竖题四行跋文，嘱意同上幅：“读书写作求心静而已，书此付传伦养心。董桥。”钤印同上幅。

我见桌上余一大一小两张纸头，复又叩求我师为我的一位北方女友赐一闺房雅号：“鸣鸾小筑”。我师糅以草隶笔法的这四字，因将“鸾”“筑”二字拉长，妍美中愈显潇散，引首书年款“丙申”，落“董桥”名款。略小些的那张虎皮宣，竖题：“静斋墨韵”，落“董桥题”三字款，钤方形龙纹“董桥”名章，此章大为讲究，五分仿儒二爷的那方据说非常灵验可避戾气的龙纹章，五分是自家祥和的田园布局，分朱布白又增了两分工稳。我看了又看，欢喜极了，“静斋墨韵”是要排上大用场的，用作由文雅堂策划、日本京都艺文书院出版的线装书法集《张传伦墨迹》一书的扉页。

“鸣鸾小筑”，我越看越舒服，女友不知咋的，大事小情令我越来越别扭，越想越来气，扣下没商量，藏之笥箧，就是不给了，借挂也不借。

我还等着过些日子，闲心大了，看好黄历，青山顶上建一竹屋小筑，好听鸟叫，“鸣鸾小筑”正好用上，不怕哪一天飞来一只能噪又能扑腾的金丝雀，一嘴叼跑了，只要大爷高兴，我乐意，麻雀偏作大鸾看！此处刚好用上震峰兄好说的一句俏皮话：“小二姐玩泥鳅，爱上了就是条龙。”再请张长庚刻一楠木小匾，悬之竹壁，屋里屋外的景致养眼又养心。

董师厚祝那两幅“静斋”，更须静心善养，藏之密室，我养它它也养我，不怕又来一位“金主”，谅他谦辞厚币也请不去。

文坛百忆，最忆是董桥

第一次拜访董桥，先生礼贤下士，接我的车停在香港半山公馆的楼下，先生迎上来问："是传伦吗？"字正腔圆的普通话亲切而熟悉。此前未识先生面先闻先生言，通过多次电话，先生的声音奇特之处在于无一丝港台人说普通话的口音，浑厚而清亮，好像隔着听筒说话的是年轻人，后来我问过"先生普通话何以说得这么标准"，原来董先生年轻时在英国广播电台工作过，"是英国人请北京人教的普通话"。

董先生给我的第一眼印象是恂恂儒者，身材之峭健，令我油然想起一句古诗"冗繁削尽留清瘦"，但绝非寻常书生模样，多年"位重才高、调清词雅"养成的名士派头，极清贵而蕴威权之势，然非让人望而生畏，而是敬而尊之的。曾闻先生一位下属言："黎老板进来，我们照样有说有笑，但见董社则鸦雀无声，唯伏案工作而已。"我解读这番话的意思，并非是有多怵畏先生，而是报社同人感先生之勤勉敬业，总领报社常务之外，又见每周日必赋琼章一篇予"苹果树下"，不忍过多懈怠而见愧于社长。我曾以久怀的钦敬之情，当面请益先生："您社务繁杂，每周还要固定时间写一篇长文，真不容易。”“现在好多了，过去是一周写五篇。”我惊愕，不只因先生几乎是每日一文，重要的是篇篇皆为传世经典，不禁连声赞叹“仙人仙笔、仙人仙笔”。

先生半生从文，三十年前先后任金庸《明报月刊》《读者文摘》中文版、《明报》总编辑，《苹果日报》社长。工作何其冗繁，能人尚且穷于应付，先生事无巨细，从容擘画，案无余牍。若止于此，亦不过职场寻常成功人士，益见先生腹笥充盈，郁勃之气，每每发之于文。声华行远，又远非一句“有井水处即颂董文”所能见先生大雅于万一。文化修养低俗之人必不读董文，董文正是与先生精神相契、彼此都抱着旧文化襟怀之士，如余英时先生一流大家，“都争着先读为快，这已成为我们多年来生活中一个特殊的情趣。我们都期待着越来越多的争读之乐”的。这是余英时先生二〇一四年四月十八日写于普林斯顿的《跋——为董桥先生荣休作》一文中的结尾数语。

董先生期许我“晚辈中你最懂我的文章”。我除了有几篇写董先生的文章见著于海内外报纸杂志，三年以来与先生往来或面觌或通信很少论及文章之道、修辞之法，非不愿而不忍也，先生缘工作之由，夜以继日身置字山词海，我若再以俗文冗章叨扰烦累先生，那是我不懂事了，所与谈皆字画、古玩等方方面面的趣闻雅事。四月七日上午我发电邮，传上一组前两天我用百年老楠料新近制成的文玩器物的照片，中午董先生回信说“照片收悉，慢慢看”。并知会我，新作“《听樵》星期天登了”。看到这里我未意识到，《听樵》也将是我在“苹果树下”的封笔之作。读完以下的信文，知先生“做到四月三十日正式退休，专栏不写，

‘苹果树下’也结束，以后跟报纸无牵无挂了，终于等到这一天，老板要我挂主席名义我也婉拒了，这样才能裸退。电邮邮址月底有了新的会告诉你”。读先生信后半小时我回复一封，略陈心意，语多祝福。

董先生退休是华文世界一大事，各方反响很大。余英时先生及时道出了大家的心声：“对于董桥先生毅然退出编务世界，我的第一个反应自然是惋惜，然一转念间，喜悦却取代了惋惜，因为从此可以源源不断地读到他的作品了。”

四月二十七日星期天“苹果树下”的文章“珍重”，只是董桥专栏的封笔之作，正如先生所言“今后只想补读没有读完的旧书，补写很想细写的故事，不赶死线，只随心兴”。“兴酣摇五岳，诗成泣鬼神”，宇宙万象尽涌笔底，无限空间无限创意，岁逢腾骧马年，梅柳欲渡江春，骅骝将开大道！“此去山青水绿，珍重千万。”吾师驰文纵意，乾坤巨卷良可待也！林青霞告别“树下”之作，开篇以八字两叠句“依依不舍依依不舍”尽抒惜别之情，自比“小草”，行文婉转却如小鸟依人。先生“珍重”之笔，笔笔可见圣哲之思诗仙之才，“珍重” 二字从此滋养无限生机，“珍重”所珍重者，格外之高标最是贴切老民国 “旧文化人的襟怀”，“珍重”是告别不老之作，“春树暮云，不尽依依”，先生写道：“我们几个同学在校门外的饭馆里喝掉十几瓶啤酒，蹒跚踏月回校园老榕树下高歌送别：‘长亭外，古道边，芳草碧连天。晚风拂柳笛声残，夕阳山外山。天之涯，地之角，知交半零落。一壶浊酒尽余欢，今宵别梦寒’。转眼五十年，故人故事匆匆零落，老榕树一向无恙，越发老了，校园改名叫榕园。《送别》是弘一法师李叔同填的词，原曲听说是美国约翰·奥德威谱的《梦见家和母亲》，老电影《早春二月》和林海音的《城南旧事》都用作插曲。世味似水，壮怀阑珊，终于连纸上这株苹果树也要还给牛顿了。树下岁月从来静好，感谢这些年绿荫里和我一起吃茶谈天的作者和读者，落英像梦，芳草多情，纵然没有长剑高楼的豪兴，客子光阴都在诗里字里消磨掉，偶尔几阵霏霏细雨，那是苹果开花结籽的消息。”

倚天长剑和生花妙笔都是上应星宿的，今日遥望南天最亮的那颗星，那一颗文曲星，定是吾师董桥。仙笔从来都绝妙，宋代陈与义简斋有句“客子光阴诗卷里，杏花消息雨声中”，董先生不假“杏花消息”，借得暮春三月润物无声的南天细雨，苹果悄然“开花结籽”，胜果争攀，自不待言。

“人生得一知己足矣”，当代名满天下的大师余英时、董桥两公互为仰重，沆瀣之契，依慕之私，文坛早传佳话。余英时先生不唯是历史学家，也是文章大家。两年前董桥出新书《董桥七十》，余公贺应古稀，展纸开笔即赋七首七绝，第七首后两句是抒情更是预祝董桥耋瑞之寿：“吾胸未尽吟诗兴，留待十年再濡毫。”诗成两年后，值董桥甲午三月退休，公岂无文以记之，遂振笔作《跋——为董桥兄荣休作》一文，“毫不迟疑地用‘知己’两个字来界定我们的关系”“开始当然只是编者和作者之间的交往。但很快我们便不约而同地发现，彼此在精神上十分投契”“精神相契并不只是我的一厢情愿。董桥兄为我的《中国文化史通释》写序说：我和余先生有缘做朋友，靠的也许竟是彼此都抱着旧文化人的襟怀”。至少有此同样襟怀的人方可称“知己”，鲁迅写给瞿秋白的联语:“人生得一知己足矣;斯世当以同怀视之”,虽曰感情真挚,更复伤心人别有怀抱,何似余董两公之清贵。

董先生古稀晋二,吾华之传统,弟子恭贺华诞,敬奉寿礼,然此亦不足以表达尊师敬贤之情。拟书一对寿联,怎奈诗笔生疏久矣,特请一向诗思敏捷、排律精严的振良兄玉成十二言嵌字长联:“笔端骋古稀,英华何止存爵里;树下添双岁,风景还须看董桥”。落款“振良恭撰,传伦敬书”。

董先生是我敬慕的老师亦为父执辈,我何敢谬托“知己”以自重。先生视我为艺林同好、藏友、文友,此略同于范师十翼先生。范董二师予我之恩,可谓天高地厚,称范董而非董范,未以姓氏笔画为序,只缘我师从范曾先生早于董桥先生,且范师序齿长董师四岁。范师几年前在三〇一医院做了很成功的手术,身体很快复原,社会活动还是减少了许多,很对,若是什么都参与,大师就没有个人生活了。我与范师数载未见,然无一日不在念中,关心殊甚,每思范师种种高义隆情,应如铜台高揭,汉水西流,岂止桃花千尺也。年来总有二三朋友见面询及我与范师仍复往来乎?我慎思而后曰:我与范公风义在师友之间。一九九八年至二〇〇二年,过从甚密,彼此深邀鉴赏,相聚相疏,尽皆自然。非传伦与范公有龃龉于其间,公顾我,我敬其相知;公疏我,我亦无伤。离合之迹不过“屐齿印苍苔”“小扣柴扉久不开”别有异趣,名公高门重入云端,仰之弥艰。

依知情好事者道来,范董二公予我之恩有二端最动人心:其一,范曾送张传伦的书画最多,可获大利。其二,董桥于文中最多写及的内地文人是张传伦，可获大名。一次范师赐画前告我，历代大师都有像你这样的小友。大师们拿我当晚辈看，尽提携后进、奖掖后生之意，行的是古圣贤之道。范曾干脆说明了："你有个人生活能力，送你画你不会卖。"范师，对不起了，我是真没少卖。范师先后送我六尺整纸大画两幅，一为《神猿献寿图》，一为《柏荫读骚图》，这两幅画十年前也都让我先后卖掉了。好在卖画所得，没有乱花，以新易古，买了古董字画。搞收藏有道行的真藏家差不多都是"老财迷"，我沽乡贤、收藏大家大总统徐世昌胞弟徐世章，收藏之富，仅以其家人二十世纪五十年代一举慷慨捐献各类古玩文物两千七百余件给天津市政府来看，虽不言富可敌国，许为"敌市"不为谀辞，天津市艺术博物馆即在徐氏厚赠基础上建立而成就大观。徐世章一生克勤克俭，生活朴素，布衣布衫，唯于收藏最具豪夺之势，舍得花大钱。且数十年如一日，终成近代大藏家，尤以雅藏历代名砚称雄海内。与之相比，清朝"十砚轩主"黄莘田的"砚田之耕"，顿觉瘠薄。

我性喜收藏，少即入此魔道，以嗜古深迷而论，可谓不让濠园，藏古所靡费，向来是有十块钱敢花十二块的主儿。当时的十二块钱不是虚数而是实额。天津三十年前的天宝路鬼市，华世奎的一副对联，卖主站在三轮车上吆喝着卖："哎，华世奎高台阶华家华士奎华七爷的对子，五块了五块了，下手晚了您了就得不着了。""哎"字还要拉长声。"喝大筐"的下，该"掏窝子"了，一三轮车的古字画，蹬着就走。路不平一颠，掉地上两幅，后面的行人看见喊了好几遍："掉了掉了，蹬三轮的掉东西了！"三轮上的这位爷头也不回，应了三个字：“不要了。”我算是这个时期入行的，十块钱真能买到好东西，所以多年来于生活上不舍乱花，少买双鞋，就能买个好托（古董台座），“财迷”得很，后来出过笑话，我老婆故意怄我说：“你就丢脸吧，这回丢到香港去了。”此前也闹过一次笑话，这几年总有朋友好心为我忽悠杂志社采访我，介绍我的收藏，我借机大谈收藏之道，话赶话说起了古今真正的收藏家都能为得到心爱的好东西卖房子卖地节衣缩食，“我就从不穿名牌服装。”说到这儿，两位采我的“编姐”相视一笑。我正纳闷儿，怕说错了什么，人家说：“张老师，您穿的这件衬衣是阿玛尼的，可是欧洲一线名牌。”我说：“不可能的，我不花这个钱的。”晚上老婆回家，我问衬衣是怎么回事，见我认真，老婆只好全盘托出：“知道你财迷，不舍得花钱买好衣服，我和儿子只好跟你说这件衬衣是五十块钱买的，怕你心疼。干脆全告诉你得了，直领西服和羊绒大衣也是阿玛尼的。”为了宽慰我，接着告诉我：“是在圣诞期间新加坡的专卖店打了五折买的，不打折也比国内店便宜多了。”待知道确实便宜了许多，我心稍安。

老婆所说香港丢脸一事是这样的：二〇一一年夏，我初次去香港拜访当代散文大师收藏大家董桥老师，转天一早师母要带我去专卖欧洲各国名牌的太古广场购物，说是来趟香港，怎么也要给你老婆买个名牌包包。我倒是想去看看不想花钱，这回不能怨我“财迷”，行前老婆大人明令：“别给我买东西，你不会买，买了我也不喜欢。”师母带我一间间看各个牌子的名包，遛了半个多小时，见我没收获，师母觉得没尽到地主之谊，又进了一间很有名的专卖店，说是什么什么牌的，当时我对名牌皮包大概只知有路易威登、爱马仕，处在不知 VERSACE 就是范思哲的水平上。我说：“这个牌子不怎么出名，大家都不知道。”当时是我不懂竟言大家都不懂，师母听着大概觉得太搞笑，实在忍不住，教了我一句：“大家都知道，就你不知道。”

董桥先生是当代散文大师、收藏大家，也是书格高逸的书法家。董先生的书法，硬笔软毫尽皆佳妙，钢笔可以写出毛笔的韵味，间架结构波折点画走的都是“笔阵图”的路数，使转承合提按顿挫，结字大小腴瘦都很讲究，符合墨书的标准。董桥书札我珍藏三幅，是先生写寄给我的，悉由钢笔书写，不见硬笔的单线条，一望而知不具深厚的软毫书法传统难奏此功。龙年先生电邮一幅藏书票，上以毛笔写录齐白石的一段画跋。这是我第一次拜观董桥的毛笔行草，果然了得，小小藏书票方寸之地“纵横争折”，气势不让中堂巨幅，运笔流畅，不似古稀翁叟所作，书坛虽多壮岁英年之笔，绝少见此清刚遒健之作。

先生书法大有家学渊源可寻，董老先生书名二十世纪三十年代誉满南洋，店家、华厅多请书匾。家塾科班，家大人教习少年董桥何绍基笔法，董桥“树下”文章也曾多篇提及书学何绍基。然观董先生法书取会蝯叟松透散淡之意，超逸灵秀或与倪鸿宝台静农一路书风风神兴集，以险寓正，奇倔沉郁，不慕倪书欹斜交错，诡异恣肆。江山板荡的鼎革之际，死国孤忠凝聚一腔幽愤，鸿宝挥毫势必风骨凌厉。而董桥书风沉静中蕴藉高华之气，不为官宦却见太平卿相的雍容，更具贤达若士之秀逸。台静农先生在台湾是董桥的师长辈，台习倪书而得倪之真髓，书名日盛而书债日增，经年累月穷于应付。董先生眼见台公不悦，写了篇文章，题目就叫《台先生越写越生气》。董先生不以书家自居，董先生亦不必以书家为荣，一如左宗棠不必以进士为荣。书法家的字不值钱，大文人的字才值钱，比如胡适、周家兄弟、董桥的字，今日董桥翰墨遥领天下文人书法之高标，艺高价昂，专业书坛大家庶可为让席。

董桥最佩服胡适之，胡先生的字依董桥看来有苏东坡的笔意，先生是很喜欢的。二〇一一年一月二十三日我曾在香港发表的五千字处女作《美食家与书法家》论及胡适的书法："胡适先生写字，向右斜下微带波折的那一捺捺得稍长、稍放。董桥先生说喜欢胡先生的字，还说此一捺：那是胡先生死板中透露的一点点豪情、一点点佻巧。胡先生写金钩的那一笔及董先生见赏的那一捺，是适之刻意丕显的率意，横画一笔，按笔疾努，韬然顿收，更有法度可寻，乍一看有些像苏子瞻。竖钩右捺，定睛细细一观，却是二分像写行楷，好伸长腿的黄庭坚，八分是现代硬笔书法的模样，毛笔的软毫能写出硬笔书法的功夫，此功虽不可小觑，然以古应新、以高就低，似乎让人不得不生出一点点点金为铁的遗憾，倒挂的不太划算。"

以此逻辑分析，董桥钢笔写出毛笔的韵味，无疑是点铁为金了。我奇怪至今犹自不解的是董桥于当代文人中最具民国大师范儿，先生青年时有幸在台湾见过不少的民国大师，最喜胡适先生，为何与之书法旨趣殊非若此？先生文章中最多点赞胡先生，说胡先生风采照人，多大的场面都镇得住，以前写的不多说了，最近董先生在文章中还以董文独具的笔调写："胡适之终究是胡适之：渊博而执着，温煦而刚毅，诚挚而挑剔。我在台湾读书头几年胡先生健在，报上常常看到他的消息，偶尔光临学院讲学，风采潇洒，月明星稀，一笑一嗔皆文章。那些年老民国的新文士旧鸿儒都在台湾，叶公超、梁实秋、蒋梦麟、董作宾、台静农、庄慕陵、俞大纲都在，苏雪林说起旧人旧事悲欣交集，眼神里山川风物越飘越远越牵念。”

董先生文心的芳址与民国诸大师人文坐标的距离不因“旧岁月旧人物一片凋零”而渐行渐远，反而愈加贴近，举止言谈的风度都很像，并非邯郸学步刻意模仿，实是大师们的品格习性蔼然暗合。比如说董先生待客伴友大多迎来不送往，为何如此呢？请看梁实秋先生的《送行》，约略可知大师们的温善：“我不愿送人，亦不愿人送我。对于自己真正舍不得离开的人，离别的那一刹那像是开刀，所以离别的苦痛最好避免。一个朋友说：‘你走，我不送你；你来，无论多大风多大雨，我要去接你。’我最赏识那种心情。”

董桥香港半山公馆客厅的木地板打理得一尘不染，先生足蹬革履从不着拖鞋，此亦胡氏遗风所被。胡适不论登堂何处从不换鞋，我特别喜欢胡先生的一张照片，先生面带微笑，一袭长衫三接头皮鞋，将身仰倒床上，仿佛一幅近代版的《东床坦腹图》。窃以为题跋古诗二句移为像赞最妙：“一种风流吾最爱，六朝人物晚唐诗。”

二〇一二年一月董桥满七十岁，知交胡洪侠从先生几十年来写的一千八百多篇文章选了七十篇编出一部《董桥七十》，香港版由牛津大学出版社出版，大陆版由北京海豚出版社出版。

香港牛津一九九八年至今出版了董桥文集十几二十种，总编林道群还为董桥重出旧书庆旦，重编重印了二〇〇〇年远流版《英华沉浮录》，装潢典雅不输大英古籍。翌年六月海豚出版社再版了六本一套的《英华沉浮录》，书籍封面封底装帧仿牛津版式，妙在用了一种质感光泽极似真丝的特种纸，网购打折后全套只卖一百几十元，买牛津版的刚够买一本。隶字书名《英华沉浮录》少见地由董桥先生自署，我喜欢，买了好几套分送几路文友学习。

先生所题五字隶书别有高致，似北碑又若西晋东汉士夫用笔，要在笔端多骨而丰筋。昔卫夫人《笔阵图》开篇明义："夫三端之妙，莫先乎用笔；六艺之奥，莫重乎银钩。"三端者，曰文士笔端、武士锋端、辩士舌端，尤以笔端之功至绝，搦一寸颖毫书于蚕茧鱼卵，然"点画波撇屈曲，皆须尽一身之力而送之"。养成笔力可扛鼎，观吾师《英华沉浮录》五字题耑，毋庸它论，唯特多笔力耳！"善笔力者多骨，不善笔力者多肉。多骨微肉者谓之筋书，多肉微骨者谓之墨猪……"清乾嘉时，刘石庵、王文治书法称道于世，各擞家法，时人有谓"浓墨状元、淡墨探花"。实自源头探知，浓墨大不如淡墨，石庵"多肉微骨"之书久为方家讥为"墨猪"。可笑今日浅学者仍以"墨猪"为尚，殊不知此"墨猪"非彼"墨猪"，彼"墨猪"（刘石庵）难入神逸之品亦复有品，自非"无力无筋者"流，不可与"时下忙于应酬开会，收红包，信笔涂鸦鬼画符的书法家"同日而语。

我在董公馆的客厅里和先生聊天，喝六安瓜片，看字画，说文玩。说起黄苗子，相与谈及的当然不是由章诒和爆猛料的"告密者”的黄苗子，感兴趣的是他的用笔多参伊秉绶，隶书颇有些名气。王世襄著作的题耑都请他写，先生也跟二位方家是熟人。聊至兴处先生问我：“你看黄先生的隶书如何？”我稍加沉吟答曰：“苗子隶书习伊，远不如他的老当家黄葆钺。苗子到老写不好隶书的那一横，起笔无病收则必方头破字。罗振玉的甲骨文写来也有这个毛病，此一横，唐人称‘努’，力道最难拿捏，包世臣说他用十年之功写好一横，也非逊辞。”董先生仁厚，听我这般说来，未置可否，连声说：“是呀是呀，黄葆钺是写得好。”接着谈起世人宝爱伊秉授的隶书，“隶至伊秉绶”，伊秉绶够得上古往今来集隶法之大成者，隶书成就最高，好处可由四字概言：“典丽华滋。”

清中期以降，隶书习学伊秉绶的书家代不乏人，其子伊念曾似乎也未尽得家法真传，搭个乃父隶书的空架子而已，内敛的元气无多，搔不到痒处的。稍晚些的那一位清末民初的书画篆刻家黄葆钺与伊秉绶同郡，福建人，精汉隶，取法伊秉绶而能得其三昧，久寓上海，民元后与王福厂、马公愚齐名号“海上三老”。葆钺富收藏精审鉴，又与姚虞琴、吴湖帆、张大壮并称“沪滨四慧眼”。此一时期天津四大书家“华严孟赵”蜚声沽上，孟广慧擅仿伊秉绶楹帖，坊间难辨真伪，实与真鼎相距之远不可以道里计，较之黄葆钺犹自气差不止一口。伊秉绶能拓汉隶而大之，愈大愈壮，赖其遥承汉隶真传之外，更其有得天独厚之利。伊秉绶改良毛笔，以七闽古地特产一种蒲草杂糅紫毫而成，以“伊笔”书“伊书”，才始成就其独步古今的壮硕书风。葆钺虽隶闽籍，恐不知有此神奇之草，不敷工用，遂致黄书欲大而不逮，难图秉绶神完气沛、墨沈淋漓之化境。

董先生“筋书”劲节，骨气亦存，隶书与秉绶遒丽妍媚的书格卓然不同，意笔纵逸便是郑谷口，不得下与杨岘山。黄苗子则不必再说了。

董桥先生“养字”的奥妙

董桥先生二〇一四年五月一日荣休，退出编务世界。“从来书家重文士”，这位书家一定是真文士，只有真文士的字方可称文人字。字以人贵，与此相比，书法家的字反倒不值钱，不是因为写得不好。往远处点儿的宋代说开来，“苏黄米蔡”四大家，苏东坡只因是宋代第一名士，名声大得，更是好得不得了，所以名正言顺地排在首位。若仅以书法成就高低而论，蔡襄之后再排多些名次，恐怕也排不上苏东坡的“石压蛤蟆体”，黄山谷当真看不上？幽默也好调侃也罢，都无法否认那是文人字的极品。东坡在朝为官，奸臣宵小多方排挤。东坡胸次纵然高旷，心情压抑心结憋屈，反映在字上，意违其势必屈。米南宫的字人曰“风樯阵马”，苏东坡的字我谓“云垂偃甲”。亘耐诗文有“俊逸人中龙”的神采飞扬，书法却无“开张天岸马”的豪迈气势。苏东坡一生没有痛快淋漓地抓笔写大字，虽然佛缘善结，终是婉拒了佛门高僧求赐匾额“法乳”的美意。后世好书者，无不欲一睹苏东坡大字之朗姿。苏东坡确无大字法书留传，亦不必遗憾。两晋之书向无大字，书史朗然可证，倘有见者，必为赝品无疑。

“苏黄米蔡”的“蔡”，最初是权奸蔡京。正邪同冰炭，所以然之故，必须拿下蔡京，换上蔡襄。蔡襄是北宋书坛一代名手，名声也还好，仅靠这两点尚不足以位埒宋四家，实是沾了蔡姓的光，人们先入为主，“苏黄米蔡”叫顺了口，其人若是张襄、王襄、什么襄的，比蔡襄写得再好也不灵。蔡京的字不得不提，真是写得好，跟他的奸狡可成正比。邪恶有道书亦有法，其人可诛，其书可存。这厮的字，说得上是“字势雄健，痛快沉着”。近日，我重读《宋代书札选萃》，其中蔡京的行草《晚刻札》，又一次震动了我。我反思：一个龌龊阴谋家的字，何以妍美而堂皇？尺幅之中气息何以如此雄阔？字里行间气场何以如此强大？又有谁能回答我呢？从此我不再深信“正字先正人”的权威说教。老几代的人都信，爱说此理，其实多半是为了培养晚辈纯真的正气而已。

董桥先生在荣休半年多后的二〇一四年十二月，在香港发表了题目为《养字》的五千字长文。开头由何绍基写起，句式是钱岚先生问，董桥答。“何绍基临了多少年？”“高小到初三。”“喜欢他的字吗？”“喜欢。”钱岚是董桥的前辈师长，喜欢何绍基书法的老行家，董桥多年前在钱府看过钱老师的收藏：“书房里那几件何绍基真迹真好，早岁作品圆润流美，温文沉实，晚年作品纵横恣肆，老而激荡……”再听钱老师对何书的点评也周详得颇为老到，说到最后两句很严肃很正经：“官品出自人品，人品决定书品！”太绝对了，若言可信亦乎不可尽信。不如前面说得好：“子贞（何绍基）书艺最是性情际遇的流露，笔下缺陷之美也许正是通篇如歌如诉的关键。”

董桥先生父子两代人都习何绍基，董老先生是名扬海外的书法家，燕室华堂多以高悬其匾为荣。半个多世纪过去了，当年于右任馈赠董老先生的五言对联“风雨一杯酒；江山万里心”“描出剑胆沁出琴心的绝品”，仍然挂在董氏老家粉白的墙上，依旧泛起岁月的古色。董桥从小熟悉于右任，看着他的草书长大，深感于老院长的字很难学到家，“老先生的字每一笔都勾勒了他一生做人的松筠之节，学得了他的形体学不了他的神髓”。如之奈何？不学也罢，少年董桥真的从此不碰于右任。

董老先生推崇何绍基，写何绍基有出蓝之誉。董桥父执辈的张作梅先生韶颂最妙：“一手何绍基比何绍基清贵，何绍基宦海沉浮，笔下一股湖海气，而董老先生一生淡泊，字里散发规整的庭园氛围。”写古人字能写出自家字里的性情，是翰墨搦管生涯最好的结局。晚近以来，董老先生毕竟是最懂何绍基的海外士人，识透了子贞笔意取法乎上，“上溯周秦两汉篆隶，下至六朝南北名碑，追究起来底子还是颜真卿，到老摆脱不掉”。颜鲁公（真卿）够高古，用情笔墨摆脱不掉颜鲁公，也许是何绍基书运的命数所系，同为清刚忠正之士，气息都不弱。清末在苏州，何绍基过访能臣丁日昌，丁日昌和诗以“龙虎”“皮骨”诩赞何绍基的书法，分明是看出了何太史字里蕴藉的雄强风骨：“花下贻我青琅编，笔势恍若明堂椽。又如龙虎互钩连，皮骨苍莽色味妍。”

董桥先生“小时候真的先练颜体再练何体，苦苦揣摩圆笔中锋，篆籀入行，以圆代方”，这正是子贞书法用笔的奥妙。此乃家法真传，若非真识且复亲炙者，断乎不能出此方家之言。读《养字》之前，董先生书法我领略居多的是硬笔书法，还有一两幅笔参倪元璐、台静农一路笔韵的毛笔行草，硬笔书法的风采也似倪台一格。软毫细笔小行楷，写在上海“朵云轩”限量版的套色水印小笺上，偶一观之，令我想起明四家中传统功力最深、大耋之年尚能每日作小端楷千字文一通的文征明。董桥的小行楷衡之衡山（征明）小楷犹不及其一半大小，功力之深难度之大，虽曰真识者自必知晓，犹当吟诵以歌行：“今见董夫子，声华动书林。一以敦彝伦，一以激颓靡。我昨瞻华章，精微至广大。笺纸已然够精小，裁量更精当。差强半幅书，书于什掌中，一气呵成十数行，行气醉流霞。凝眸细顾如珠翠，袖里奇珍光五岳。矧董桥诸书体可珍可贵可喜可传，虑其忘，故咏以诗，虑未详，故又足以记。”

当代书家倘有二三子，乌丝栏里蹈袭自在，可以能手视之。董桥先生则是在“螺蛳壳里做道场”，邃密法程，旗旐独树。风格卓荦之处，略见倪何端倪。尽抒一己情怀，多感故人缱绻之意，重赋民国大师的翰墨旧章，遥承晋唐法乳的真髓之所。难脱“右军老子习气”，唯此习气，实乃书坛正气耳。“墨守成规”是成语，于书法一艺更是千古不易之成法。八百年前，实为大宋第一书家的米芾，宋徽宗诏此南宫（米芾）先生进殿，设御制屏风请他来“刷”字。芾解衣磅礴，作草作狂，须臾刷成“周制诰”，掷笔大呼：“一扫二王恶札，耀我大宋皇明。”

属他这一把“振迅天真”格外厉害，然而，米芾书艺终是难脱二王窠臼，“从这里来又能到哪里去呢？”只是米芾的字里行间洋溢着只属于他的风发才情，一不小心，人们往往忽略了其书幽隐于烟岚深处的二王根基。明代李日华《味水轩日记》卷二，记万历三十八年十二月四日李日华携子亨儿过访高如晦，得观米芾大字《天马赋》。回府后当日记米书高逸，然则实出入于晋唐，非但袭羲献，亦于褚遂良颜真卿多有借鉴，“《天马赋》字径三寸，雄逸震荡，笔无定姿，大略妍媚则剽褚之腴，沈耸则峙颜之骨，而一出一入，法度森然，则山阴父子(王羲之王献之父子)的派也”。

董桥先生曾在多篇文章中谈及学书何绍基，书作先前我没见过，私心揣度，以为只是董先生幼即随父学何绍基，绾下子贞情结，半生不愿割舍，故而情愿如此说。抑或是一例民国大师们的书画落款，拟宋人、拟元人、拟明人笔意云云，若不细观，以为独灿高标的其实是自家家法。直到二〇一四年下半年，承蒙先生厚贶一对笔参何绍基的七言小楹帖，隽录陈简斋的名句，方知董先生于何书下过大功夫。上下联十四字连上下款八字极见子贞的青琅妙韵，拂尽蝯叟的“老而激荡”，笺纸是“文雅堂”特制淡绿色团光加西周青铜鸟纹围栏的小幅佳宣，半亩疏篱的旧家山，恰好容下“客子光阴诗卷里，杏花消息雨声中”的怡人淡雅。

董桥先生的文学成就、大师名气较之民国诸老，未遑多让，当非谀辞。正因是一流人物，多年来董先生雅藏弘一法师、周作人、俞平伯、胡适之、沈尹默、茅盾、老舍、沈从文、钱穆、台静农等文人大师的墨宝，这是董先生在《养字》一文中透露的。读至这个章节，最令我感佩的是这一句：“文人字迷人处从来是名气不是书法。”此语之高贵在于董先生是在介绍自己归休后练字的心得。依董先生的儒雅谦和兼具英国绅士的风度，自然不会让读者以为是民国文人字迷人处只是名气罢了。董先生客气了，恰恰是董字不可贸然仅以文人字视之，世人看出了董字里有基功有法度，字里的学问修养又得益于先生数十年收藏明清法书养成玄鉴精微的眼力。自古世间书家眼高手低者有之，断无眼低手高者存焉，此语不足为竖子道也。

董桥先生品味高雅，笔下清新脱俗，落墨立见雅趣，“桥丝”甚众。然先生与古之高士意气相投，不欲称书家，实则大文人，鲜有不通书道者，世人皆以大书家尊而敬之，甚是有理，位高而价昂，更该如此。“中国文人片纸只字近年拍卖场上红火不奇怪”，唯叹竞者竞心踊跃，又有几人寻得到那几缕杳渺的沉香？旧派文人名士的流风余韵，数十载春秋寒暑的书香熏染，世纪坛上，董桥先生这一炉奇南真火才馨香深蔚。文气斐然的董字一出，愈出愈奇，是古老书林文人字的最后一抹余晖，是晚霞也是晨曦！董桥之前，我们不敢做此豪迈的宣言，妙悟者宜其善参此语。

“难得糊涂”的郑板桥许多时候是难免糊涂，半生卖字鬻画，想不开时也不开心。他给家人写信说：“写字作画是雅事，亦是俗事。”道人固是风雅，然骨子里对此未必存有多少雅念，下面已然写得明白：“大丈夫不能立功天地，字养生民，而以区区笔墨共人玩好，非俗事而何？”板桥先生认定写字作画是俗事，不是说着玩儿的。他真的请人刻了一枚闲章，就叫“俗事”，很有几幅字画上的款字之下或押角处，被他堂而皇之地敲上这一枚“俗事”二字阳文闲章。

贤者不忍轻易言人糊涂，董桥先生《养字》一文，引板桥数语，解“养字”之奥妙，“画家卖画，书家卖字，俗事中之大雅事，何罪之有？郑板桥这几句议论倒是矫情了。说穿了我只是积习难除，爱写字，爱练字，爱习字。字是要养的，要天天往笔下的字灌输养分，爱心呵护，字才会写得好。我是这样养字的。老了还要靠字养我。”

人养字字亦养人，滋养的是胸中清气；颐养的是天和人寿。养字真是养生撙节的灵药。

时下，董桥先生潜心半山书斋，书兴正浓，香港“连日严寒，闭门练字，吴梅村《圆圆曲》，长诗都抄了两遍，呵冻最是有用”。数年来董先生惠传短信，篇篇犹如盛唐名家尺牍，一字之选，“诗眼”一般精练。前两日，我发一短信，乃因董先生先前收我层层捆扎牢实的快递，拆包太费事，颇有些不厌其烦，这回我在短信里，很想谐谑一番：“先生，昨日快递一包裹，因怕损坏，包装严紧，劳神拆装，抱歉抱歉！权当给美人脱衣，定然不累。”先生回信说：“拆装自当遵照尊意，细心为美人宽衣。”我写给美人“脱衣”，虽曰戏言，不意稍涉偎弄之畛，恐是难登大雅之堂。董先生云“宽衣”，风人之旨温柔敦厚，尚德尚言，大有分寸。雅俗浑不欲细分高低，正所谓“君在黄鹤楼，我在白鹭洲”也。

文章不怕高见里透露些偏见，而儒雅中夹穿些孟浪，或许才见真趣。文章之道说白了难在难逃世情之因，“世事洞明皆学问，人情练达即文章”，说说容易，不具“庾信文章老更成”的资历，终归写不出微妙的世况、羼杂的世味，很难品啜人生的三昧。家长里短，说三道四，讲某人精明，实是暗指其说话办事有失厚道。董先生《养字》结尾的一大段文字，着墨多在钱夫人。钱先生去世两年后，钱府“静园那批书法藏品卖掉了十多件，价钱不低，钱夫人说不再卖了，搁一搁来日市价也许还要高。学长说“这位师母向来精明……”真是够精明的，卖了高价，犹嫌不足，奇货可居，有商人的头脑。在此关节处，但见董先生椽笔一挥，峰回路转，“老师泉下可以安心。”由此一句警策妙语兜底，兜得严实，既见“养成笔力可扛鼎”的霸才功夫，力道更在恕道中。读到这一句，人们倒要为钱夫人的“精明”多点几个赞。

四十多年前，董桥“陪钱师母在旅馆门口等车，师母开玩笑学着钱先生的声调重说钱先生那天问我的话：‘何绍基临了多少年？’我说‘高小到初三。’师母下一句是：‘喜欢他的字吗？’说完她双手捂着嘴巴大笑。天冷，有雨，上了计程车师母摇开玻璃窗说：‘来静园看我！’我至今没去。也快五十年了。”

董桥先生临书何绍基不止五十年，书格越发高逸，雅人深致，书品越发考究，非佳楮雅笺不乐，诗笺用的是“朵云轩”限量版的水印套色小笺纸，见董先生赏其典雅清爽，上海友人送了几盒供先生挥洒。香港“钟氏艺术”的掌门人钟志森先生知董桥先生多年深慕旧王孙溥心畬“寒玉堂”特制描花浅红团光淡蓝围栏的小楹帖，找到“朵云轩”照样仿制，刳梨木以制佳版，据说适合制水印木版的杜梨良材，如今一木难求，能用上的最多可印五百张，多则木纹散花，生怕伤了雅韵，也恐让儒二爷（溥心畬）泉下有知，笑话不成。笺面最好撒真金箔，雨金、斑金两无不可，最宜搦紫毫、朵玄云。印不多，稀少，是好事，印足五百张劈版弗绩，那是古人的做派了，能否照搬传统饾版拱花套色水印古法？不敢苛求。董桥先生听了，说全要。

董桥先生敬书朱砂笔佛号

我在香港来去来回，住了两晚三天，行色匆匆，事情办得还顺利，算是有条不紊。年纪大了是好事，阅历丰富了，便会看穿了许多以前的不明白。时不我待，“流光容易把人抛”。但也不必伤叹太过，因为同时抛下了更多的人生不如意的纠结，今后的日子只管激浊扬清。只要有一点儿不喜欢的人和事，一概不见、不办。非我牛气，实在是见好人、办好事的时间都不富裕，再加上在我眼里的好人都是清贵之人，绝对比我高明得太多太多，见一面，说上几句话都是我的福气，福缘善庆，须记之以文字，传之于后世，借以彰显尊贤敬德，弘扬正气之至意。

这次飞来香港做什么？主要是拜访董桥师，还有尊兄陈永杰先生、老友钟志森先生。按理说我与永杰也算是老朋友了，数年内数次见面，他在香港半山之上名副其实的豪宅，董师两次带我去过，说人家的房子，这么啰唆干甚？原是因为在寸土寸金的香港，一百五十平方米的房子就是豪宅，陈兄的房子少说也有一千五百平方米。难得的是陈兄乃大藏家、大富豪中的风雅之士，公推为“敏求精舍”的主席。

观永杰风度，似民国年间的学者、教授，每逢觌面，推谈甚惬，吐属清雅。贵在从尊兄口中，从未说出一个“钱”字，想必在他心中，钱真是阿堵物，提它作甚？不唯伤雅更亦伤神，陈先生懒得说，那我们见了面，说甚呢？尽言雅藏之乐趣、美食之享受。

十月十一日上午十时，我在荷里活道志森店中闲聊尽兴后，去附近的参茸店买几斤南美刺参。这参发胀硕大，口感又好，逐渐被越来越多的食客看好，不是甚好事，价格越来越贵，往年卖七八百港币一斤，今年一千三百元，还价时还费了些口舌。皆因家母爱吃，贵就贵呗。在另一个店里买了两块金华火腿，两斤鸭肫干。别的都不买了，站在路边愣了好半天神儿，才好意思联系一下永杰先生，怕他太忙，不忍叨扰，打个电话问候一句是礼貌。陈先生说四十五分钟后去麦当劳道一号去接我。

中午在港湾一号的君悦酒店中餐厅用餐，菜点样样好吃。一道姜汁芥蓝最见大厨功力，做法又极简单，我能猜出八九不离十：芥蓝整棵烫熟，浇上调和好的盐水姜汁，不见一丝油腥，爽口，手指粗的芥蓝很容易一口咬断，很嫩。广东的菜蔬生长周期短，回津后照方操练，买来的芥蓝兴许是北方大棚生产的，细如筷子，一吃连着菜筋，像是王景愚吃鸡。

粤菜非得在粤港吃不可，大排档的味儿最正。陈先生说：“你下次来，提前打电话，带你去吃渔家海鲜，以前是要划着舢板去的。”我闻之欣然。我最喜欢吃带着海水味道的海产，“让海风吹拂了五千年”，但愿维多利亚海湾的海水未遭污染。去吃时一定做好空清肠胃的准备工作，美食最喜欢一副饥饿的胃口。只是至少要等个一年半载，我一点儿不着急，先吃别的。

再过几天的十七日至二十日，我会在上海滩尽享海派淮扬大餐，表弟周纪文盛邀我出席十八日在嘉定百年老宅沈家祠堂举办的“一席江南”蟹宴，为此宴整整准备了十四个月。更令我兴奋的是，允我可请上二三师友，董桥师无意去，永杰忙无暇去，我邀了我们共同的朋友乔皓，他说一定去。我一想永杰此番不能成行，我只好邀他拨冗去津，也好看看寒宅小藏：“来时只要乔兄在京津，我一定请他来陪您，我们一起去花和吃日餐。”永杰先生说：“有空一定去。”

永杰下面说的一番话，令我心生感动：“刚才我在三联书店，买了一本你的《张传伦说供石》，过一会儿，你就来电话了，真是有缘啊。”“是哈，真是有缘，我这本书是去年荣宝斋再版的修订本。没想到，香港也有卖。”此事说来有趣，我与陈先生二载暌违，虽云常在念中，电话都没打过一个，到港后发生的情况，绝非巧合，不亦深缘者乎！

我一高兴，便许诺道：“回津后，就寄一本我的新著《中国磬史》给你看。”说老实话，这部《中国磬史》我早立原则，只送长辈，永杰例外了，缘分啊！好在永杰也是读书人，当速快递，奉兄一粲。都送，我是真送不起，两百几十元一本，谁真看着有用，花钱买吧，此书获得了国家出版基金的支持，按规定不准定价过高。其实八开精装本，二十万字，将近三百张全彩图片，打折买一百六七十元可买下，也真不算贵。

用餐后，我与永杰合影，照出了友好的样子。窗外的海景原本好看，海边正在施工，高耸的吊塔，凌乱的工地，小煞风景，海湾风采颓然，不足畅观。如同当代山水画中出现了电线杆子、拖拉机,写实不假,却破了山河的清幽静谧,难免伤雅。

雅逸无双的国士,董桥先生是其人。收藏毕竟是雅道,去年董师去台湾,昔年的一位学生不仅成了大富商,且为收藏鉴赏大家,奉敬先生一幅弘一法师的墨宝,是我迄今为止所见弘一法书中最具禅意、书写最为精美的佛号巨迹,董先生也是视若拱璧般,悬供于客厅正面墙上。

二〇一六年我有幸拜观,弘一用朱砂笔写篆书“南无阿弥陀佛”,右边墨笔题写偈语“若得见于佛,除灭一切苦”。左边墨笔题写“能入诸如来,大智之境界”。再于右左两边用墨笔跋文落款“大方广佛华严经入法界品。岁次大辰九月华严寺沙门胜幢”。钤“弘一”朱文章。弘一朱笔佛号,由董师照样临书一幅,最见佛缘与慧心。

返津后,我思索多日,设计出一款朱丝格带绿花围栏的笺纸,利于董师书写工整端谨,安排稳妥。十月十八日下午吉时吉刻,我恭呈此笺,拜求朱笔佛号。董师素慕弘一大师的大德高节,亦觉此笺,益于敬书、恭临我佛佛号、大师手泽,善结佛缘,雅聚翰墨。董师应允传伦所请,待我研好朱砂,董师沐手先书六字“南无阿弥陀佛”易篆书为隶体,落款亦未照录弘一所题,宜于点明自书之主旨:“恭录弘一法师朱砂佛号祈福岁在丁酉八月下浣三宝弟子董桥沐手敬书。”

家母礼佛甚恭,佛堂檀香缭绕,梵音清绝。董师厚贶朱笔隶书佛号,将常年永日供奉佛前。佛光高照,普度众生。南无阿弥陀佛!

董桥先生手书《再别康桥》

大师行文从事，必有大师的不二法门。几年前董桥先生荣休，归隐林泉，于香岛半山闭门练字，重拾何绍基的“蝯叟”行楷笔意，糅进台静农的“鸿宝”草法。

董桥的字很快脱颖而出，得世人激赏的程度，丝毫不亚于令他功成名就的文章。

董桥的毛笔字大好，不输古人，端赖扎实的童子功，得益于深湛的家学渊源。董桥的父亲当年是南洋有名的书法家。年届古稀之年的董桥有兴搦管，然从何处下手？非关小道。

是大师一定避轻就重，律法严苛。学问再大，书欲有法，亦必下大功夫不可，“四两拨千斤”的招数完全无效。董桥从最难书写的精细的小行楷下手，两年“螺蛳壳里做道场”的功夫，乃令小楷大功告成。如此一来，软毫的毛笔字，意欲再往大处写，写信札、抄诗文等等书案兴事均可轻松从容应对。写过毛笔字的人都知道，小楷最难，最练耐性，最见功夫，由小到大就容易多了。

董桥当报社社长时的工作，老实说不是传统文人的生活状态。退下来了才有时间睡午觉，醒来写写毛笔字，最为惬意。前几年，在香港董桥的半山公寓，和先生聊闲天，喝六安瓜片，看字画，说文玩，聊着聊着，聊到了一天之中何时写毛笔字最称心应手，吾与吾师二人的心得体会完全一样："午睡后临池最佳。"二〇一九年十二月十日，董桥先生午休酣睡后，精神舒适，以小行楷的笔法抄录了《再别康桥》。老友钟志森有幸得之，高兴极了，马上就发到了朋友圈"众乐乐"一番，并附赞语，说是："长跋最妙。"不愧方家之言。

昨晚一见董桥的这幅"再别康桥"，当然喜欢。别有会心之处，想起了去年的二〇一八年，我讲学海南，海口电视台的主持人孙小雨女士，约了她多年前河南大学的师哥马向阳校长和一大桌子的文友给我接风。席上小雨邀我"男女声二重诵"，即兴吟诵徐志摩的《再别康桥》。董桥的这幅字写在大为考究的横幅水印花石笺纸上。纸好墨精书法上上乘，更兼正文后的长跋纯以白话出之，以应志摩诗格。"心摩手追人应笑，绽放人间顷刻花。"灵光一现，所有文化艺术的结构，无疑都是心灵火花的碰撞。所以，董桥跋文末句是："再别康桥，正是明灯。"所以，董桥皕字长跋妙文概当全文照录："二〇一九年十二月十日午梦初醒，漫抄徐志摩名诗《再别康桥》。徐先生英年仙逝不久，胡适先生写悼文用了这首诗最后四行开笔，我去年写《读胡适》，写到徐志摩的一段，我说在白话文学运动建造的文艺宅院里，徐志摩的新诗是更夫手提的灯笼，昏暗的夜里燃亮无恙的消息。我说徐志摩终究是新诗里的肖邦，诗里尽是细腻的牵恋、孟浪的呵护、淡淡的媚俗。音乐感谁都没有他强，再别康桥,正是明灯。”

“香岛董桥”落款下面,董师钤盖了一枚方方正正的白文“董桥”名章,亮堂极了。

何绍基最小的四条屏，兼谈董桥书法

这四条屏有多小呢？不可以尺幅论，寸幅更接近，也就是两部不大的手机那么大，够袖珍，够迷你，更够得上是何绍基法书中的无上精品。具体的尺寸是每一条纵二十一厘米，横六点五厘米。小则小，小而精，精微处见广大。

字画以尺论价，是俗论，是外行话。简单的道理最易讲清楚：同一位书法家在半尺长短的笺楮上写满一两千字的小端楷，与在四尺整纸上的几个大字相较，价值孰高孰低，不言而喻。我格外喜欢何绍基的字，是这几年的事。字画收藏玩了三十几年，终于弄懂了何绍基的字极见功力。先前看他写字的笔道，总觉太扭捏太不爽利，颤悠悠软乎乎。虽说看得出比清道人李瑞清太过顿挫的颤笔，要苍润古气，自然得多，到底也未能悟出何绍基宦海沉浮笔下的那一股湖海风云气。喜欢上何绍基，百分之百是得董桥影响。先生赏字玩画，最爱小而精美的神逸隽秀之品。比如寒玉堂主人溥儒的书法，高蹈明人笔路，清华之气，一扫民初犹不肯散尽的馆阁风。

董桥喜欢儒二爷的字，偏爱他的小楹帖。大幅的再好，难入董桥箧衍。儒二爷那种写在饾版水印有团光带围栏撒雨金七言小联纸的楷书更是讨喜，论尺寸不足一尺，其价却在四尺整纸对裁的大对之上，这情形也是经过字画市场、拍卖结果检验所证明了的。

当代书家写何绍基最到位的是董桥，先生写何是有家学渊源可寻的。董桥父子两代人都习何绍基，董老先生是名扬海外的书法家，一生推崇何绍基，有出蓝之誉，妙在比何绍基清贵。董老先生一生淡泊，张作梅先生形容得最是恰当："字里散发规整的庭园氛围。"

而董桥朱丝栏里蹈袭自在，韵墨旧章，写小字何体，最得真趣。数年前临写何绍基小楷字帖《西园雅集图记》，写好后，赋文《记何子贞》，赞赏他的跋语大有见地："襄阳（米芾）题《西园雅集图》，小楷极精益，堪与坡公小楷前后赤壁赋并美。"而何绍基的字"追究起来底子还是颜真卿，到老摆脱不掉。"这是董桥父子两代人书学何体几十年的真知灼见。

董桥在上海朵云轩拍卖场上，委托朋友帮忙，竞得一件何绍基行书条屏精品，是周肇祥的旧藏。周是大收藏家，这幅字的好处无须多说，雅致得不得了。倒是董桥的师友钱岚先生论何字之妙义，喜何书董字者不可不知。董桥在《养字》一文中写过，钱先生很是雅藏了几件何绍基书法的精品，认识之高，非俗目所能及之。

钱先生书房里那几件何绍基真迹真好，早岁作品圆润流美，温文沉实，晚年作品纵横恣肆，老而激荡，钱先生说子贞书艺最是性情际遇的流露，笔下缺陷之美也许正是通篇如歌如诉的关键。他说这位书法大家咸丰皇帝起初十分赏识，委他为四川学政之任，看他清廉勤政，敢任事，远权贵，奏本上说了许多真话，转眼引来朝中大臣不满，纷纷旁议，骂他奸诡，咸丰终以肆意妄言之罪罢了他的官职。那时候何绍基五十六岁：官品出自人品，人品决定书品。钱先生说，何绍基握笔悬肘我学不会。他晚年号蝯叟，一作猨叟，说是取李广猨臂弯弓之义，真难为他。董桥先生接着回忆："先父说何绍基字上溯周秦两汉篆隶，下至六朝南北名碑……"后面的一句话，我在前文中率先写明了："追究起来底子远是颜真卿，到老摆脱不掉。"颜鲁公够高古，用情笔墨摆脱不掉颜鲁公，也许是何绍基书运、命运的命数所系，同为清刚忠正之士，气息都雄强。

至若何绍基传世尺幅最小之四条屏的书写内容，是何氏节录其最为著名的《金陵杂述四十句》，作于清同治甲子(1864)。时年何绍基花甲之岁有六，诗书俱老，诗风平和，诗格高迈。当年和其后数载，何绍基手写了若干本，大多失佚，以至今人未加详考，即撰文说是真迹无存，只留传下墨拓本云云……

现湖南省博物馆仍藏有何绍基于同治三年所作《金陵杂述四十句》手写本，述及金陵古迹：南京妙相庵、文庙、清凉山、凤凰台、莫愁湖等多处，千古兴亡，不胜思古抚今之慨。

而此件小四条屏录七绝二首，写秦淮河及钟山，书于乾隆淡粉色冰凌纹描金蜡笺纸上，每纸竖写，一至三纸竖写两行，落款第四纸三行，行款："同治甲子冬书于朱履巷，道州何绍基。"钤印两方：阴文"何绍基印"，阳文一"猨"字。

诗题《金陵杂述》，书绝句两首，如下：

沿河不见柳丝摇，步上青溪长板桥。丁字帘前犹仿佛，更谁闲话到南朝。

屹立钟山阅废兴，鸡鸣古埭尚崚嶒。全荒十大功臣庙，未敢摧夷到孝陵。

此四条屏书法圆融周至不掩遒劲刚健之气，笔画舒展流美，晚岁妙笔，老气横秋，已然洗尽"缺陷之美"，如泣如诉，仿佛一幅描写子贞桑榆晚景的《礼赞图》，晚霞灿灿若有丽于晨曦之处。

不知晚清时期的哪一天、哪一位雅人高逸，有幸得此宝墨，请名工精心裱背成一镜心，青绢挖镶，装金丝楠木起玉线画框，后挡板竟亦整木斫制，如此精覃考究，好一个"雅"字了得。

前辈风流，岂其高雅清逸之气，化欤寒斋素壁之上，吾书生能不惜福！

在香港半山读董桥先生新书《读胡适》

董桥先生研究胡适几十年，也喜欢了几十年。

己亥春，董桥先生出了一本新书《读胡适》。

我入住香港半山麦当劳道上的一家酒店，每次来香港都住这儿，好就近叩府拜访董桥先生。酒店的朝向选对了，可以看到董府的阳台。下午三点半趋谒吾师，我一向遵守时间，动了一下门环。少顷，开门的是董府的菲佣，也算是熟人了，只是没说过几句话，在香港讨生活的菲佣都会说英语，这位菲佣会帮着董桥先生接收英文传真，差不多等于保姆会干些秘书的活。我便很好奇，得给人家开多少月薪呢？近些年来，我对雇佣保姆的问题越来越关心，原因是家里有老人二十四小时需要有家人和保姆照顾。董师母告诉过我，家里的保姆月薪三千五百港币（兑换成人民币只三千块多一点）。菲佣每周休息一次。有一个约定俗成的制度是全香港的菲佣每年一次往返香港、菲律宾的机票要由雇佣的主家负担。即是如此，也不比内地的保姆费用贵。菲佣很专业很守规矩，上岗前大多受过培训的，现在不兴说主仆关系了，服务与被服务关系拎得清，菲佣是不会跟主人一家同桌吃饭的。开门的菲佣,很快端来了一杯热茶。

这时,从书房传来了脚步声,“金庸的忘年交,林青霞的伯乐,七十七岁依然儒雅风流”的董桥先生来到客厅。引号里描写董桥的话,是这几天流传网上的一篇文章的标题,显然是网上新媒体文章的噱头,乍一看,挺是吸引人眼球的,文章我看完了,写得倒也简洁流畅。

董桥的道德文章,琼琚珍藏,远不是几篇文章所能概括说明白的。别人的文章,我不好意思说“难现先生大雅于万一”的。

自二〇一四年董桥荣休以来, 我写老师的文章前后好几篇,不下几万字,以《“养字”的奥妙》一文,最得业内业外人士称道。每一次文章登发后再向老师汇报时,我总是不忘说上这一句“难现先生大雅于万一”的真心话,不是客套。至于为什么我刚才要写明“每一次文章写完登发后再向老师汇报”,此情关乎吾华士大夫的修养、英国绅士的风度。董桥曾教我:“按英国传记文学的规矩,未经发表,不可给传主翻看。”先生新著《读胡适》一书,大三十二开本,牛津大学出版社出版。先生在书房里签了一本送我,仍是仿洋书羊皮面的装帧,墨蓝色的封面底子,压上好多金色线条,书名《读胡适》和作者董桥的名字也都烫金,庄重中透发出隽雅的书卷气。

上午,我特意去了一趟香港中环域多利皇后街九号的三联书店,想多买几本《读胡适》送朋友,董桥专柜中尚无此书,店员说书还没到。

董桥告诉我,写这本书,参考书之多,堆满了一地板。《读胡适》一书的体例独特,我快翻了一通,这本散文集的章节安排,前所未见，为散文又开一生面，先是自序，接着是第一回至八十八回，不细看，以为是章回体小说。每一回都是胡适多彩人生的历史情景的徐徐回放，故事娓娓道来。但观董桥笔下的每一回却又不止一个故事。而这故事无一不是弥足珍贵的史实。

我问先生："写了多长时间？""十三万字，三个月写完。"可谓一气呵成！因为董桥了解、喜欢、敬仰并见过胡适。二十世纪六十年代初，董桥在台湾"中央研究院"见过胡适。

先生在第四回里回忆道："胡先生走出来，一脸微笑，头发斑白，光影下脸上的皱纹很深。我忽然忆起小时候读他的《四十自述》、他的《尝试集》，时光倒流了一下又流过去了，但见他一边走一边跟身边的客人低声说话，斯斯文文地拐了个弯不见了。胡适的微笑向来很有名，很多照片里看得到，有点自得，有点智慧，有点谦逊，偶尔甚至有点狡黠。也许那是他惯常的礼貌，不该说的话他脸上自自然然绽放出微微的一笑，带过去了。"董先生十几岁就爱读胡适，足足用了五十多年的考证工夫，凝聚了半生才华，才推出了这一本专写胡适的宏著《读胡适》。

《读胡适》自序，文字不足千字，尤其好看，令我拜读数通，而余韵犹自绵绵，令我低迴不已……

青年的董桥和台南成功大学的同学感慨："我们终归曾经跟胡先生生活在一个岛上。胡先生是老派人，有些说法有些做法很像我父亲那个年纪的人，有点偏见，有点冥顽，有点迂阔，有点可笑，有点亲切。"

这一节文字是自序里警策的伏笔，只为应和董桥下面的收尾:“……胡先生推行新文化的努力也隐入文化史的篇章里了,我缅怀的是胡适之对世界、对国家、对山河、对生灵的关爱和担当。我老了,年来清闲,杂书相伴,思绪翩跹,我也不舍得抛弃我的偏见、我的冥顽、我的迂阔了。这本《读胡适》只读我喜欢读的胡适,抄我喜欢抄的胡适。从前顾亭林劝人少著书,多抄书,胡先生说顾亭林是聪明人。”

《读胡适》八十八回,我在酒店房间里看至第七回,这一回信息量很大,知晓了以前所不知的胡适,知晓了胡适为何不擅长音乐和绘画的原因。

我这人听话,“多抄书”是好,我是敏捷的行动主义者,马上抄我喜欢抄的董桥《读胡适》第七回第一二大自然段如下:

> 我这一代人也许是胡适那一代人之后剩下来的老派家庭成长的一代人。胡先生的族里长辈反对他加入前村的昆腔乐队学习吹笙吹笛我不觉得奇怪。胡先生的先生骂他不该摹画书上的英雄美人我也理解。胡先生因此一辈子不知道自己到底有没有音乐和绘画的天资,那是人生美丽的遗憾了。我小时候的国文家教老师是一位冬烘先生,嫌弃新派学校国语课本浅薄,一心给我灌输四书五经的学识。幸好我十五六岁转去拜亦梅老师读书,他是走过五四运动的激进老人,青年时代出过白话诗集,作诗填词之外还教我辨别文言文之优劣。司马光的《资治通鉴》,老师专挑些他喜欢的段落命我细读细学,记忆中的一段《资治通鉴》竟然也出现在胡先生的《自述》里:范缜盛称无佛。子良曰:君

不信因果，何得有富贵贫贱？缜曰：人生如树花同发，随风而散，或拂帘幌，坠茵席之上；或关篱墙，落粪溷之中。坠茵席者，殿下是也；落粪溷者，下官是也。贵贱虽复殊途，因果竟在何处？子良无以难。

后面还有八十一回更加精彩的章回等我去抄。

酒店房间里的袋装茶真难喝，比董府菲佣泡的六安瓜片差远了……

读董桥新著《读胡适》中关于王国维的故事

董桥先生求学治学之路亦颇顺遂，少时的家塾先生都很博学，也有只通四书五经的“冬烘先生”，幸好十五六岁时转去拜走过五四运动的激进诗人亦梅老师读书。

读书杂博又能得高人指点，书才读得通透。董桥上中学、大学所遇老师多是通人。老了还跟鲁迅先生死磕到死的民国才女苏雪林，是董桥台南成功大学的中文系教授。在外文系读书，一点不妨碍英俊聪慧又好学的董桥有机会就去请教苏老师。苏老师对学生是出了名的严厉，然对敏求上进的董存爵同学的教育，还是和颜悦色的。中学的老师也是循循善诱。

这很重要，董桥自青少年已然渐渐学会了如何将书读通，由此奠定了后来文章的通达、清隽、优雅、高华的情致和风格。

董桥在《读胡适》第十一回开头就说：“年轻时我爱读梁启超，爱读王国维，中学里的文史老师诱导我读。任公先生的著述其实不容易读通，文体的结构倒可领会两三分。静安先生那本《人间词话》始终迷人，百读不厌。到台湾求学我连《观堂集林》都敢乱读一通，苏雪林老师笑眯眯说：‘挑些读得懂的去读吧，有用的，有用的。’她说胡适先生考订王静安许多著述，写得清楚明白，可以参考。”著述当然相当正经了，而适之先生的闲谈不唯有趣，更其不经意间透露了许多鲜为人知的逸闻逸事，同时也纠正了有关胡适之与王国维、梁启超的一些坊间误传。“一九六〇年十一月二十一日秘书胡颂平说起坊间流传一则逸闻，说胡先生住北平的时候，梁任公先生来看胡先生，胡先生送客送到房门口为止；王静安先生来了，胡先生送客送到大门口。胡先生听了说：‘没有这回事。我是住在钟鼓寺，静安先生住在我后面不远的地方。他只来过几次。任公先生就没有来过。他住在天津，我倒常去看他，吃饭，有时候打牌。这种对我的神话，外国也有许多，将来把它写出来才对’。”

好在董桥借《读胡适》写了出来，一正视听。我才知道胡与梁相当稔熟，是牌友。当年任公在天津寓所“饮冰室”著书立论，写写对联，打打麻将，据说任公搓麻漫不经心，换换脑筋，消遣而已。至于胡公牌技，想必不差，师傅的传授好，他有名的小脚夫人江冬秀牌技一流。

胡适手松，有钱就帮助他人，受助人几十年后才知当年的那一大笔美元不是出自公帑，而是胡公私囊。胡公深明“善欲人知非真善”的道理。只是一不小心，自家生活拮据得很，有时甚至盼着夫人搓个小麻，赢点银子补贴家用也是真事。小脚夫人江冬秀无甚文化，却是相当练达又很机智的女人，她的故事传说有真有假，人们至今还是津津乐道。

前日同学马佩莹来微信说：“又读了一遍你的文章。说胡适不能不提他的夫人江冬秀。这个缠过足没有多少文化的乡下女人,外人看来他们看似不般配的婚姻却一往情深一辈子。我觉得这个女人不简单,你啥时写一篇有关江冬秀的文章?我们静待恭候。”

当然,一旦找到了有关胡夫人有趣的史料,又非老生常谈,可以写。倒是胡适的美国初恋情人韦莲司女士让我钦敬不已,两人的关系一直维持到胡适死去,而韦莲司却肯为胡适坚守一生不嫁他人,最后孤独终老在一个小岛。

胡适先生是很早澄清王国维与罗振玉关系的同时代人,罗逼死王之说完全子虚乌有。

一九六二年二月二十日,王国维的女儿王松明和她的丈夫柴克清去南港看望胡适。胡适说起王国维旧事,提及他的死因,话讲得很诚恳,言外之意,多少对当年向曹云祥校长推介王国维去清华大学国学研究院做导师一事,生出少许歉意。董桥在第十二回里,是这样记述的:“……王国维还没有到清华之前,是胡先生的汽车送他先去清华看看,再把他接回来。胡先生说,如果王先生不去清华教书,可能不至于死;‘后来冯玉祥的逼宫,也可能使他会死的’。”

第十一回里,董桥写胡适跟秘书聊天说:“静安先生的样子真难看,不修边幅,再有小辫子,又不大会说话,所以很少出门,但他真用功。罗振玉就不同,身材高大,人又漂亮,又会说话,说起话来又有风采。真漂亮!翌年一九六一年一月二十六日,胡适在进城的车上和秘书说起凡是大成功的人,都绝顶聪明而且肯下笨功夫,这样才有大成就。胡先生说王国维也是一个绝顶聪明的人,少年时候用德国叔本华的哲学去解释《红楼梦》:‘他后来的成就，完全是罗振玉给他训练成功的，当然还要靠他自己的天分和努力。'那天，胡先生又顺口说王国维人很丑，'但光读他的诗和词，以为他是个风流才子呢！'"

这可真是应了一句老话："人不可貌相，海水不可斗量。"

第十一、十二回，董桥着墨最浓处，是写胡适对王国维的印象，往事的回忆有时落在小处，有时事关国学经书之大事，透露出前辈大师的文化散墨，固然是散朗多姿，却令我陷入沉思，继而更加佩服的是胡适先生治学的严谨，那个时代的学术空气清新活泛，在于有真诚的文学批评，胡适看到了王国维某方面的学识有所疏漏失误，毫不客气地"指出王国维的错，语气颇重"。北魏郦道元撰《水经注》，千年前一经刊出，即为巨著。

后世学人研究者代不乏人，注、疏迭出。自民国始，吾华学术界一致认为胡适先生晚年的主要学术著作《水经注》，厥为古往今来最佳文本。王国维有专著研究《水经注》，胡适认为有疏漏之处。董桥读书多且能细阅，便生明鉴之思："我记在心中的是王静安、孟心史都不算专治《水经注》，他们一向只信赖杨守敬的《水经注疏》，而胡适之却下过大精力研读《水经注》，轻易看得出外行人的疏漏……"胡先生一九五七年五月二日给陈之藩的长信中说："……我最佩服的两位近代学者，王国维先生和孟森先生，他们研究史学，曾有很大的成就，但他们晚年写了许多关于《水经注疑案》的文字却不免动了'正谊的火气'，所以都陷入了很幼稚的错误，其结果竟至于诬告古人作贼，而自以为主持'正谊'；毫无真实证据，而自以为是做'考据'。"胡先生这番话"语气颇重"。而董先生行文一向圆融周至，接绪之语解释甚妙:“胡先生这里说的‘诬告古人作贼’,说的是王国维、孟心史相信杨守敬的《水经注疏》,相信薛福成、董沛刻行的《全氏七校水经注》是真的,相信戴东原的《水经注》是偷赵东潜的,大力数落戴东原‘背师’的罪状。这毕竟只是学人之间的学术商榷,并不影响学术之外的私人交情,何况胡先生向来推崇王国维的成就,同情王国维的悲剧。”

王国维先生是“近代一个学问最博而方法最缜密的大师”,然其稍有不慎、偶有不察,竟亦留此疏漏。

吾侪临文敢不慎之!

读董桥《爱书琐记》之琐记

《爱书琐记》所记之书，皆百年前欧美旧书，以英国古籍居多，名家装帧，为董桥先生多年精覃搜集而得。“琐记”透露许多收藏洋书的宝贵经验，他人势必私为秘钥，焉能轻授，董桥不惜金针度与人。细阅此记，可为搜求西洋古籍的司南宝典，而爱好西洋文学的雅士名媛也可从中获益良多。

董桥之爱书，不独爱版本、装帧之好，更其歆慕著书作者之才华。先生善作寥寥数语，一如评点海明威八字写作特点，看似轻描淡写，实则入木三分，一百年前西洋文学名家的诗文，魅力无穷，回味无穷……

读惯了董桥文章，别的什么名人大家的时墨，我不爱看，爱看的旧书古籍都没整时间细阅。但相识又熟悉的作家文友寄来著作，另当别论。知交好友也顶多二三子而已，多则无益，以免耽误功夫，更怕一朝交友不慎，坏了晚运。我爱看的旧书是中国的古籍。不懂外语，少时学过，差不多忘光了，还给了老师，西洋的旧书，更是看不懂。

放眼全球华人世界，知旧书达旧理，恪守中国传统文化又熟谙西洋文明的老派文人不多了。尤以学贯中西，荟萃古今之大成衡之于当今学人，董桥无疑是其中的佼佼者，既有中国士大夫的修养，又有英国绅士的风度。当今最具文人气质的收藏大家，亦非董桥莫属。

先生有一项收藏非常高雅，更非常高冷，实乃藏界最大冷门，就是董桥研究、收藏多年的西洋图书，以英国古籍为其大宗。西洋古籍收藏入门的门槛很高，最低的标准也要精通英文，如有履英经历更好。董桥具备这个资格，曾留英治学、工作近十年，英文水平之高，不让英伦作家。这为先生雅藏洋书提供了方便。

二〇二〇年元宵节，董桥写了一篇专谈洋书的文章《爱书琐记》，原刊中国台北《文讯》今年四月号。我快读一通后的第一感想：此文是董桥数十年以来搜集、雅藏西洋古籍的经验之谈，可为指南，寻此路径，慧心人大可直窥堂奥，定然少走弯路。

此文一经刊发，流布天下。方家以为从此奠定了董桥别具风采的英国古籍图书收藏大家、版本学家的地位，推许为华人世界此项收藏之翘楚，当非溢美之辞。

多年来，董桥于多篇文章中写过访求洋书故事，每一篇我都认真读过，也曾多次观瞻先生香港半山书房盈屋累室的欧美古籍。书柜装满，不必叠屋重构，插架庋藏，索性堆在地板上，“书似青山常乱叠”，别具一番悠然随意的兴味。高逸自古多散淡，而古籍藏书家又大多岸然古貌。牙籤压架，缥缃盈栋，纵然文锦机杼，龙文万轴，关扃于“明灵之府”，绝不轻易示人。文人书房，向为文心雕龙之地，仿佛深院的闺楼，文人的心思堪比相府千金的芳容，殊难得见，有幸见之，不亦深缘者乎。

于欧美洋书，我是十足的门外汉，不仅是不通洋文，就连洋码子的外国书也没见过几本。董府洋书华丽典雅，最令我大开眼界、惊艳不已的，是董桥新作《爱书琐记》中，重彩描绘的孔雀装《鲁拜集》。我第一次发现一本洋书居然可以装饰得如此美轮美奂，简直像《陶庵梦忆》所记明代吴中绝技之一的“周柱治嵌镶”。

区区一册图书，为何极尽豪奢之能事？即吾华宋版古籍未曾有此装潢。当时在董府书房未及请教董师，事隔几年后的今天，读了《爱书琐记》，终于有了答案。

孔雀装，是英国著名书籍装帧家桑科斯基精心创造的一种最为华丽的装饰。董桥在文章中，用了一大段文字状写孔雀装：

“桑科斯基最精致的那部孔雀装《鲁拜集》一九一二年跟泰坦克尼邮轮一起葬身大海。别的几部孔雀装都在欧美藏家手中，他们家后人偶然放出一部都成抢手货。机缘凑泊我有幸买到了一部：皮面（欧美精美古籍的封面装帧，多以牛、羊皮装饰）上葡萄蔓藤围边，金地花卉做框，孔雀伫立中央，满身珐琅，蓝绿流光，柔美呈祥，翼冠镶珍珠五颗，尾翎呈大幅尾屏，金翠的细纹展开彩扇三十一股，尾梢各镶石榴红宝三十一颗……”

写至此，董桥又介绍了鲁拜诗集的妙处：“这部著名诗篇落墨妩媚，鬓影婆娑，醉意盎然，深深影响了西方世纪末颓废派诗风，清霄杨花梦，深灯孔雀屏。”

“清霄杨花梦，深灯孔雀屏”可为一副五言联。

董桥信手拈来元代诗人张昱七律《醉题》诗中颔联：“清宵

酒压杨花梦，细雨灯深孔雀屏”，易其七言为五言，略去与文无涉的“酒压”“细雨”二句，真是考究。张昱醉酒宵夜之“清宵”，董桥别之以“清霄”，美文风裁之高诣，正于此细微之处见精神。

接续之文，董桥借一位老朋友之口，讲明了桑科斯基孔雀装华丽外表之下隐藏的人生修为的渊深内涵：“《鲁拜集》镶孔雀装寄托治身之诫，暗合刘向《说苑》里说的君子爱口，孔雀爱羽，虎豹爱爪，治身之法也。”

董桥收藏欧美古籍的斐然成就，得益于师尊所教及外国书贾故人的悉心指点。

怀旧是收藏家恋旧的缱绻情结，此情越老越固执，不是老迈的颓唐，是桑榆晚景中幸福的回顾，回顾山阴道上的美景，应接不暇，碧树凝翠含烟，亦见落英缤纷，满目萧然，感极而悲者哀的情愫，化入历代睿智者忧思千古的长啸！董桥先生赋之为文，故其《爱书琐记》开篇写道：“老人冷清，分外怀旧，爱说故人犹如庭中树，一日秋风一日疏。朝夕相伴那几架子老书我最念顾，卖书给我的许多书贾也常在心中。大半不在了，说绿意疏落不如说枝叶衰秃。少小时候老家老街上利泰、开明那些书局难免变迁消亡。五六十年前台南求学时代常去的书铺听说也老早关张了。暑假寒假闲逛台北牯岭街书摊的情景倒依稀记得。鸳蝴小说在那边买了不少，张恨水最多，“五四”时期老作家也收了些。明清线装笔记喜欢的都要。沧海桑田，萍踪飘泊，年轻爱买爱读的那些书其实散失殆尽，等不到人书俱老那么萧瑟浪漫了。”

前尘影事，可堪追忆，慰情远胜于今。

老实说读书人、藏书家，古今中外都稀少。

百无一用是书生，读书的成本太高，收效太慢，不如干些别的营生来钱来得快。中国的旧家庭都知道读书的重要和艰辛，甚恐后代不能持之久恒，最爱刻在大门上的家训是："忠厚传家久，诗书继世长。"

以诗书继世，且盼之长远，是对子孙的希望和祝福，簪缨世家为何最在乎这个？因为最不易做到。败家子有一共性，都是从偷卖家里架上箧中的古书开始。

现实似乎更加悲催，偷卖什么也轮不到书，因为国人大多不买书不藏书，无书可偷。荒唐的是，不知从何时开始，人们忌讳谈到书，只因书与"输"同音，不吉利，怕输在名利场上，害得作家都不敢说送你书，不得不具体而微地说送你本小说、诗集什么的，别提书这个字。

纸质媒体在全球范围内全线崩溃，也并非始于当下，在一个电脑快要战胜人脑的时代，斯文扫地，除去的先是传统文化的重要载体——书籍。这不同于秦始皇的焚书坑儒，"坑灰未烬山东乱"，现如今不止一地，内地的新华书店屡有关门，出版社大多经营受困，好书烂书一律卖不掉。

最难磨灭的是书生意气，老而弥坚。爱书的老人，纵然举世萧条，内心葳蕤，老树成林。《爱书琐记》，是董桥奉献的一束琼枝，不是霸陵的折柳、西园的落英，他撷秀翡冷翠的轻雾，枫丹白露百亩郁金香的清芬……董桥《琐记》记他当年读丁尼生名诗《悼念》，说这首诗纪念的"是诗人的一位剑桥故交，维多利亚时代读书界一读倾心，连丧夫不久的女王都说《圣经》之外，这部诗给了她很大的慰藉”。

史上最潇洒倜傥的间谍是虚构的英国特工007，拍了电影，迷倒五大洲一片俊男美女。董桥的英国朋友戴维是书香子弟，书商的后代，祖上在伦敦世代经营旧书，真懂古籍，帮助董桥买了不少好书。知道董桥“也爱读007间谍小说，提醒我（董桥）说欧美年轻一代企业家银行家深受007电影感染，纷纷集藏小说的初版，一定炒高书价，不妨留意，要原装护封不要皮革改装，标价不剪掉，否则贬值”。

戴维真诚，实心教董桥买书细秘，那是行家的门道，书商轻易不肯外泄的。我们更要感谢董桥不吝惠传给读者的这些独门秘诀，若非董桥这般传授，又有几人能知，将有失传不续之虞，恐非耸言之谈。英伦搜书，有了戴维，果然顺风顺水，董桥“到处搜罗，终于凑齐原装初版十四部。一九五三年第一部007故事《皇家赌场》最贵最难找，我买到的那本竟是作者弗莱明题字送给故交的签名本”。这个机缘太难遇，难怪“戴维半信半疑，看了照片才回电邮恭喜我”。

洋书古籍，董桥大多购于旅居英伦的那七八年。先生英文底子好，少时家里请了英国人开蒙英文，中学在南洋读英文学院，进了台南成功大学读的是外文系，到了英国读英文经典小说最多。“名家韵文偏爱济慈（John Keats）和雪莱（Percy Bysshe Shelley），两家诗集初版向来又贵又难找”。戴维最有办法，董桥不无赞扬“……全靠戴维学福尔摩斯到处侦查替我找出来。”

收藏也是勤行。董桥购进的每本书都不易，都有故事，弥足珍贵的是，先生写给读者看的不仅仅是买书的操作经验，而是以看似不经意间的三言两语，将书之内容和作者特色叙之清楚明白，真是要言不烦。

《爱书琐记》一文，越是谈大话题，董先生的笔法，用得是武林圣手的绝活一概以四两拨千斤应之。

谁都知道海明威其人其文传奇太多，太不好懂，写他绝难搔到痒处。但见董桥操觚运笔，玩一样旋转乾坤，将海明威、斯坦贝克，甚至整个美国小说的特性以一节百字文全然点定。论海明威小说八字概括："文字清澈，偶见激流。"及至美国小说，只多二字："一心唾弃空山，追慕灵雨。"

陈梦家的新诗

和王世襄先生一起玩黄花梨家具的陈梦家先生成名很早。

王世襄先生还在做京城大少，放鹰、捉獾、逗蛐蛐、玩油葫芦的时候，陈梦家先生已是名满天下的“新月”派的诗人了。他还是古文字学家、考古学家和收藏家，写了好几部有关古典艺术研究方面的专著。可惜去世得太早，一九六六年九月二日悬梁自尽，终年五十五岁，未及写成《明式家具研究》一书。

二十年后，陈梦家的藏友王世襄于一九八五年在香港出版了一本在中国古典家具研究领域具有司南意义的教科书——《明式家具珍赏》，此书收录了陈梦家、赵萝蕤伉俪收藏的二十四件明式家具，尤其是檀梨巨构，激赏者、偏嗜者有谓品式、路份之高，或可在王世襄藏品之上，当然是仁智之论。

王世襄终归对得起老友陈梦家，《明式家具珍赏》一书的扉页上端然写明：“谨以此册纪念陈梦家先生！”王世襄先生多次说过：“如果梦家还活着，轮不到我写这本书。”

我曾经瞻仰过一九五五年商承祚为陈梦家拍摄的一张文房肖像照片。养成这个样子的人必然正直善良，人品高洁，在生与义、死与苟活殊难两全之际誓不受辱的英气，深深震撼了我。陈梦家诗写得好，人更是文雅漂亮，夫人是大家闺秀赵萝蕤。“赵萝蕤是燕大学生，清华硕士，芝加哥大学博士，一九三七年翻译大诗人艾略特的《荒原》，一九四六年艾略特在哈佛俱乐部请他们夫妇吃饭，感谢赵萝蕤翻译《荒原》。”晚年时，接受记者采访，问赵萝蕤年轻时，如何就喜欢上了陈梦家，记者以为她会说陈梦家学问好、英文好、诗写得好等等诸如此类的话，没想到赵老太太说：“我喜欢陈梦家人长得漂亮。”这句话，讲得真是漂亮！

陈梦家当然不仅是人长得漂亮，他早慧的才情和温婉的风华定然先打动了少女的芳心。男人的漂亮并非至要的因素，天生的这一优势，于事不无小补罢了。

五陵年少浮浪子弟，向来难得历代名姝佳媛的青睐。年轻的诗人梦家，新诗的诗句写来清新又精练。让我们看他的《雁子》：我爱秋天的雁子，终夜不知疲倦；（像是嘱咐，像是答应），一边叫，一边飞远。从来不问他的歌，留在哪片云上，只管唱过，只管飞扬——黑的天，轻的翅膀。我情愿是只雁子，一切都使我忘记——当我提起，当我想到，不是恨，不是欢喜。

熟悉民国新派诗人所写新诗的人们，不难看出梦家一定是喜欢比他年长十四岁的徐志摩的那首《再别康桥》：悄悄的我走了，正如我悄悄的来，我挥一挥衣袖，不带走一片云彩。

董桥先生对梦家先生的诗评价很高：“向来喜欢陈梦家的新诗，深信陈先生是新文化以来最会掌控诗的语言的诗人。”董先生的这两句话是写在他的新著《读胡适》第四十五回里。胡适先生二十世纪二十年代末三十年代初就读过陈梦家的新诗，肯定了新诗的成功和陈梦家所付出的努力于新诗发展的意义。董桥在这一回里开宗明义，上来便指出："胡适论诗数十年不变，一以贯之，终身以之；诗要白话，诗当废律，诗须有情，诗求浅白。"更须有诗味。

董桥在对陈梦家的新诗表达敬意之后，笔锋一转，接续写道："胡先生也许也看出陈梦家的诗的味道，一九三一年二月九日胡先生给陈先生的信上说：'这一次我在船上读你的诗集和《诗刊》，深感觉新诗的发展很有希望，远非我们提倡新诗的人在十三四年前所能预料。我们当日深信这条路走得通，但不敢期望这条路竟在短时期内走到。现在有了你们这一班新作家加入努力，我想新诗的成熟时期快到了。'陈梦家希望胡先生批评他的诗集，胡先生说自己是提倡有心，实行无力，只愿赏玩朋友的成绩而不配做批评的工作：'自己做了逃兵，却批评别人打仗打得不好，那是很不应该的事'。"

董桥赞叹胡适先生说话"那么得体"……

范曾六言对联的故事

二〇〇〇年，我与范曾先生交往最密，深邀鉴赏。做学生也好，做入室弟子也好，无论在天津南开大学或是驱车数小时去山东，我都随侍左右。这一时期，范曾的心情见好。前几年的晚上，据说他有时拎着半瓶酒，徘徊在南开大学荷花池畔。写到这儿，我产生两个想法，一是可惜，当时无人留心拍下影像，真怨当时手机不似今日这般流行。情景绝对是真实的一幕，是一位当时正在南开大学读书的年轻学子，现为北方一大城市一大报的副刊主任告诉我的。他的话不是段子，姑隐其名，因我不能确定范曾哪一天看见了这篇文字，究是高兴还是不高兴。

然此事于范曾而言，绝无一丝贬义，举杯邀明月，诗酒且流连，是雅事。

范曾一九九三年回国，聘为南开大学教授，靠一己之才华及对南开大学所做、只有范曾才有能力作出的贡献，跃为南开大学两大系——东方艺术系和历史系的博士生导师。学生们都崇拜他，先生丰厚的学养、人格的魅力、卓荦的风度，形成了非常强大的气场。

范曾携酒池畔，“一双醉眼对红尘”。或与李白意气相投，诗人浪漫而又难免孤独，此时此刻的范曾莫非身着一袭白色唐装，行吟池畔……这便让我想起更多的是杜甫，范曾笔下曾经传神再现一千两百年前伫立西阁、咏叹夔门激浪的杜甫，诗圣杜甫自唐肃宗乾元二年(759)避乱逃离长安入蜀，至代宗大历三年(768)离开夔州，放舟三峡远赴湖湘之前，共在四川巴蜀地区度过了九个春秋，创作了近九百首诗篇。意义之重大，竟占了诗圣平生所传一千四百多首诗歌的近三分之二。两川夔峡诗，思想性、艺术性均得以升华，诗境壮阔，为后世所珍重，为其诗歌最高成就。

假若杜甫没有夔峡诗，范曾也一定不会如此崇拜杜甫，先生曾在大庭广众讲：“当今之世，有谁写诗，能写出杜甫的七律《秋兴八首》，我当场磕头拜师。”范曾之于杜甫敬仰、引重有如此，所以才可以饱含深情地以一首散文行歌《杜公赞》歌吟诗圣伫立西阁之上那一刻，定格在无边天幕的无边惆怅：“杜甫，你伫立西阁，俯仰吟哦，你的声调这样凄恻，这样悲凉。”“你一身素白的衣裳，莫非是侧身天地之间，像白鸥一样孤独，一样彷徨。”

作为诗人的范曾也曾有过孤独，有过彷徨，孤独之时多，因为只有诗人可以尽情享受孤独。而孤独又不独钟情于诗人，乃因一切伟大的艺术，莫不产生于孤独之中。日本影星高仓健更是将孤独大而化之，“孤独可以产生最优美的气质和风度”。

孤独又岂偶然得之，亦非常人所能享受，阅尽人间春色，见过大世面的人才堪享受孤独之美。

范曾有过彷徨吗？有，十分短暂，此中倒有八九分是在忧虑祖国的命运、民族的前途。一个不世出的天才——年轻的画家三十年前曾经这样写道:“爱祖国是从爱家乡爱父母开始的。”故国情深,赤子之心,一似深窖老酒,越发浓厚。先生大爱弥天,不管一路走来多么坎坷,义无反顾,捐大楼献巨款,最灵秀的慧心,修为出一位艺术家最大之善业。

真金白银在某种前提下最能折射出人性的光华。其实,说穿了人类道德的高尚风义,抑或是风雅之举,也是要附着于金钱之上的。就连父母双亲的话也要善加理解,父母说了:“这孩子真孝顺,来看看我们就行了,别花钱买这么多东西。”听了这话,以后就空手去吗?! 顺坡就下的,是驴。为人子孝顺父母,奉敬衣食,天经地义。即使朋友间的应酬,也要用到钱,该出手时就出手,该用多少就用多少。为人处事,必须符合自己的身份,很重要。我第一次去海南探亲,亲戚是一位爱读书、颇为儒雅的领导,请我家宴,邀一大资本家作陪,酒好喝,话投机,成了朋友,转天还有兴请我吃饭,亲戚也去了。事后,亲戚说:“他可从来没请过我到这六星级酒店吃过饭。”我说:“你忙,又是领导,人家担心请你不方便,他如此规格的盛宴请我,就对了,完全符合他的身份,尤是初次宴客,不是这样,一定至少有两个问题:一是他不懂事理;二是他不尊重我。小区工友请我吃一碗锅巴菜,和他请我吃一盏鱼翅是一样的,都有面子,道理也是相通的。”领导多高明,立马心领神会。这话我也曾跟二三亲友讲过,也都说对,知道我不是矫情的人。

范曾的脾气大不假,然与身份是成正比的。范曾愤怒过吗?先生是大事隐忍,小事愤怒,半生读书养气所为何事?为大事!

佛说为一大事出世。不能以愤怒乱了方寸，制怒为静，我观范曾小事愤怒，不过是表明一下态度，找一个发泄情绪的窗口而已，况且范曾发怒时，也是一副好样子，依然可敬可爱绝不可憎！

我看过范曾发怒吗？当然看过，其中一次，与我有关，写六言对联的二〇〇〇年夏秋之际，具体日子忘了，记得是上午，在范曾南开大学西区的高层宿舍，我请先生写一对当年鲁迅先生集《离骚》的六言联“望崦嵫而勿迫，恐鹈鴂之先鸣”置之座右，以为鞭策。我特意裁了两条淡黄的旧宣，上下联写好了后，但见先生上联边跋“传伦仁弟正值双四之年，风华正茂，喜诗文辞章，因书此联”。下联落年款、名款，先生对联长跋得不多，我非常喜欢，已经在细细琢磨用何等式样的裱头，不承想，不到一个时辰，先生跃然而起至书房，双手抓起墨迹刚干的对联，撕成了碎片……

范曾缘何将六言对联撕成碎片，扔进了纸篓，是他生气了，怒而撕之。

那一天，我一上午都在先生的南开大学宿舍。是在写好对联后，发生的两件事引起“撕联门”事件。

先发生的一件事是，我到了宿舍的客厅，正碰见一位肩扛上校军衔的中年男性军官起身告辞，敬了一个标准的军礼，礼毕，拿起了放在茶几上的一个纸卷。卷着的当然是范曾的墨宝，究竟是什么？是画？还是字？画的什么？写的又是什么？均不得而知。军官走了，我当然不便问，尤其是跟大师打交道，更不能多嘴，乱打听出事。先生拿起放在茶几上的一个小长方形盒子，打开一看是一只烟斗，一只寻常烟斗，斗我也玩，略知一二。

范曾于烟斗一道是大藏家，收藏有在法国巴黎购进的价值二十万法郎的一只烟斗，带编号，包装烟斗的皮盒子之壮硕，竟如小提琴琴匣一般大小，且此烟斗之销售对象均为正派的社会名流，购者须提供身份证明。

范曾雅藏的几百只烟斗中，有一只颇值一提，是范公在香港庆贺六十大寿时，一位香港友人敬赠的纯金烟斗。此物华堂一现，尽吸眼球，然非实用所宜。那段时日，范公每日口衔一只带竹节的西洋烟斗，而实具中国文化元素，文气斐然。范公玩斗的样子最帅，帅在自然，派头很大。别的什么人也仿，端着架子，瞅一眼，完全不像那么回事，仿范曾字画难，仿范曾派头更难，难在气质是如何也模仿不出来的。先生燕室悠闲，口衔此斗，吞吐大荒，英国古典烟草的馥郁香气，正宜发人幽思。军官所赠烟斗，必为价廉而其物不美之物，为范曾所不赏，亦乃人之常情，不图以此一俗物，卷走大师之墨宝，以铁易金之术，手腕实在高明……

第二件事与我有关。事先一位天津有名的大宾馆的老总与我约好去见范曾，买一张一纸三裁的人物画，为免纠缠，我再四告诫，先生画的润格不容商量。这位老总十点钟来了，寒暄几句后，提及买画之事，意欲打折，范曾不怿，遂下逐客之令。

此事我必须要借用先生的一番话来说明，可见公道："买画人到我这儿买画不能打折，否则画廊的生意没法做了。"买画人一走，先生迁怒于我，我完全理解，慨然接受，撕了就撕了吧，公之所赐，亦由公收回，成就今天一篇闲文，可算意外收获。小事招了闲气，算是生着玩，先生雅量不会入纳的，最大的优点是对事不对人，一般不记仇。转天早上我叩府请安，先生说：“昨天你带来的对联纸，颜色不好看，写在白宣纸上才好看，这对送你了。”

我一看，果是佳作，然却不复昨日情趣，联语仍是“望崦滋而勿迫，恐鹈鴂之先鸣”，上联的长跋“传伦仁弟正值双四之年，风华正茂，喜诗文辞章，因书此联”特意写给我的这二十三个字不写了，易之为“传伦仁弟清赏”。

对联我当月请良匠精裱，瓷青的绫子是请人特制的，文雅庄重，最宜悬于书房素壁，我朝夕对望了一十七年。对联今年送秋季大拍了，惦着拍一善价，找一好下家，换了银子也好买些古董玩意儿。可我当下的心思变了，倘若流拍，刚好留住了我的念想。

范曾画作之辩

数年前一件异常吊诡之事轰动艺林市廛，某于报端、媒体发文批“范曾画雷同有如复印机”，诬其有“千篇一律”之嫌。

范曾以诽谤罪将某告上法庭，且终胜诉。此案铁板定谳，尘埃落定久矣，于今控辩双方略无罅隙。岂料近日有好事之徒，复起衅端，借无知以售其狂悖，假批评以恣其险恶，又操断弦，荒腔走板，殊为可笑，实为早岁曾有伧夫攻讦“范曾画千人一面”之老调重弹而已。

摩石精舍主人张传伦，察此辈心甚卑微、词甚鄙俚、气甚燥竞，为免其火大伤身，祸乱无辜，赖海内君子仁人不恶其言，而恶其所以言，考其所以然者：不读书而昏昧，不习学而术诈，六艺不游，六法不明，而妄有摭拾，横加指摘，此古今庸妄之通病也！余恐其“城门失火，殃及池鱼”，故乃振笔而作此文，医其愚庸，以正视听。

余谓“范曾画作所谓‘雷同’‘千篇一律’，正先生独擅之大本事”，奚知先生此功求之于今日，戛戛乎难觅，正与古贤绝艺相侔，异代知交，或有奇数存乎其间，且听传伦徐徐道来：

廿载前，曾观范曾放笔作四尺整张《老子出关图》，数幅少顷而成，复叠合一，依曦光顾辨，但见老聃须发与稚童髫髻，扣然重合，错影无多，此技法之绝妙，非鬼手神腕，曷能办之！直与宋贤神篆相仿佛。

世人多知范曾笔底法度精严，铁画银钩的线条，是必具巨擘的绝技方可出之。

明冯梦龙《古今谭概》《神篆》一章所记，颇可为古今书画雷同之妙为世人做一力证："宋朝章友直伯益以篆得名，召至京师，翰林院篆字待诏数人闻其名，未心服也。俟其至，俱来见之，云：'闻妙艺久矣，愿见笔法。'伯益合粘纸各数张作二图，即令呲墨濡毫。其一纵横各十九画，一作十圆圈，成一射帖。其笔之粗细疏密，毫发不爽，众人大惊服，再拜而去。"

章伯益在中国书法史上占有重要地位，其篆法尤为崇隆。宋代嘉祐中，诏章伯益与杨南仲篆石经于太学。谓自李斯篆法之亡而得一李阳冰，阳兵之后得一徐铉，而伯益在铉之门，犹子由、子夏之在孔门。米海岳评其书如宫女插花，妃嫔对镜。

若云"范曾画作雷同如复印机"，语做贬损之意则浅陋甚矣！焉知此正大师笔下大佳处！

学生有幸亲历二事，可从另一角度领略范公绘画手段之高妙。范曾以张大千、傅抱石的线条墨法为宗，添笔补成二画，殆与所谓"雷同"之作，大异其趣。

时在二〇〇〇年，新世纪曙光微明，木欣欣以向荣。先生笔底又开一生面。

范曾老友米景扬先生入藏一幅张大千《高士孤松图》，松下见一侧面高士，盘石而坐，米公晨兴携来请范公题跋。公之跋文向来是不假思索，捉管便写，立见古贤之隽意。范公赏玩此画，意下欣悦，便请景扬翌晨来取。

转天米兴冲冲入得先生画室，一眼瞥见大千画面竟然大变，古装高士原本一个变了俩儿，米不免惊极！

近觑细观，谁能料到范曾竟以细笔勾画一高士，开脸发髻衣饰衣纹，均与大千画风一致，且纯粹以大千家法足成大千之画，米复喜极！揖谢不已。

范曾大笑："兴忽来戏笔而已。"此幅画只范、米两公和笔者详知底细，倘我三人不言，纵复起大千于地下辨之，亦当无疑。此画际遇之奇，业经这般撰述，露白之虞堪忧，以外道人观之，后动手，或与两值有损，而方家藏者愈加褒扬。

一本丹青，两代大师不以幽明见隔，共绘苍波于楮上，大千笔下青秀一枝，孤生片琰，十翼善将高士孤松，化为松下双逸，踞青岩而盘桓，云上之思，高情益隆。

又一日，某藏家携巨幅横披傅抱石设色山水惜未画完，上有傅氏遗孀罗时慧鉴题，画主人请范曾赐一题，益增其值。

范曾素喜抱石，援笔长跋一番后，意犹未尽征询画主。画主大喜过望，再拜而曰："有所愿也不敢请也，拜托先生擘山渲水。"

范曾即命传伦备下一大池墨，先生抓大笔上下涂抹，一时不知是皴是擦是点是染，顷刻之间，傅家山水，骀荡春山，而范曾法度，尽隐于烟霞深处……

读以上二例，不难知晓，范曾任是何样的风格技法，不能娴熟运用?！只是对符号意义情有独钟罢了。

“十翼”符号之意义，正与“八大”暗合，实乃中国画的终极追求。范曾笔下往古的孤忠烈魄不唯有相同的精神气象，面容形色亦颇相像，悬之素壁，像钟馗，像东坡、昂藏之大像，最像是范曾，所要之者，厥为此独归范曾之符号意义。

先生《老子出关》画之最多，无奈世人偏偏喜欢此一老一少一青牛的组合，倘易其境、易其法，偶有稍变，众遂不称，公乃不变。

好画不厌其多，即是同一题材，画者挥毫尽抒性灵，得者赏观心旷神怡，两全其美，岂不妙哉！

昔有大千一事，可资佐证，亦为本文之结尾。

“五百年来一大千”每开画展，常常是一张画上，下定的纸签挂着十多条。民国时大千在天津永安饭店展卖，场面火爆，一幅《白猿图》，多人竞购，大千只好画了十多张，总是满足人家的要求不擅变经营位置，买画的人还不忘叮嘱经纪人，“白猿啊，还是要这姿势的，都别变啊”。恨不越“雷同”越好，世上不喜“雷同”者，一朝碰上如此一张《白猿图》，千万别买，怕给您添麻烦，您去找张大千去辩说“雷同”太不容易，须焚香祷告，往台岛一叩梅丘之室。

范曾先生的诗人世家

范曾先生又岂止一位画家！

想必又会有些许小人，见此文章标题“伟大画家”四字，心生不服。由他们去“羡慕嫉妒恨”吧！

郁达夫曾在纪念鲁迅大会上说：“一个没有英雄的民族是不幸的，一个有英雄却不知敬重、爱惜的民族是不可救药的，有了伟大人物而不知拥护、爱戴、崇仰的国家是没有希望的奴隶之邦。”

有人说：“要了解一个民族，就要看他们崇拜的英雄是谁。”我们所处之环境乃和平年代，那么要问一句“凡今谁是出群雄”呢？

几十年前范曾先生讲演“祖国·艺术·人生”时的情景，历久弥新，那一股浩然英雄气不因时光遁逝而稍减，铿铿傥言，谆谆教诲，影响了几代青年学子为祖国、为艺术而奋斗，不负平生所学。

二十世纪九十年代初，我有幸跟范曾先生通了平生第一个电话，我说：“听了您的讲演，读了您的文章，我深深感到我们这个国家、这个民族还有希望……”

“说得好！明天来，送给你一本我的新书《祖国·艺术·人生》……”

转过天来，我初次去南开大学拜访范曾先生。行前张仲先生（已故老报人，作家，《龙嘴大铜壶》的作者）好心告我：

“你不用带嘛，买上一把香蕉带上，范曾爱吃香蕉。”

这时，我还不知道，先严已与范曾相识，并帮他在天津宾馆建立了以他为文坛盟主的“津英沙龙”。

沙龙成立的庆祝宴上，范曾招来了几十位精英和领导，宴开数桌。冯骥才何等人物，此际欲求叨陪末座而未得，当时其人其“腕儿”，尚不够坐主桌的份儿，这人后来进步很大，那是后来的事。

不开玩笑地说，我绝对是读范曾文章长大的，先生纵百死而不悔的爱国主义情怀几十年来一直深深激励我，他那“信是哪吒英魄在，与君闹海莫蹉跎”的进取精神，始终鼓舞我“搏击人生异趣多”。

奋斗着的人生何来趣味？

一日，我和范曾闲聊。要知大师诲人尽在寻常话语中，先生聊起他尊敬的朋友数学家陈省身，那么高深的数学，在常人看来很枯燥很无趣，“陈先生却说数学很好玩”。

范曾的身份首先是画家，是怎样的一位画家呢？是人物画画家？是写意、大写意画画家？也有人说范曾的工笔功力深厚，也可为工笔画画家……

说得都对。但，我要先声夺人：范曾先生首先是当代伟大的爱国主义画家！

请听，作为诗人的范曾以一首雄浑沉郁的《莽神州赋》，歌颂伟大的祖国：

云浮千秋，江山万古，
是一片心头的圣址和净土。
有共工来破，有女娲来补，
有历代志士仁人荡尘涤垢，驱陈除腐。
哺我有天降的雨露，
饱我有垄亩的禾黍，
她是生我养我爱我抚我的慈母。
…………

先生告诉我，爱祖国是从爱家乡、爱父母开始的……

是的，一个人不爱自己的父母、家乡，遑论爱国？！

先生慈母缪镜心女士，大儒缪篆之女。缪篆先生傲骨铮铮，一身正气，曾与鲁迅同事，民国时是厦门大学文学系教授，有人当他面，谄媚系主任林语堂："您就是我们的父亲。"

缪篆不禁大怒，拍案而起，痛詈小人之无耻："他是你的父亲！"拂袖而去。

范氏大家族中不乏狂傲刚正之士，绝无妄庸猥琐之徒！

四维不绝，五纲伦常，"撑天地有傲骨，铮铮的大丈夫"。

"淮之南、江之北、海之西，有古城南通在焉。其地物阜人熙，钟造化之灵秀，自古多倜傥才俊之士。而南通范氏，宋大儒文正公仲淹先生之后，明季自吴县迁居于此，垂四百年，香烟不断，名人辈出。城北光孝塔下故宅，院内一井，自明至今，水甘如饴。传云光孝塔为一擎天椽笔，而此井与庭院正为一巨砚，范氏艺文有传必矣。日本关西冈山有三大名园之一的后乐园，取仲淹先生‘先天下之忧而忧，后天下之乐而乐’的精义，以弘扬志士仁人的博大悲怀。”

范曾南通故乡的古塔是一支耸入云天的巨笔，院井是一池墨海翻腾的砚池。

范曾先祖范文正公仲淹先生南通一脉，诗文赓续，以诗世家薪传火继至十三代，四百余年间南通范氏既高据诗界昆仑之巅，其一家之世业撰则又不止于诗文，其于中华文化贡献最伟丽，最具爱国主义情怀，悲悯天下苍生。

窃以为此中最关紧要的杰出历史人物有四人：明季十一世祖范凤翼，清末范曾曾祖父范伯子，范曾父亲范子愚，当代范曾本人。

范凤翼，字异羽，为明万历二十六年(1598)进士，官至吏部主事。《清诗记事初编》赞其为“东林眉目”，一代高义，英姿杰识。

甲申国变，范凤翼人生际遇的最后一件大事，无疑是多尔衮亲率大军兵临南通城下。

历史，独于此处问圣贤！而圣贤之责任，唯圣贤可担！一身担起天下人担不起的忧惧与痛苦。

为保古城生灵，范凤翼单骑出城，力劝多尔衮，使南通免遭扬州十日屠城之厄。凤翼此举并非于大节有亏，“一片‘异羽’护南天”。

欲通古今之变，遥祭甲申国变。可知死而殉国易，生而复明难。为天下苍生计，为扬州十万军民计，范凤翼敢于舍弃历代仕子重于生命之名节，实乃更高、更深一层意义之上的舍生取义。

自古孤忠烈魄，或慷慨捐躯，或忍死须臾，无不以顽强的生命意志和理念，秉持一己之生死，浩浩忠魂，耿耿精诚，岂天地鬼神所能夺之！壮哉，凤翼是其人也！

所以然之故，范曾对他这位十一世祖凤翼公特别钦服，几十年前，文怀沙以“十翼”之号以贻范曾，范曾闻之欣然，虽未拊掌称善，脸上却露出了自信的范曾式的微笑。此刻他一定想起了“凤翼”“异羽”……

范曾每当谈起他显赫的文化家世或论及诗词时，最多提起的是曾祖范伯子。伯子是兄弟中年最长者。伯，古时用于成年人的表字或对人的敬称。

范伯子是清代同光年间的大诗伯，闻名天下的斫轮老手。其女范孝嫦嫁于陈散原长子陈师曾，两大世家遂结下儿女亲家。

伯子与散原性情相似，当年范伯子经桐城吴汝纶推荐，入李鸿章幕府，正李氏炙手可热之时，勋名事业，可谓如日中天，中堂大人多次劝伯子入仕，都被伯子坚拒。

范伯子与张謇、朱铭盘三人为江左奇才，时人有“通州三生”之称。时名最高的是得翁同龢奥援最力而为状元的张謇（季直）。朱铭盘之人，则为今世少有知之者。伯子虽与季直同郡，少小交笃，中道踪迹稍疏，季直赏进士及第，授翰林院修撰之时，范伯子正客李鸿章幕府，鸿章与同龢政见分歧越来越大，范、张遂日渐疏远。

范伯子与张季直的用世之志，大不相同，伯子先生“本性淡泊，感情上经不起宦海中的波诡云谲、惊涛骇浪，自知不是做官的材料，且亦不讳言己之‘顽钝’，但不肯抹煞良心，装出一副忠爱的假面目，欺人干禄。这一点与散原的本性，完全相合”。此即为范伯子与陈散原一见如故，至为深交的缘由，两公诗文造诣亦不相上下。

范曾的性情和诗文之特色与他的这位曾祖范伯子很有几分相像，而用世之志则有不同，范伯子不当官是不欲为官，范曾少怀治平大志，未曾不欲为官，而未当成，时耶？运耶？总而言之，是有缘故的，未尝不是范曾的幸运。世上不缺大官，少的是如范曾一般的艺术大家。

清帝曰：“左宗棠不必以进士为荣。”范曾亦不必以大官为荣。

观范曾的派头特大，睥睨天下名士的豪气，最得范伯子遗传，我常常暗自私忖这祖孙二人的面貌或许十分相像。

范伯子磐磐大才，自有值得李鸿章重视之处。

范伯子诗格高迈，诗境雄阔，更是文章的老成高手，以壮年入李鸿章幕府，且延为西席，为鸿章继室赵夫人所生之子李经迈授读。然范伯子至为重要的身份是李鸿章最为倚重的幕僚。此一期间，发生了一件事，可见范伯子是何等的傲兀，可称“光射斗牛之间”。

清代光绪甲申以后、甲午以前，李鸿章开府北洋，麾下有幕僚两名：范伯子、于晦若。李鸿章倚范之深甚于于。此二人皆为李专司奏章，上达“天听”。于晦若精擅辞藻，凡岁时贺表、谢恩折子，由于氏执笔。究其实，到底是应酬奉制文字。至有关军国大事之大更张、大措施的紧要奏折，统由伯子主稿。

接下来要说的这件事，足见李鸿章对范伯子重视优礼的程度，达到无以复加的地步。

清代的幕府制度，宾主一体。幕客的身份地位，敬如居停。加之伯子兼西席，东家居东席与西席对座，人格是平等的。

范伯子在天津，出行曾用李鸿章的伞盖。而李在清末，圣眷渥隆，珍赐不绝。曾蒙特赏“紫缰”，比之赏“紫禁城骑马”金贵许多。但“紫缰”例常只是荣典，不为实用，李鸿章也只是摆摆这大官特赐的仪仗，一次不敢乘用。

谁曾料某一日，范伯子心血来潮，命司厩准备“爵相”的座驾，要到紫竹林去征歌选色。这一来，平日暗妒者便到李鸿章面前告状，说是范大胆僭越，妄用“紫缰”，不免亵渎国家名器，应予惩戒。

哪知中堂大人李鸿章竟然这样表示：“‘既用紫缰，不可无驺术。’即时传令，以后范用紫缰，须照仪制，前导四‘顶马’，后卫四‘跟马’。护卫的武官，有以军功保到二品，蒙赏花翎的，以红顶花翎的武官为前驱，书生之荣，一时无两，传为佳话。”

范曾为当代大师巨匠无疑，憾其或恐至今无此殊荣。

我对范曾父亲、诗人子愚先生抱有一种格外的崇敬之情，钦佩他不求闻达、超然物外的格局。身居京华闹市，不复长安梦影，一如岩崖高逸的古之贤良，韬光养晦，持节守拙，子愚胸中所养所勃郁所蓄积者，此内敛的光华，传输给了他才华盖世的三子范曾。假以时日，必将光芒万丈……

子愚晚年，孝顺的范三公子为安慰老父，特意印了范子愚诗集，敬奉一百本，老父取出一本，供在亡妻缪镜心灵位前。

子愚镜心伉俪情深。镜心先子愚而逝，子愚先生悲哀难禁，悼亡诗稿上，只钤盖“孤鹤”印章。任凭范曾百般抚慰，老诗人了无生趣。父亲谢世后，范曾整理遗物，见一包袱，打开一看是九十九本子愚诗集，一本都没有送人。

子愚先生淡泊一生有如此，范曾先生说，或者先父觉得世人读不懂他的诗……

中华民族是一个大智大勇的民族，也是一个多灾多难的民族。光辉而悠长的历史，不仅充满了血与火，也留下了诗与画。留下了巍巍的陵寝、庄严的宫阙、伟大的石窟和无数引人自豪的、激人壮怀的遗迹。中华民族在漫长的历史进程中，历尽浩劫，但它的向心力和凝聚力有增无已。有志者为它的生存呐喊、战斗、喋血。在丰富的遗产中，留下了他们不朽的功勋和他们的孤忠亮节。这是精神领域里无尽的宝藏。鲁迅先生在《且介亭杂文·中国人失去自信力了吗》一文中说：我们从古以来就有埋头苦干的人，有拼命硬干的人，有为民请命的人，有舍生求法的人……这就是中国的脊梁。我认为这笔精神遗产弘扬光大，正是我们提高民族自信心的必要前提，也是爱国主义的崇高起点。

这是范曾一九八四年一月为《范曾画选》所作自序的开篇语。先生的接续之语，让我第一次知晓他书香世家的清贫生活，然“回也不改其乐”。尤其令我惊奇不已的是范家还是一个革命家庭，抗战胜利后，范曾大兄范恒先生投身于人民解放战争的洪流之中。范曾先生满怀深情地介绍自己的家庭：

“我于一九三八年出生于江北的一个古老小城南通，世世代代是清贫的书香之家。正所谓‘十代诗人九代穷’。父亲是个规矩的读书人，由于家学渊源，他精通诗词音律。中华人民共和国成立前即使穷得揭不开锅，家里的几千册书是绝不会卖的。母亲是一位受社会尊重的小学校长，由于子女多，家中常年是吃母亲腌的咸菜和晒的豆瓣酱，但这并不妨碍我们父子兄弟吟唱‘斗酒十千恣欢谑’和高唱‘大江东去……’。我大哥二哥都能作诗，我也跟着起哄。一九四五年后，大哥到苏北参加了新四军，二哥随舅父到香港谋生。我八岁之后便孤寂地在家里读书写字，时时想念我的两位才情出众的兄长。十一岁，家乡解放，大兄穿着灰军装，背着盒子炮，回到家。从此，我的家庭开始了布满阳光的崭新的生活。”

范曾和大兄范恒的感情深厚。一九五八年，大兄蒙冤，被错划成右派，打入另类，一下子从优秀知识分子、文化干部跌落到了生活的低谷，每日只能喝最低廉的劣酒，心情苦闷，直到他生命的最后一息，依然无怨无悔，认为是自己辜负了党和国家的培养，组织上对自己的一切处分都是正确的……这位曾经旧派儒雅的诗人、极有才华的知识分子、无比忠诚的共产主义战士没有活着等到拨乱反正，为右派平反的那一天。

范曾每年清明都去墓地给大兄上坟，酹酒祭英魂。酒向泉台，是最好的茅台，大兄生前生活无着，只能喝几毛钱一斤的酒……

范曾是诗人，曾以史家之笔，发出千古浩叹。他深知人生之路“无李白的如弦大道，有屈原的漫漫征途”。

世人之于范曾，或许只看到他击节长歌、意态轩昂的豪兴，不知他也有潜藏的悲辛。

由杜秋娘为何劝人折花枝说起

“劝君莫惜金缕衣，劝君惜取少年时。花开堪折直须折，莫待无花空折枝。”

唐代女诗人杜秋娘的出名，全因为上面的这一首七绝。传诵千年至今不衰的原因，是多年以来，几乎每个朝代的父老师尊，都要用这首诗中包含的两个道理。教育晚辈学子：一是不要小小年纪就讲究穿戴服饰，二是珍惜时间，主要告诫的对象还是少年人。这很对，“少壮不努力，老大徒伤悲”，在这层意思上，杜秋娘借花比喻之语，通俗易懂，“花开堪折直须折，莫待无花空折枝”。诗的前两句“劝君莫惜金缕衣，劝君惜取少年时”，似有值得细细思量的余地。我意爱惜金缕衣与爱惜少年时，并不纠结，更无矛盾。家境好，不妨穿戴得好些，生活条件优裕，大可穿金戴银，不显俗气就好。但要知道，美人穿戴上金线编织的华丽服饰，一定比布衣荆钗养眼。一如深谙生活艺术的林语堂先生形容的一样：“即使是天生丽质的美人，妙施粉黛总比素面朝天好看。”

所以，我一向不愿效法杜秋娘那般说法，我是完全欣赏、鼓励孩子们穿好衣服，当今和平时代，生活标准提高，孩子们爱穿漂亮的衣服，无可非议。杜秋娘是一个漂亮而骄傲的女子，她有资格骄傲，看看生前身后喜欢她的男人是谁，可知她远非一位女诗人而已。杜秋娘，单名一个“秋”，秋娘是艺名，也是尊称。

唐宋之时，文人喜欢称有才艺的妇女为“秋娘”。白居易诗“妆成每被秋娘妒”，蒋竹山词“秋娘渡与泰娘桥”，罗隐《金陵思古诗》有句“杜秋在时花解语，杜秋死后花更繁”。有趣的是，杜秋娘之于杜秋，可谓实至名归。

杜秋娘虽然劝诫少年人“莫惜金缕衣”，可她本人自“二八”少女时代，何止衣金缕、食玉食。歌舞伎出身的杜秋娘，霓裳羽衣，飘飘若仙，一曲“金缕”舞罢，迷倒大军阀李锜，纳为侍妾。后来竟得唐宪宗李纯宠幸，封为“秋妃”。琼楼高处，“春风拂槛露华浓”，自是人间最豪华的奢侈，秋娘得享。

秋娘当然有资格说教的，因她先自惜取了少年时，天分聪颖，肯下苦功，吟诗度曲，色艺双绝，称得起锦绣其外、金玉其内，大唐的才女不是浪得虚名的。

少年的懵懂，并不妨碍我至少读懂了她的“花开堪折直须折，莫待无花空折枝”的字面意思。我便立即行动起来，老院子里的一株老本金银藤，从此不再“花开花落自有时”，都被我鲜嫩时折下。外婆教会我深嗅几下香味后放入茶叶罐里窨香，茶叶吸尽了它湿润的香氛，变得干脆焦黄，没了金银花的形态和颜色，像是晾晒干瘪的小黄花菜的模样，倒也一点儿不讨厌。不必择出来，连茶一起沏，有清热明目之效。这情形仿佛宋代香方“心字香”的制法：将茉莉花骨朵儿夹在沉香片中，放入密封的锡器里，讲究的是要等待茉莉花竞开繁盛时，方可启之。雅以熏修，再配之以“银字笙调”，分明是宋代高贤蒋竹山的意境了，谁还会在乎茉莉花骨朵干成何等模样呢？嫩蕊伴沉香，一似荷花照水红，不待夜深凉露，雅人犹在暗香中。

少年的我于金银花，是很得意的，只因十岁的我居然猜出了此花为何名唤金银花。此花乍开时雪白，其色保持三日后，开始变黄白为银，黄为金，故称“金银花”，对此花而言，银却胜金，叵耐货殖的金子远比银子更金贵，终究还是被人不解风情地叫作“金银花”，俗气不说，实在是有违花期时序，真不如叫“银金花”来得清爽。

每至早春二月，我都要踏青，意在折花数枝归舍，插在蓄水半截的古铜瓶中，三分春意，分得一分古气。今年折得一枝桃花，只折一枝，是要将那粉艳的桃花来配清幽淡雅的龙泉瓷花插。花插是我新晋的收藏，晚清的物件，状如鼓形绣墩，盈掌可握，座面中心有孔，直径大小可容中指，插花枝一束，最宜是春桃，杈丫分纵，桃花缤纷点缀其间。“待勾留一叶春光”，范曾先生的这句诗，应景应时，油然从心底升腾，我不禁脱口而出。这七个字是范曾雅撰十七言长联的下联中的最后一句。

范曾先生游历欧法二载，逆旅倦游，“斗牛空认其杰”，有感于“举世萧条，故国独秀”。加之一时返国，机缘难谐，心绪难免“凄惶”，高敞的别业，顿成“蛰居”，侘傺之情何遣？一日，冲春茶一杯，绿叶在清水中上下翻滚，恍若看到故乡起伏的“群山碧翠”，杯水虽小，“待勾留一叶春光”。

归来吧！浪迹天涯的游子，故国神游，岂止在梦中！满眼风光依旧在，烟霞深处，还欲再听您朗声吟哦“我看青山多妩媚，料青山见我亦如是”，那才是十翼的风采！

此十七言长联的创作故事，是范曾先生于二〇〇〇年客寓泉城济南索菲特酒店，与我等一行陪同人员闲聊时的清兴话语。我听得最是入味，顺手取桌上信纸一张，敬求以硬笔书之，先生一挥而就，落款是：“范曾巴黎别业自撰联。”两方图章是我钤盖的，白文是“江东范曾”，朱文是“周甲”。

联语曰：“抒啸犹慷慨，听八表宫商，谁唤醒三千世界；蛰居漫凄惶，看群山碧翠，待勾留一叶春光。”

中秋说螃蟹

蟹，海蟹湖蟹我都能吃上几只，老饕的水平远不及清道人。清道人是前清名宦又兼书法家的李瑞清，现今知此人的不多，远不及他的徒弟张大千有名。大千比他师傅会吃，清道人每逢阳澄湖蟹上市，以蟹为餐，食量大得吓人，以“日啖百只”闻名沪滨，士夫为之广为传颂，其实吹牛的成分占了不少，有谁真要一天吃一百只蟹，非得把舌头扎破不可。所谓“日啖百只”，分明是从苏东坡豪语“日啖荔枝三百颗”化借而来，不过是酒后茶余的谈资而已，不必当真。

张大千是蜀人，故不特别喜欢吃蟹，与他有“南张北溥”之誉的溥心畬则嗜蟹成癖。二十世纪五六十年代，溥心畬居台湾，岛上没有一只大闸蟹，儒二爷又馋得要命，每年秋风乍起，还没进农历九月，就张罗着办护照，好乘飞机去香港吃大闸蟹。护照临时出了点问题，就急得不得了，“饕餮王孙应有酒，横行公子却无肠”。唯恐金樽酒冷，误了“秋风凉，吃蟹黄”。

要讲究吃，谁也讲究不过儒二爷。旧王孙的身世，每日玉盘珍馐，是御膳房师傅的高手烹调；而名士的身份，更讲究按二十四个节气，吃时令菜肴。现如今，也很有几位江南有钱的主儿，纷纷办起私人会所式的菜馆，一班食客以自家享用为乐，也打起按节气吃菜的招牌，能这么想又这么做了，究竟还是有些雅人风致、士夫情趣。没错的，错在自然环境变了。应季的荤素食材，先不说味道不同以往，时序也跟着变乱了，或提前或滞后上市（不包括反季节的大棚作物），湖蟹硬实了，膏黄肥腴，正好吃时的"蟹讯"，大约推迟了一个月的光景。迟就迟呗，我是一点儿也不着急。说一句不怕扫兴不怕伤雅的话，我不怎么爱吃湖蟹类的淡水蟹，不是味道不美，而是嫌蟹的个头太小，剥来剥去，所获甚少，费力不少，得不偿失。所以无论外酬家宴，我都宣布蟹头不足四两者不食，够了这个大小，我才有耐心慢慢剥食，于是有了持螯话酒的兴致。我也不是所有的小蟹都不吃，爱吃一种特小的、以产于蓟运河为最佳的紫蟹，一斤要称几十只，吃时裹上面糊，油炸后夹热饼吃，很香，比吃油炸蚂蚱又多了几许河鲜的味道，儿时的美味，老也忘不了。

吃清蒸全蟹时耐心最重要，体现在一个"慢"字上。"慢"是吃蟹必须要严守的规则和节奏，要做到这一点，首先肠胃要养好。过于饥饿，很难做到"慢"，动作一快，吃相会不雅。也曾闻有资深食客吃完一只蟹，外形破坏不大，还能拼成蟹的样子，这种自觉很优雅的吃法，累己烦人，乃是摆给人看的。雅欲人知非真雅，一切的作秀，都属矫情。

当下有几家高级酒店的蟹宴标准很高，高在有专门的服务生拆蟹。如此吃法，老早就遭明末清初的美食达人李渔的诘难。李渔了不起，雅号"湖上笠翁"，天下学问、玩意儿少有不懂的，后世奉其为“中华五千年第一风流文人”，这般捧人算是捧到头了，不亦过乎?! 但凡读了李渔的代表作《闲情偶寄》者，莫不服膺:李子足当之。

不妨听听他的美食感言，尤其是说蟹之词，虽亦文言，绝不晦涩:“凡治他具，皆可人任其劳，我享其逸。独蟹与瓜子、菱角三种，必须自任其劳，旋剥旋食则有味，人剥而我食之，不特味同嚼蜡，且似不成其为蟹与瓜子、菱角，而别是一物者。”

吃蟹假手他人，蟹就不是蟹了，点评之老到，可谓一语中的、三分入木。接着李渔还有引申发挥:“此与好香必须自焚，好茶必须自斟，童仆虽多，不能任其力者，同出一理。讲饮食清供之道者，皆不可不知也。”

吃蟹讲求环境，不可于咤语爆棚之处食之，有条件的雅士，更应择一清幽地，凉亭水榭最适宜。与李渔差不多是同一代人的曹雪芹最是此间解人，须临水赏桂，水波不兴，花香馥郁。《红楼梦》第三十八回专记大观园吃蟹的一段场景，金秋蟹肥的某一日，史湘云请贾母一行赏桂吃蟹，贾母深谙吃的是环境的美食哲理，先问:“哪一处好?”王夫人道:“凭老太太爱在哪一处，就在哪一处。”凤姐道:“藕香榭已经摆下了。那山坡下两棵桂花开得又好，河里的水又碧清，坐在河当中亭子上，不敞亮吗? 看看水，眼也清亮。”这藕香榭真个是吃蟹的好去处，“盖在池中，四面有窗，左右有曲廊可通，亦是跨水接岸，后面又有曲折竹桥暗接”。

满族人入关后，上层人士很快吸收了明季士夫高逸们的饮馔精髓，原本白山黑水间的女真八部，吃的是大块肉，喝的是大碗酒，控弦猛士哪里得见“无肠公子”。迨至民国，西北人偶见横横野径之螃蟹，还以为是鬼怪之物，胆子小的，吓都吓得半死，唯恐避之不及，谁还敢吃。鲁迅都钦佩第一个敢吃螃蟹的人是勇士，这也一点儿都不夸张。世间事物禁不住细细思量，盯紧了看螃蟹，其形也真是怪异得吓人，慢慢地人们看惯了。造物主真是神奇，造出了这样一个精怪，又最能满足人类的口腹之欲，有不少的食客，若问其最大的美食欲望是什么，答曰：“吃蟹。”样子再怪，也就见怪不怪了。

虽云一方水土养一方方物，“西北山高水又长”，为何自古毛蟹不生？我也曾甚觉奇怪。倒是李渔好福气，湖上笠翁，漂泊江浙碧水间，籍隶南国，啖遍江南美食方物。然其耽耽于蟹，许为第一清馋，“癖蟹”之号，同人尽知，嗜蟹如命，“每岁于蟹之未出时，即储钱以待，因家人笑予以蟹为命，即自呼其钱为‘买命钱’”。蟹上市的秋季九月十月，李渔命之为“蟹秋”。李渔吃蟹以整蟹清蒸为首选，“凡食蟹者，只合全其故体，蒸而熟之，贮以冰盘，列之几上，听客自取自食，剖一匡，食一匡，断一螯，食一螯，则气与味纤毫不漏”。雅不喜以之为脍，断为两截，禁绝烹炒油炸，“使蟹之色、蟹之香与蟹之真味全失”。李渔嘲笑此辈不善治蟹，却如小人之善妒，不解蟹情有如此，“皆似嫉蟹之多味，忌蟹之美观，而多方蹂躏，使之泄气而变形者也”。李渔甚至不允施蟹以任何作料：“世间好物，利在孤行。蟹之鲜而肥，甘而腻，白似玉而黄似金，已造色、香、味三者之至极，更无一物可以上之。和以他味者，犹之以爝火助日，掬水益河，冀其有裨也，不亦难乎？”

不是非要和李渔过不去，吃蟹之法，实亦不必拘泥于清蒸一道，要之视蟹情而定治蟹之法。李渔处世之秋，遥遥三百年前，闭关禁海，士夫巨室亦无从得获海泊西来之巨蟹。如皇帝蟹，体量衡中者，至少也是吴越湖蟹之十倍，只能拆而分食之，或盐焗或辣炒或煲粥或生吃或芝士烤……若得烹手高妙，质味上乘，舍清蒸一法，而增口福十倍之享，岂不大快朵颐，朵颐大快！兴致所至，不由思起二十载前，家父假津门国际大厦三十七层之“食为天”酒楼，宴请八王爷爱新觉罗·溥佐夫妇，夫人是续弦新娘，唱梅花大鼓的名家，艺名“花小宝”的史文秀。溥老年轻时，曾随着二哥溥修修二爷捧过正火的“花小宝”，溥佐是凑热闹，修二爷才傍得上前。一晃几十年过去了，溥佐、史文秀各自丧偶，相声名家苏文茂的女儿做了回红娘，将史女士介绍给溥先生。先前多有作伐的热心人一拨拨介绍，无奈“妾有心郎无意”，此番见了“花小宝”，便不同了，七十多岁的老妪，开口一唱，莺声燕语的，闭上眼听，像十八岁唱的。很快宴尔新婚，不久，就是这次家父请两伉俪在“食为天”吃皇帝蟹当日，被我侦知，即告好友溥佐的八公子敏震峰，蹭了这顿蟹餐。这蟹好生吓人，足有八斤重。刺身生、椒盐炸、煲白粥，光是消化这三吃皇帝蟹，就用了一个时辰。佐八爷持螯话酒，连说“肉多得吃，肉多得吃，这回算是吃着螃蟹肉了。”

这只“大螃海儿”只吃了一半，两只蟹大夹子的肉都没吃完。肉太多，吃着吃着却吃烦了，好似是在吃猪肘子，一时竟找不到吃蟹的感觉了。大而无当，往日常嫌湖蟹小少肉，其实那才是吃蟹的雅趣。曩昔李笠翁无缘啖此巨蟹，也大可不必生憾的。

广东的姜葱炒蟹，蟹壳青青，二三斤重，猜想也是外邦的蟹种。新加坡人最会做这种蟹，黑胡椒炒，口味独特。每临星岛，必点此菜。至若那些所谓贵不可言的贵族蟹菜，蟹酿这个蟹镶那个的，全是噱头，哄土豪玩的，靡费的不是买蟹钱，而是买工钱。

蟹唯清蒸可保全味，绝非食蟹秘辛，一般食客都懂。写下《随园食单》的袁枚竟不明此理，偏要教世人用盐水煮着吃，“蟹宜独食，不宜搭配他物。最好以淡盐汤煮熟，自剥自食为妙。蒸者味虽全，而失之太淡”。此法实不可取，煮蟹时蟹味差不多都流失在汤里了，可这汤又不能喝，因不可食用的蟹肺也在汤里一起煮了。只有一款蟹汤最美味：清蒸渤海湾的梭子蟹时，蒸锅务使涤净，多添水，上置箅子，蒸蟹时，蟹遇热不断渗下汁液，这蟹之精华与锅内的水在二十分钟内相互融合为足够一大汤池的“蟹鲜汤”，只需下少许海盐，不见一丝油花，不加一点佐料，味道鲜美异常，海味浓郁又分外爽口，恐怕只有钓鱼台国宾馆的国菜第一汤“气锅乌鱼蛋汤”可与之相比。精美食、善养生者，三餐不可无汤。食贵能消，饭菜得汤而即消，其理易见。“宁可食无馔，不可饭无汤。有汤下饭，即小菜不设，亦可使哺啜如流。”宴酬、家馔，饷客膳己，丰俭由人，唯汤一道，不可稍作省却之念。

袁枚的“盐水煮蟹法”，不是说着玩儿的，而是当真写入《随园食单》“水族无鳞单”一章中的“蟹”条目。三百年来，别人怎样解读，我不知道，也无兴趣；我看后不禁瞠目惊奇，这哪像袁大美食家所能言者。蟹遭水煮美味顿失，复又加之以盐，不意袁君口味之重，不让“引车卖浆者流”。

明末高士，写《陶庵梦忆》的张岱，会吃蟹，会说蟹："食品不加盐醋而五味全者，为蚶、为河蟹。"每至金秋十月，张岱"与友人兄弟辈立'蟹会'，期于午后至，煮蟹食之，人六只，恐冷腥，迭番煮之"。配蟹之菜、果、酒、饭、茶，更为豪奢："从以肥腊鸭、牛乳酪，醉蚶如琥珀，以鸭汁煮白菜如玉版，果蓏以谢橘、以风栗、以风菱。饮以玉壶冰，蔬以兵坑笋，饭以新余杭白，漱以兰雪茶。"甲申国破，晚年的张岱身陷窘境，回忆当年蟹会"真如天厨仙供，酒醉饭饱，惭愧惭愧"。

周作人喜读《陶庵梦忆》和《闲情偶寄》这两本明、清高士写的书，却总是看不惯袁枚作文、做事、做人的做派，尤不喜其美食方略。袁枚终老一生，富贵堪埒王侯，缙绅难免簪缨之俗，倒不是因有富豪宴请，席上佳肴百道，袁君竟无从下箸。而是周作人想见随园老人与湖上笠翁于美食档次上一分高下雅俗。民国散文大家小楷软毫下流露出的岂止是艺术散墨，周作人品目古人，向来是月旦精当，"若以随园食单来与饮馔部的一部分对看，笠翁犹似野老的掘笋挑菜，而袁君乃仿佛围裙油腻的厨师矣"。寥寥数语，已极是细细刻画出来袁枚与李渔的食性食相，端的是惟妙惟肖。

套用一句老派的说辞"茶博士"，形容李渔啖蟹有方，冠之以"蟹博士"，当无不尊，增其清誉而不伤雅望。蟹应季上市，尚不及花红娱目，可开百日。"虑其易尽而难继"，李渔"又命家人涤瓮酿酒，以备糟之醉之之用。糟名'蟹糟'，酒名'蟹酿'，瓮名'蟹瓮'"。李渔每入'蟹秋'，常常思念一位去世的婢女，"勤于事蟹，即易其名为'蟹奴'"。奴在这里无贬义，古代妇女自称奴，不分贵贱,《宋史·陆秀夫传》:“杨太妃垂帘，与群臣语，犹自称奴。”苏东坡曾喜欢一女儿家,名唤“柔奴”。婢女善治蟹,李渔自然喜欢,呼为“蟹奴”,算是爱称。说来有趣,或许李渔不知有一种小寄生蟹,也属甲壳纲,十足目,随寄主分布于浅海滩头,也叫“蟹奴”。

治蟹是技术活,需要老到的手法和经验。腌制醉蟹过程中的某些关节处颇诡秘,令人至今不解其奥。取蟹瓮中醉蟹,不可用灯照,醉蟹见光,马上松散,“满瓮俱沙”。“沙”是吴越方言,是说蟹肉吃来口感也会变得松粉,味道也就大打折,好似塌了秧。李渔“有法处之,则可任照不忌。初醉之时,不论昼夜,俱点油灯一盏,照之入瓮,则与灯光相习,不相忌而相能,任凭照取,永无变沙之患矣”。算得上李渔前辈的陶庵张岱,办法就简单得多,“用皂角一寸置瓶(与瓮同为醉蟹之器皿)下,则不沙”。这法子管用不管用,我不知道,因我没做过醉蟹。至于张岱说“吃蟹后,以蟹脐洗手,则不腥”,则根本去不了一丁点儿腥。民间有此说法,张岱信以为真,写进了《夜航船》,真是以讹传讹,现在居然还有人信。

江苏建湖水乡,早年生态好,水田里多产螃蟹,当地人足够吃,多得吃不了时,发明了一种“蟹豆腐”。老家是建湖的老作家王春瑜先生,写过一篇有关文章《又是秋深蟹肥时》。每逢重阳,西风渐紧,王先生最馋这一口“蟹豆腐”,每一思及,意颇动情,又兼推介详明,可以蟹谱视之。饕客会其义,不难操作,“将蟹洗净、撕碎后,在盆中捣烂,然后用清水在麻布上将蟹汁过滤至盆中,再倒入锅中,用文火煮,不一会儿就凝固起来,捞出,切成块状，便成了蟹豆腐。倘做汤，将蟹豆腐倒进锅中，加水煮沸后，放些韭菜，宛如翡翠拥白玉，真正是色香味俱佳，而其鲜美更是无与伦比，今日思及，不禁食指频动”。

蟹美至极，可回味可追思，实不能形容其味究有多美。无数文人饕客穷尽诩赞之语，皆不及李渔论蟹开篇说的那般到位：“予于饮食之美，无一物不能言之，且无一物不穷其想象，竭其幽渺而言之。独于蟹螯一物，心能嗜之，口能甘之，无论终身一日，皆不能忘之。至其可嗜可甘与不可忘之故，则绝口不能形容之。”这真是绝顶聪明人写的文章。古来大文人自有妙诣相通，苏东坡面“雪浪石”之美，无可言状，冠之以“岂多言”，三个字足够了！

在古代的南方广大地区，主要是因了自然生态环境好，蟹的种类很多。宋代画家吕亢杖头小卷《蟹图》，手绘许多今人不知其名、即知其名亦难见其物的螃蟹达二十种之多。写《味水轩日记》的明代高士李日华，有幸于万历四十一年癸丑春正月廿三日亲观此《蟹图》，赞叹：“戏墨之妙，乃至于此，笔精意到，气韵生动，其蝤蛑蹒跚、沙狗疾走之状，宛然在于墨迹浓淡点染间。据案观之，群蟹交错，将若入人怀袖。”

李日华当天日记备载翔实，诚说蟹之妙文。好多种蟹，恕我孤陋寡闻，若于他处闻此种种怪异蟹名，真不知为何物：“蝤蛑”“彭玥”“竭杞”“望潮郎”“倚望”“石硎”“蜂江螯”“芦虎”。“望潮郎”趣似雄鸡司晨，“白壳，潮来则举螯，如望，日不失期”。“倚望”笃敬如君子磬折，“行数步辄两螯相拱而望”。“蜂江螯”“芦虎”二蟹足坚、壳硬，李日华以为不可食，可知古人或许不具今人啖蟹之利器——“蟹八件”(剥蟹的金属工具)，畏蟹壳足坚硬,无从下手,非不可食,实乃蟹肉不易剥之,难饱口福而已。

李日华读《蟹图》拖尾陶谷跋文,思及陶谷逸事,援笔记之,亦颇有趣。宋季,陶谷“奉使吴越,忠懿王宴之,因食蝤蛑,询其族类,忠懿命自蝤蛑至蟛玥(蝤蛑即梭子蟹,个体最大,蟛玥最小),凡十余种以进。谷曰:‘真所谓一蟹不如一蟹。’实因此以讽忠懿之不如镠(钱镠)也”。陶谷不失文士中素称雅望之者,斯时所言“一蟹不如一蟹”,传之千年,以刺忠懿王,最称妙用,非蟹之错。

李渔将名词蟹、螯联称为蟹螯,引起了我的注意。《荀子·劝学》篇:“蟹六跪而二螯。”杨倞注:“跪,足也。”螯蟹首上如钺者,就是蟹最得意的那两个大夹子,横行无忌的坏印象,就是它们招惹的。“铁甲长戈死未忘,堆盘色相喜先尝”,螯又最招人喜欢。整蟹中数螯肉最美味而易剥,次为蟹膏,怡红公子会吃也会说:“螯封嫩玉双双满,壳凸红脂块块香。”持螯话酒,最可尽兴是文人。蟹越是雄壮其味越美,闽南石湖地区淡咸水交汇的礁石丛中，有一种专好逆水顶流而上的强健猛蟹——红膏蟹,捕捉极难,肉质奇美,极具营养价值。此蟹,一般人舍不得吃,要留给老人小孩,蟹壳也是宝,洗之下锅煲汤,可催产妇奶水。二十世纪九十年代初,听祖籍晋江的朋友吹嘘起故乡这种颇具几分神奇蟹种时的情景,至今难忘,很想见识一下,却不愿在餐桌盘子上看到它。想见红膏蟹在湍涡、石缝中穿行的样子,“‘于今落釜成何益’,莫若横行礁林间”。

二十世纪三四十年代,国之南北颇多文化精英喜郑孝胥书法，一时风气，学者踊跃，未因人废字。众弟子中有诗人徐志摩，放笔临摹，不亦文士之趣，可谓贞不绝俗。郑孝胥“海藏楼”诗集与其“待漏斋”司主的笔墨一样格调奇纵。“待漏斋”是郑孝胥专供写字之书斋，缘于每日五更即起，研下一大池墨汁备用，一如待漏的朝臣。习郑之字，最不成样子的是徐志摩，写得最像、庶几可以乱真的，是郑孝胥的天津弟子张谦。张先生是沽上捐馆多年的老书法家，其人晚岁偶忆先师郑孝胥亦喜啖蟹，但只爱吃一种，既不是渤海湾的梭子蟹、蓟运河的紫蟹，也非古今文人、江南士夫最喜一啖的大闸蟹，正是产于闽省海湾的红膏蟹。张谦先生闲话郑孝胥每于席上逢见其他蟹菜，了无食欲，概不下箸。

香港鸭肫干

食品后加一“干”字，必是阴干晒干烘干，或是以其他的干燥法脱水而成，可以入口的东西。这话没错，鸭肫干也就顾名思义了。脱水量之多少至关重要，决定鸭肫干的口感、味道。

十月十一日上午，我在香港买的二斤鸭肫干，脱水过了头，太干了。今日闲篇刚刚写到这儿，忽有思悟，鸭肫干，干过了头，于买卖双方都不合适。虽然如此，我还是必须要表扬卖家的这位港商，鸭肫干太过干硬，脱了水分，也就同时减了重量。此贾诚朴不灭，不淋水增重以增其值，二斤肫干至少少卖了我二两的钱，可说不欺人，却于买卖的价钱上吃了亏。我这个买家，算是占了一点便宜。

不是我这人得了便宜还卖乖，真的给我泡发水货时添了麻烦。发的时日短了，肫干硬而味咸；多发两天吧，软硬适度了，盐分尽失。所有的干货欲图好吃，必须要比鲜物盐多，口重些才对。

好在我有妙招：煮海盐、辣椒、花椒酌量，小火只需十分钟，撤火即倒入盛肫干的玻璃盏中，谨记海盐足量，不忌长泡，随时吃随时取。刀切薄片，盐水麻辣鸭肫片，依曦光顾辨，透明之状，与灯影牛肉好有一比。为求口感上乘，以十日为限，餐尽为妙。

老江浙老上海的食客最喜以鸭肫干佐酒，犹如今日之“国菜”油炸花生米。南方酒楼饭店的冷菜菜谱中已鲜见此菜了，原因是销售量上不去，喜此菜的人齿松发稀，都老了，肫干独具特别口感的筋道，嚼不动了。年轻人太多瞎吃瞎喝之辈，哪懂吃鸭肫干呀！哪天会吃了，更爱活着了。也管不了这么多，反正我尚未老迈，特爱吃鸭肫干，不仅会吃更会做，“牙好胃口好，吃嘛嘛香”。

他们不爱吃，一是压根没吃过，二是吃过的必是俗品。“稻香村”的鸭肫干虽云久负盛名，工厂化生产，产量一大，口味自然不复往日小作坊的味道。卖价可是不客气，越卖越贵，一串肫干没几个，就卖人民币八十元，比香港还贵。非我自吹自擂，兹是尝过我亲制的“张府秘制鸭肫干”的吃主，自兹而后的宴酬饮馔，无此吃食则终席不怿。

集贤阁的张伟总经理和大堂经理杨明品味过我以鲜鸭肫腌制、阴干的肫干，说是一口就品出了好几种味素，到底业内行家。

得此隽奇之味，调料之考究自不待说，几味料膳的中药乃我多年研究之秘方。愿闻其详者多矣，传伦这厢多谢捧场！可我这人吧，忒传统忒古板，只好谨守手艺人的古训：授之以鱼，不必授之以渔。

溥佐生前的最爱——集贤阁酒楼的海鲜

螃蟹可说是中国古今文人的最爱，持螯话酒的文人形象最堪入画。这张画真要画起来有一定难度，不可追求写实，手拿螃蟹大爪，举着酒杯的样子一定不雅。也是宋代一流文人的宋徽宗于此处最见高逸深雅之至，皇帝办画院，招考画师以唐人诗句中有关马呀，蝶呀什么的，命名画题，选中的画师都能细味诗情，并不具象地画马、画蝶，而意趣、意境跃然纸上。

以“持螯话酒”为题作画，倒是应该一定要画上螃蟹的，是画青青蟹盖的生猛活蟹？还是红红的蒸蟹？要是让我画，我画前者，现如今有我这想法的人还有，比我聪明，更比我大手笔的某一高士或是高士集团，联手在苏州昆山市东阳澄湖岸整出了一只青背白肚金爪的巨蟹，重量可达千万吨，长七十五米，高约十六米，这显然不是可以佐酒的真蟹，却可在它的白肚内吃蟹、休闲、娱乐，原来是一座以大闸蟹形象设计的生态馆。

看来设计者有才，不是一般的有才。

明清以来的两江地区的士人吃蟹，多以湖蟹为主，浙江临海，浙人有地理之便，得享海味。

十月十八日在上海嘉定江南文人家具博物馆，由周纪文、戈建平两位方家联手推出的“一席江南——天下第一蟹宴”，菜式八凉八热中，蟹菜占六道，有一道“蟹粉扣辽参”，辽参算是海鲜珍品无疑，然非东海本地所产。

写此番盛宴的文章，自申江返沽上越三日，发表于新媒体“今日头条”“天天快报”，且可立马看到，比传统纸媒登发快得太多太多。不怕没有兴，就怕兴才来，不到两个月，我一气写了几十篇文章，欣得朋友厚顾，提前结束“今日头条”例行的“新手期”，跃为“今日头条”正式作家，另几家新媒体平台的推荐与阅读量也大幅提升，流量相应上涨。我不在意流量，在乎的是有朋友爱看我爱写。乐此不疲，一发不可收拾，又够结集出本书了。

写蟹宴一文，我传给了集贤阁酒楼的总经理张伟老弟。平日里他喊我张叔叔，是他礼貌，讲老理按辈分的称呼，极是。我倒是愿意和他称兄道弟，早已是哥们儿了，并非乱了辈分，“四海之内皆兄弟”嘛。张总为人朴厚，爱交朋友，是非分明，心里有数，酒楼饭馆是“勤行”，大伟在集贤阁从采买等重要的几个工序干起，不几年已成专业美食家、经营餐饮的名家，业内口碑极好。

集贤阁的老东家李连群先生完全放心地把万科新城这爿旺店“集贤阁海鲜酒楼”全权委托给张伟打理，张伟不负重托众望。在高档酒楼入不敷出、大多关张的严峻局面下，美食向何处去？酒楼如何经营？张总下了大力气，在保持高档、不降低水准的前提下，经常推出物美价廉的亲民菜。“贤大师烤鸭”味美器美，一圈小碟，配菜之丰有胜于全聚德鸭子楼，鸭架椒盐或熬汤多放白菜，价位不足全聚德的三分之一，只收八十元。什么概念呢？就怕哪天来了位懂吃又好意思的主儿，只点这一道菜，酒楼肯定赔钱。好在至今这主儿没来过，大伟这般仁义，谁好意思呀？人不就是活个有面子吗？脸一拉下来，谚曰“脸皮厚吃个够”的客人，前几年真听说过。天津一酒楼为招徕、回报新老顾客，推出“清蒸鲈鱼”一元一条。来了一对夫妻，一人单独坐一桌，一人各自单点了一条一元的“清蒸鲈鱼”。服务员哪见过这等食客，忙去向老板汇报。老板是我认识的张姓朋友，指示后厨照做，服务员照上。林子大了，甚鸟都有。

集贤阁早已是餐饮集团了，二十多年前的第一间老店开在北郊区的北仓，是“八千岁”爱新觉罗·溥佐先生第一个捧红的。我不止一次听老先生说：“天津做菜最好吃的是李连群开在北仓的集贤阁，真是酒香不怕巷子深。”

“八千岁”最爱吃集贤阁的鱼翅羹，欢宴无此不乐，隔几天不去，朋友问候“溥老近日可好？”“挺好，就是胃亏翅。”这一真实的段子，诚我七十二沽美食一大佳话。

连续二十年，集贤阁海鲜集团每年都在全国烹饪大赛中手拿把攥地请回四五面金牌。牛皮不是吹的，泰山不是堆的。张伟敬业，读了我的两篇谈美食的文章《一席江南》《香港鸭肫干》，很有想法，说近日弄一桌咱们天津的蟹宴，张叔您请几位大师来品尝，保管跟南方的不一样。我忙说还是我带酒，手头还有刚发好的海参。“菜够了，不用上海参，读了《香港鸭肫干》，特馋，想尝尝。”

这是谁找我开口？是一位亲理庖厨的五星级酒楼总经理级

别的美食家之雅望。我自然是深感快慰，忙说："先送上几只吃着，不甚大佳，因为是好几天前做的，口味稍差，容我再新做一轮，甫成，奉上。"

"张府秘制鸭肥肫干"的隽奇之味，无缘亲炙的，大可一阅芜文《香港鸭肫干》，不开玩笑地说：未饱口福可饱眼福。等我哪天闲下来，一定开个"张府秘制鸭肫干"专卖店，兹要是读过《香港鸭肫干》的，一律打折。倘若真有慧心人，可以全文背诵，奉送二斤，童叟无欺，以此文为证，非吾戏说也！

我何生此念呢？缘于去岁奉邀去儋州的苏东坡纪念馆，凡能完整背诵五首苏东坡诗词的游人，免收门票。我受此启发而萌生送肫干之念，非关别情，雅谑成分具多，时在明代，约略可入冯梦龙《古今谭概》的"癖嗜部"。

张总和气生财，无意与"天下第一蟹宴"试比高，天津卫的娃娃吃渤海湾的海货长大的，不必与湖蟹一争雌雄。十一月一日的宴会上了两道蟹菜，海咸河淡：清蒸渤海湾大梭子蟹，鲍汁冬瓜蓟运河紫蟹羹。梭子蟹唯渤海湾所产味美肉甜，大伟所上只只满黄。贵宾中，请来了美食家、老领导，《嘛叫天津人》的作家孙福海大哥，真是请对了人，宴席上，酒好菜好人投缘。洗樽恭候一周，才始请来了这一位老饕客，真正的美食达人。听先生聊起饮馔佳肴，娓娓道来，真个是如数家珍，一杯酒没喝的任芙康听得是如醉如痴，另两位弟兄叨陪分坐，持礼甚恭。

集贤阁的老板张伟开饭馆这么多年，什么样的主顾没见过，没有几个真懂吃的。行家一出手，便知有没有，孙先生只一番"蟹经"云来，我等从此会买会吃。嘛样的大海螃蟹是真正的产于渤海湾的呢？好似天公海神独为照顾北地天津人的口头福，给渤海湾的海蟹打上了暗记，大青壳上左右各有一个醒目的白点，蒸熟后尤为醒目。福海即席即兴随口讲了一个炒土豆丝的做法，非行家里手，难出此言，土豆丝切好先用凉水拔脆脱淀粉，此法一般厨师都知晓，福海的后一句太精到了：“勾芡用水拔土豆丝沉淀的水团粉。”这一手，有效保证了土豆味的纯正。

紫蟹以产于天津蓟运河的为上品，老天津卫人喜裹糊油炸，大伟走的是汤路，酒过数巡后，恰好适口。

那一道“鸡汁雕花蒸黄鱼”，宜酒宜饭最宜黄酒。恕我疏忽，黄酒未及预备，聊胜于无是带上了一瓶一点八升的日本清酒“獭祭”，配淮扬菜、本帮菜，还是黄酒好，再好的清酒，以配日料为妙。

这些年吃来吃去，一饱口福之时，难免技痒。小厨小庖的我十七岁从墩上切菜练起，四十余年，偶尔操刀颠勺。不足瘾，每思来日准备一周，不务它事，推出一桌四凉四热，飨我嘉宾。金齑瑶柱，过舌即空，吾当亲治食谱，适可常救清馋于清明时日。

天下第一蟹宴——“一席江南”

以淮扬菜系为主打，突出湖蟹之美味，意在超越古今蟹宴，唯有与明代张岱所立蟹会——“天厨仙供”好有一比的天下第一蟹宴——“一席江南”。

一篇文章的起笔很难，难在找到那个恰如其分的切入点。找准了开头，就是一个碰头彩，文章才有点儿看头。

昨天老友春田兄微信传来一首新诗，诗的题目听来颇有些韵味：“唐牵着宋，魂牵着魂。”我要接续的下一句是：美食大家周纪文先生牵手国厨圣手戈建平先生，将如何呢？至味至尊的饕客，等待这一桌“天台仙厨”已然很久很久，其欲奉上怎样的一桌“天厨仙供”呢？何谓“天厨仙供”？此之前，天人、仙人肯定享受多矣，写《陶庵梦忆》的明季高士张岱有幸吃过，“天厨仙供”此一句隽奇之语亦出自张大少所著《陶庵梦忆》卷八《蟹会》一文。

那么三百年后的今日，谁人可享此口福、大快朵颐呢？饮撰之佳处，必择一清幽之地，“灵岩山房江南文人家具展览馆”的旧址，一百年前沪滨嘉定沈姓乡绅的老宅沈家祠堂。

周纪文先生接手之时，此乃一废园，荒台倾圮，花木疏落，禽鸟厌之，不肯伛伏，百花凋谢，春风难发其荣。纪文巧立丘壑，移花接木，巨擘小施，今日蔚蔚然可观，胜境也！

周纪文先生不唯是古文物收藏大家、文博专家，更亦梓室陈从周先生之后，名闻江南的古建筑园林专家。沪上地标式建筑，六百三十二米高的上海中心第三十七层葺建明式园林的艺术总监，即为纪文先生。此一座“云间漫步之明园”，设构匀亭，湖石清邃，名卉斑斓，六百年古藤枝蔓纷披，竹亭翼翼然似与窗外云霞相勾连……

园名“半亩”，确能在世界范围内，得享世界最高最美园林之盛誉。

沈家祠堂院落占地数亩，纪文神技乍展，役良工掘地凿池，引活水入之，藻荇逐流，细数锦鲤难知凡几，土山之上为置小楼，散种常青乔木，为享常年蓊郁清荫，随其下为置小径、溪亭，高士、名媛徜徉斯园，浑不知夕阳西下。时在二〇一七年十月十八日傍晚时分，我与乔皓君携手自园中移步，入雅室数椽，开间轩敞者，正“天厨仙供”饮馔之佳处。

未见戈先生其人，但闻其遐迩声名，早生仰慕之情，更欲品尝先生妙手烹制质味上乘之佳肴。纪文兄乃申江名士之眉目，精娴美食，先前业曾与我多次推扬戈先生实为一流烹饪大师中的领军人物，国宴圣手，笾豆有践，服务于顶级上层社会多年。时蔬上素，亦为清流雅士所厚赏。

烹饪大师必是味蕾发达，懂吃、会吃，擅馔珍馐、妙理隽味的美食大家。戈建平不仅如此，出人意料的是先生更亦莳花弄草、植柯叠嶂的苏派盆景艺术家。主宴会厅环室摆放的几株盆景，桩老叶茂，绿意森然，与厅中错落交织、奇韵尽出的插花，弥合成清雅典丽的怡人氛围。纪文告诉我盆景系戈先生之杰作，我顿时倾倒、顿时明白，将要展开的“一席江南”蟹宴是非常值得期待的。“我穿过了大半个中国来吃你”，我在北地预先做好的功课，可以完美交卷了。

纪文与建平皆风雅之士，尤其是纪文为隆重推出此一桌豪宴，准备了十四个月，意在让世人知晓何为美食。当今美食家何其多矣，如过江之鲫，焉知鲥鱼之美?！纪文与建平酌商在菜过数道之后，真的推出了一道鲥鱼香烤。“天下第一蟹宴”之奇美，又不独钟于蟹。

纪文平生颇具明代高士之雅韵，秀才人情半张纸。十日前，我于摩石精舍南窗之下拟明代书家沈粲草书笔意，执斗笔，书写了横幅六大字，希冀届时一报纪文之隆情、一慰建平之厨艺，觥筹交错之际，亦可增众名士云上之高情！与宴环座者十二人，主人周纪文当坐主位，座右排名先后，序齿不序德，依次为严克勤伉俪、张传伦、乔皓、吴清、陆林、谭向东、李文军、周峻巍、邓彬。

纪文先生实乃跨越几个领域的精英，尤其是江南文人榉木家具收藏的世界第一大家，行内口碑极佳，众皆服膺。此番豪宴，又将充分显示出纪文先生作为江南第一美食家的风采，豪情倜傥，雅兴正浓之际不忘与时俱进，率先举杯祝贺，大家心情振奋。纪文讲菜娓娓道来，宾主频频举杯。

菜分八凉八热。八凉：老上海熏鱼、墨鱼大烤、油爆虾、熟醉膏蟹、马兰冰草、雀巢板栗、炝腰花、蟹味菇拌豆皮。八热：瑶柱鸡茸羹、碧螺春河虾、蟹粉狮子头、蟹粉扣辽参、松茸蟹粉鸡头米、香烤鲥鱼、清蒸大闸蟹、时令素烩。

妙手料理之冷盘小菜，观其摆台，有如画师甫一开笔，云台峰石，位置经营，已见功力。稍加品啜一二冷荤、冷素，味蕾初醒，食欲顿增，当前之宴十分满分，可加二分。然此二分岂会凭空得来，一道熟醉膏蟹，刀工齐崭，四两闸蟹一分为二，正好先自持螯吮吸断面汁液。老饕老餮也有忌生冷者，此菜一改生醉为熟醉，与宴者来不及称赞一语，急急再进蟹肉蟹膏，齿颊浓香，饮尽一杯十年花雕，余味犹自绵绵在口。少顷，吃一粒雀巢板栗，甜香、奶香、咖啡香混合为一种中菜中少有的味道，尤其是西洋咖啡的苦味，起到了适时清洗味蕾的作用，对于美食家而言，一菜一味的享受实在与哪道菜先吃后吃，大有关联。

蟹味美，唯恨其壳坚硬，一道油爆虾，可缓此情。虾入口，虾皮酥脆微著甜口，虾皮与虾肉间饱含红汤汁，爆锅、加料、火候的掌握，必有独门绝技。虾皮、虾汁、虾肉巧妙融合而成特别的口感，与玻璃大盏中高高耸起的马兰冰草的松嫩清爽，产生了两种不同的咀嚼快意。

八凉中只有此菜翠绿嫩黄只有此菜装盘在透明玻璃大盏中，爽眼爽口，可见“一席江南”摆台功力之深。酒过三巡，八热欲上，正交卷之时，我于席前徐徐展开草书六大字：“天下第一蟹宴”。倘若拙作尚不足以令在座诸位惊喜，当我将此字幅右上端的三行跋题一一诵出：“明代张岱曾立蟹会，配蟹之菜、果、茶亦极奢华。今沪滨承其遗绪，重兴蟹会，可喜可贺。丁酉年秋日董桥。”众皆纷纷离座，近前欣赏董桥先生秀逸苍润的行楷……何为惊喜？始料不及、突如其来，可称惊喜。大家啧啧称奇之余，又纷纷合影留念。

宴会渐入高潮，酒酣耳热之际，古典家具研究大家乔皓先生即兴倡言："何不在今日，借此盛会成立灵岩山房江南文人家具暨江南美食协会，环座者皆为元老会员，以一席江南菜单签名为据。”真乃金点子，众皆拊掌称善，一致通过。谨遵民谚所教："好吃不多给，好鸟不多噪。”八热隽味究有多美，留待您哪天高兴，银子攒足了，恭请戈大师置一桌，自家细品，岂不更妙！

至若看客读吾芜文之兴未尽，慨当奉附我的明末老当家张岱《蟹会》一文如下："食品不加盐醋而五味全者，为蚶、为河蟹。河蟹至十月与稻粱俱肥，壳如盘大，坟起，而紫螯巨如拳，小脚肉出，油油如螾蜑。掀其壳，膏腻堆积，如玉脂珀屑，团结不散，甘腴虽八珍不及。一到十月，余与友人兄弟辈立蟹会，期于午后至，煮蟹食之，人六只，恐冷腥，迭番煮之。从以肥腊鸭、牛乳酪，醉蚶如琥珀，以鸭汁煮白菜如玉版，果蓏以谢橘、以风栗、以风菱。饮以玉壶冰，蔬以兵坑笋，饭以新余杭白，漱以兰雪茶。由今思之，真如天厨仙供，酒醉饭饱，惭愧惭愧。”

溥心畬的诗是“假唐诗”吗

“渡海三大家”是画家张大千、溥心畬、黄君璧。张大千不用多说了，玩世玩得团团转的老江湖，到哪儿都吃得开。旧王孙溥心畬到老不稍改，一不顺心，任是谁的面子也不给，台北市市长请他讲演，迟到了十分钟，他拂袖而去，再说好话也没用，岂止不讲了，儒二爷从此不见这人。宋美龄学画画，请他做老师，可以，先要磕头拜师。宋美龄用不起，只好转请黄君璧。儒二爷不拿画画当回事，重视的是经学诗文。学生拜他为师学画，一字不变：“学画不急，先跟我学诗吧。”其实跟他学画时也就学诗了，乃因每一句题画诗，都是他自己写的，诗才又当如何呢？陈宝琛先自评过：“儒二爷做那个充唐诗。”周弃子干脆说：“溥王孙的题画诗，首首辋川（王维），无非假唐诗而已。”

弃子此语，儒二爷亲耳听弃子说过，没生气没着急，只是稍稍有点不甘心而已。弃子接着说的原话是：“有一回跟他闲谈，我老实跟他说了，他也承认，他说他也有真的东西，不过不便示人。接下来念了两句给我听，‘百死犹余忠孝在，夜深说与鬼神听’。”

为何只有弃子论诗的话，儒二爷听得进去，且急欲得到弃子对其诗作的肯定呢？缘由周弃子先生高据诗界昆仑之地位，无人撼动！

高阳先生在《弃子先生诗话之什》引言里，于弃子之推扬甚明而显要："周弃子先生学藩，自署未埋庵，晚年又别署药庐，湖北大治人。多年以来，被公认为台湾的首席诗人，当然这是指传统形式的诗而言，打破传统形式的诗人观感如何，不敢说。不过，我相信，至少余光中兄及周梦蝶先生是承认他的首席的地位。诗人在中国台湾首席，海外固犹多老辈，但亦未见诗有胜于弃子先生者。"

儒二爷打心里钦服周弃子诗才之高，完全不在乎他讲什么"假唐诗"的话，但凡唐之后的诗人，有一个算一个，敢说写了首"唐诗"，定然"假唐诗"无疑，宋人也不必拾唐人牙慧的。

溥心畬是真名士真诗人，也真是太天真！弃子不称许他的诗，有一回他真急了，拈出了平生最得意之作，唱给弃子听："这两句，你总该说好了吧：'告凶今日浑闲事，已是曾经百死余。'"伤心王孙，自当别有怀抱。"到眼关河都成古迹，伤心土木但留空屯"，曷能舒坦？！

张大千何说自己“八不如”

二十郎当岁的蜀中奇才张大千，敢夹画笔一支，沿江而下，闯荡上海滩，除了自忖有些个画画的技术手段之外，交际的手腕也很是老到高明。此亦端赖于囊中不缺银子，张家有买卖，养着几条大沙船，抢滩闯海，自不是寻常人家。大千成名后吃得开，玩得转，三教九流都给他面子，画假画骗倒一大片。张学良、罗振玉、黄宾虹、陈半丁、陈霖生，不少的厉害角色都吃过他的亏，最得意的是，这些人反倒不怎么怪罪他，后来结为好友的不在少数。大千先前骗他们，是有缘故的，不怨大千。大佬们目高于顶，根本看不起这个四川来的乡下人，大千不得不用自己的一套本事，教他们学会正视。此外，还有些故作儇弄戏耍的成分在里面。大千是何等聪明之人，一到沪上，先拜了两大名家曾农髯、李瑞清为师，学文习字。曾、李也不是那么好打交道的，尤其是在尚未深识爱徒之前。李瑞清是前清高宦，说“侯门深似海”是吹牛，门第高耸确乎不假。张大千初入李府，门槛高，阍官不给传，一会儿说“老爷不在”，一会儿说“老爷在，正忙着呢，不见”。这好办，大千下次来，封了三百两墨银给了这位看门人。从此一路绿灯，大千一到，看门人便十分殷勤地告知大千，“老爷正在哪厅哪室，快去吧”。

多大名头也有不易时，好在大千成名后回馈社会，善待世人，不似他晚年的老外朋友，也是画家的毕加索。老毕晚年性格愈加乖张，对家人都不好，画也不好好画。盖因年轻时非常用功，画好却卖不出去，生活拮据，成就大名后，故意胡乱涂抹，不知是报复社会还是报复当年给他难堪的人？

张大千和毕加索晚年有过一次轰动世界的法国坎城古堡会晤，岁在一九五六年。当时的媒体广为报道，东西方两位艺术大师欣然会面云云。闻风而动前来蜂拥采访的记者，闻的只是大千的口风，光有口风是不够的，大千又岂是“唾沫粘家雀”的主儿，大千给记者诸公，事先一一封好了装绿票子的红包。

大千“张大山人”的绰号不是白给的，敢叫“山人”的，自古都是有本事的人。明、清两代的文人高士都喜自称“山人”，老婆也跟着沾光，金冬心称老婆为山妻。明代第一大山人陈眉公即陈继儒，“明代大学问家，与董其昌齐名。二十九岁取儒衣冠焚弃之，子史百家无所不精，攻诗文，短翰小词皆极风致。会书会画。董其昌说：‘眉公胸中素具一丘壑，虽草草泼墨，而一种苍老之气岂落吴下画师恬俗魔境。’”。“山人中名气最盛者当推陈眉公和董其昌（董或许不可与陈等量齐观，董毕竟做了明代的官），说暴发户附庸风雅是装饰，其实名公巨儒自比山人也属矫情。陈眉公既是山人中之最名贵者，难免谤亦随之，眉公甚至有云间鹤之称。听说陈眉公有一天在王荆石家巧遇一宦，宦问：‘此人是谁？’答曰：‘山人。’宦说：‘既是山人，何不到山里去？’

那是讥讽眉公往来于显贵之门也。蒋苕生因有剧本诋毁陈眉公,那出戏的出场诗骂得淋漓尽致:'装点山林大架子,附庸风雅小名家,终南捷径无心走,处士虚声尽力夸。獭祭诗书充著作,蝇营钟鼎润烟霞,翩然一只云间鹤,飞来飞去宰相衙。'"照周作人看来写《闲情偶寄》的清初名士李渔李笠翁,只算得上是普通的山人清客,尚无资格得入顶级山人圈,李渔"其地位品格在那时也很低落在陈眉公等之下了"。然李笠翁自有李笠翁的妙处,陈眉公不是有点儿装,是装得过了头,便非一般的矫情了。眉公当年"竹冠羽衣",骑坐张岱祖父赠送的大角麋鹿,穿行长堤深柳下,招摇于西湖的"六桥三竺",杭州的市民恍为神仙下凡。眉公这一把没白忽悠,从此得一"麋公"别号。李笠翁纵然放浪形骸,终不会像陈眉公显摆得那样迂腐可笑。

自古文人矫情的不在少数,矫之大者,无过于假谦虚,谦虚过了头,即涉虚伪。奇奇怪怪的是,古人有能耐虚火的高明,后世竟然纷纷仿效。

张大千是多产多能的画家,多产不足夸,多能了不起。举凡国画的人物山水花鸟种种题材,大千画来,允称国手无双,时人难望其项背。他偏要客气地云山雾罩一番,不如这个不如那个,矫之过甚,反正我听了,权当他说着玩,不妨先看看张大山人怎么说:"山水石竹,清逸绝尘,吾(仰)不如吴湖帆;柔而能健,峭而能厚,吾不如溥心畬;明丽软美,吾不如郑午昌;云瀑空灵,吾不如黄君璧;文人余事,率而寄情,自然高洁,吾不如陈定山、谢玉岑;荷芷梅兰,吾不如郑曼青、王个簃;写景入微,不为境囿,吾不如钱瘦铁;花鸟虫鱼,吾不如于非厂、谢稚柳；人物仕女，吾不如徐燕孙；点染飞动，鸟鸣猿跃，吾不如王梦白、汪慎生……”

稍懂些书画的，尤其是熟悉清末民国书画家名头的藏家玩者，没有几个不知道大千综上所推举者，很是有几位无论地位、名气、技艺压根与大千不在一个水平上，差之多矣！大千一生推己及人，绝非妄自菲薄之辈，“五百年来一大千”，服过谁？有一事，颇可印证大千的自信。张大千和岭南派大画家高剑父有过一次类似今日书画家笔会的聚首，高手相遇，华山论剑，在所难免。高大师是“岭南派”泰斗，张八爷乃民国画坛的天才，率先开笔，运笔如行云流水，纯乎以剑父奇峰笔法成就丹青，竟与“岭南”毫无二致。剑父观之，心下诚服，虽未当场逊为让席，大千几右之座是坐定了，剑父不禁拱手曰：“极是！极是！”

张大千早年在曾、李二师教导下读了不少书，此一番“吾不如某某”之语，显见得是炒了明末清初大儒顾亭林的冷饭。炒便炒了，恐关他事，想那湖上笠翁李渔泉下有知，会不会笑骂“大风堂”主，浑不怕风大闪了舌头，犯吾“剽窃陈言”之戒条，“剿窠袭臼”，拾那亭林唾余。幸赖张大千学古扎实，习先贤言辞，并未“谬谓舌花新发者”，不算犯戒的。

顾亭林写入《广师》篇中有名的“八不如”，其所由来大有渊源，暂且不论。兹请详录“八不如”：“学究天人，确乎不拔，吾不如王寅旭；读书为己，探赜洞微，吾不如杨雪臣；独精‘三礼’，卓然经师，吾不如张稷若；萧然物外，自得天机，吾不如傅青主；坚苦力学，无师而成，吾不如李中孚；险阻备尝，与时屈伸，吾不如路安卿；博闻强记，群书之府，吾不如吴志伊；文章尔雅，宅心和厚，吾不如朱锡鬯；好学不倦，笃于朋友，吾不如王山史；精心六书，信而好古，吾不如张力臣。”文中所指“八不如”，太过谦虚，倒让人觉得此八人之八大优点皆系于亭林一身，八人者除傅青主、朱锡鬯，余之六人与亭林之大材本不在同一殿堂。傅青主是傅山，朱锡鬯是朱彝尊，傅朱大名鼎鼎不必细说，倘若绪之以黄宗羲，以此三人譬喻“三不如”，允称妥帖，是则顾亭林真诚或可一见。罗列而至“八不如”，究其何因而竟不载黄宗羲，殊可疑问。放眼明末清初之际，海内读破天书之大儒，傅、朱、黄三子当列，而顾亭林势必居其先。“八不如”之论，多存虚托之语，不可尽信。例数至张力臣之后，顾亭林似乎犹觉谦虚得不过瘾，“八不如”仍嫌不足，竟说什么：“至于达而在位，其可称述者，亦多有之，然非布衣所得议也。”

亭林著此文之日，定然心情大佳，颇有前辈王阳明见“街衢行人皆圣贤”之慨。“八不如”，意间或有不逮，书生若我独赏其取法高古，秉承太史公笔法，朗然可鉴于《史记·高祖本记》：“高祖曰：‘夫运筹策帷帐之中，决胜于千里之外，吾不如子房。镇国家，抚百姓，给馈饟，不绝粮道，吾不如萧何。连百万之军，战必胜、攻必取，吾不如韩信。此三者皆人杰也，吾能用之，此吾所以取天下也。项羽有一范增而不能用，此其所以为我擒也’”。

老实说，顾亭林可不是好性情、好脾气、好说话的谦谦君子，行为乖张之处，三百年后惹得一恂恂儒者董桥大师的批评。《夜行者的独白》一文中记亭林事甚奇而怪，亭林之恣睢，董先生只好讥其为神经兮兮了：“顾亭林学问文章俱佳，貌极丑怪，性复严峻，一度独身北走，所到之处，必买媵婢，置房产，一两年后即弃之，什么都不顾就走了。人家请他吃饭，畅饮夜阑，张灯要送他回家，他怒骂主人说：‘世间唯淫奔、纳贿二者皆子夜行之，岂有正人君子而夜行者乎？’主人屏息肃容，不敢置一词。”

马一浮与谢无量

马一浮先生与谢无量先生颇具可比性，都是民国年间的文化大师，都是可以亲近“天颜”，上达“天听”的顶尖文士，且是“双重天”，与蒋介石、毛泽东的关系非同一般，在相当长的历史时期，两位先生是国共两党高层看重的一双国士。

谢无量先生荣尊极盛，还是孙中山总统先生的至交好友。

一九一七年，孙中山在上海草拟《建国方略》。久慕谢无量大名，向他亲笔致信：“无量先生大鉴：国家多难，全仗贤豪，群策群力，方能济事。望先生每日（旁注：本礼拜）下午四时驾临敝寓，会议进行，是所盼祷。手此，敬请大安！孙文。”谢无量得信后，准时前往，两人促膝长谈，十分融洽，他的许多建议被孙中山欣然采纳。

马一浮与周树人的渊源很深，可以追溯到青少年时代，此时，世上尚无鲁迅之名，马一浮的才气灵性，当在周树人之上。一八九八年，十五岁的马一浮参加绍兴县试，一同进试场的还有周树人、周作人兄弟。马一浮获第一名，周作人第三十四名，周树人第三十七名。闱卷流传，曾任浙江省民国首任都督、民国交通总长的名绅汤寿潜激赏其才学，主动将爱女汤孝愍许配给他。在后来一次出国考试中，马一浮又一次和周树人同进考场，马一浮依然名列第一。

马一浮的学识之高，少年时已崭露头角。他一生勤奋求知无一日懈怠，重情义，是庄敬撙节的君子。与谢无量一样，于书法一艺，造诣极高。一浮书作落款常署“一蠲”“蠲翁”，可知其律己克恭甚严。“一九三一年，马一浮居住在杭州延安路，书斋极其简陋，他颜其居为‘蠲戏斋’，作楹联一副：‘任呼茂叔穷禅客，早判公羊卖饼家。’‘蠲戏’取义《法华经》‘除戏轮’句，蠲，即祛除之意；戏，指不严肃的行为。年轻时丧妻不再娶的他，一辈子严肃端庄，坚持操守。”

马一浮曾以他深湛的佛学至理点拨丰子恺从大痛中挣脱出来，使其人生态度由消极转为积极：“一九三三年，丰子恺沉浸在丧母的痛苦中难以自拔，深感人生无常而消极颓唐。他三访马一浮，马一浮指点丰子恺：‘无常就是有常。’丰子恺茅塞顿开，精神大为好转。”

“一九四一年秋，马一浮的挚友谢无量到四川乐山复性书院看望马一浮，相见甚欢。马一浮通知书院学人到尔雅台集中，请谢无量先生向诸生开示。马一浮的学生张德钧骄矜自负，想掂掂谢无量的分量，率先发问：‘什么是无明？’谢无量笑而未答。马一浮代谢无量回答道：‘你这一念，便是无明。何不反躬自看？’张德钧大惭，诸生莫不敛容。”

谢无量与马一浮虽云襟怀同抱，砥砺挺经，谢却雅具旧文人的潇洒情性，倜傥不为庸碌所拘。尝有二事，可资为证：“一九三〇年，谢无量的好友于右任担任监察院院长，聘请谢无量担任监察委员。谢无量长住上海‘一品香饭店’，耗费很大，举债累累，以卖文字润笔收入做补充。谢无量性喜挥霍，嗜好赌博，常大输，囊空如洗。一九三二年的一天，他又输了，在场的四川老乡孙元良将军借给他五百元，他拿着这笔钱孤注一掷，又输。谢无量笑着对孙元良说：‘借款明日奉还。’孙元良久慕谢无量大名，说：‘先生不必还，送一首诗好了。’谢无量立即口占一首相赠，其诗云：‘仗剑归来战血新，锦城如锦又逢春。健儿海上夸身手，何止田横五百人。’孙元良在淞沪抗战中战功卓著，此诗含义恰到好处，孙元良大喜而去。”

当年，“马一浮曾作诗规劝老友戒赌。谢无量笑曰：‘今日世界，谁非赌也，偶作游戏，庸何伤？’终不能改”。

于右任、马一浮、谢无量、吕凤子、王秋湄、罗复堪、王蘧常等一代大师都曾受到过沈曾植书法艺术的影响，虽云各人具各貌，独谢无量跳出沈书窠臼。“书法家的字求法；画家的字求趣；学者的字书卷味；碑学家的字有金石气；帖学家的字滋润丰腴肌理……”观谢字，均可在诸家似与不似之间，桴鼓林下之风，却又无一笔山人的草味声调，雅在松溪岩崖深曲之间，又可行走于九衢庙堂之上。若论其最具个性舒展之处，与方尔谦何其相似，大方书格朗逸，如野马腾空，了无羁绊，然其不矜则不贵，稍现措大气尔。谢书虽亦纵横恣意，傲睨当世，了无一丝市井俗气，高华有自。

抗战胜利后，纸币贬值，物价腾涨。一九四六年，蒋介石六十寿辰，示意空军司令周至柔就近在成都请谢无量为他做寿文。谢唯唯否否漫应之，周至柔乃先敬致润笔三亿元。笔润之昂，高于任何文稿。囊中羞涩的谢无量，遂将其办黄埔军校、北伐之役及抗日战争三事汇列成文。寿文抄示后，蒋介石大喜过望。周至柔见蒋介石如此看重此文，又请示蒋介石请何人书写。蒋介石说："谢先生是大写家，就请他本人写。"周至柔再到谢府，转致蒋介石之意。谢以不能作楷书为由推辞。周至柔又敬献两亿元，作为写寿屏的润笔，谢无量笑纳后一挥而就。自获此项卖文字稿费，还掉债务，尚可积余。谢无量事后对朋友说："他是出钱买寿文，我是出门不认。大家都在做生意，商场上往来，照例如此。"

与明公马向阳先生闲话古人“长啸”

二〇一九年十二月二十二日，接海口马向阳仁兄微信，内容是一首《自嘲》并诗序。

腰肌劳损复发，遂以畅游书海自娱。卧读良久，眼涩手酸，掷书一旁，浮想联翩。平生事历历如在目前，遂作《自嘲》：

寂寥卅载守敝庐，
披沙沥金未荒疏。
每于月下吟佳句，
惯在灯前诵诗书。
修篱种菊本夙愿，
刮垢磨光任劳碌。
霜雪早已染两鬓，
躲进小楼自啸呼。

因见末句“……自啸呼”，忆及古之“长啸”，良有所思，于是回复马先生，缀数语如下：

古艺失传之一，殊为可惜的是唐人诗中常见的“长啸”，于山中“长啸”，一抒豪情，宛如天籁之声，明代的高逸名士已不谙此道了。所以明人恨事之一:“不复长啸之声。”据闻古人长啸得猿声启发,人之长啸清亮中虽有激越之声情存焉,然绝无悲戚之意。猿之哀鸣,令人同情,猿向人类进化只差了一步,能不悲乎?!

向阳兄少顷回复,真方家之言:“二十年之前,拙著曾有《遥远的啸声》闲文!‘啸’,古人撮口而发出的激越嘹亮的声音也。晋人擅啸者有孙登、阮籍辈,至今河南辉县苏门山上尚有孙登啸台遗存,少时曾携友多次登临焉。唐时,颇有懂得‘长啸’的人在,以故王维留有‘弹琴复长啸’的佳句传世。入宋,除岳帅能够‘仰天长啸,壮怀激烈’外,苏公亦有‘早晚渊明赋《归去》,浩歌长啸老斜川’的吟咏。风雅渐远,无可奈何,诚如张公所言,明清之后,‘高逸名士已不谙此道矣’。为之叹惋!”

今人恁是谁都没听过“长啸”究竟是何等不似天籁胜似天籁的妙音;但我们知道这岩崖林下的“长啸”,是古之高士寄托最为深沉勃郁情怀所能发出的时代最强音;虽然许多时候这声音饱含黍离之思叹、故国之情怀,它的声调也许不是那么激昂雄浑,但一定是发自五内,其情其声,足以摇动江湖山野,庙堂之上亦当有所回响……

范曾先生游学欧洲的第二个年头,法国巴黎美松白兰别业风景殊胜,终不及北国的严霜皓雪,江南的绿草平芜,犹是那半壁海日、晓霞暮雾,常在先生梦中萦绕……

归来吧,您不是浪迹天涯的游子,正是“故国平居有所思”的旷世诗伯。是您手中那一杯清茗的嫩叶,勾起返国的执念吗?!这绝非偶然的思恋,埃菲尔铁塔的最高层,也传不尽这极尽心曲的“长啸”。

云浮千秋，江山万古！正是祖国——此一片心头的圣址和净土，令他诗之以赞，俯仰吟哦犹不尽兴，那便抒啸以歌，一叙衷肠吧！

满腔热血，唤起澎湃的激情！时在一九九〇年的春天，范曾挥笔写下“抒啸犹慷慨”十七言长联：

抒啸犹慷慨，听八表宫商，谁唤醒三千世界；

蛰居漫凄惶，看群山碧翠，待勾留一叶春光。

少杰——翰墨虔徒铜印圣手

己亥早春二月，我在海南客寓讲学二十天。不久前由琼岛飞返津沽，寒斋倦宅数日，正好陪家母吃饭，其乐融融。

昨天上午兴起破岑，出门访友，意在小酌，饮馔之乐，莫如美酒美人偶聚一席，方称快意。于是电邀出版社四大美女，前去八号码头啖尽蒸汽海鲜，豪饮德国啤酒。

此雅局刚刚设定，顷接友人电，说见王少杰新刻朱文印一方"野草诗刊"，赞其如何工稳云云。是日欢宴，美女环座，佳肴美酒，不饮罄喝高才怪，打的回府已是午后四时。宽衣卧榻，遁入黑甜乡里，醒时已是次日凌晨四时，天啊！酣睡了时钟一整圈。

寂寞九沽春寒，一夜鱼龙深潜。桑间嫩叶返绿，濮上鹈鸠安卧，余恐其先鸣，振衣而起，浓睡尽消残酒。今日不临赵字，不写书谱，不赋华章忆美人，美人太麻烦，刻刀真锋崭。

"野草诗刊"，少杰雅篆，岂无文赋以赞之。少杰余之老友，篆刻大家，诚一代铜印圣手。少杰新锲，焉得不先睹为快！急呼少杰兄速速传来，及见此章，果然大佳！较去岁之刻，更上层楼。

“野草诗刊”铁线朱印乃少杰刻铜己亥新作。细阅此印篆法严谨，方圆兼济。“野”“诗”二字平正恬谧，“草”“刊”二字势圆而笔方，竖笔做曲线状，隽奇流畅，工稳雅致，上静下动，刚柔相济，一如儒雅君子，有玉树临风之慨。

细味刀法，洗练娴熟，冲切并用，皎爽飒利，绝不拖泥带水，故乃线条得以劲健妍美，足见少杰对皖浙黟山感悟之深。此印章法精工整饬、端庄典雅，分朱布白，神采奕奕见之方寸之间，铜印如此古人未见也。

两年前，少杰以移山倒海之力，抡五丁大斧，持昆吾刻刀，一举完成吾华印史，前所未有之篆刻巨构——刻铜《千字文》。

少杰先生雅奉天命之年，且喜恒心早定，游刃有余，昼思夜想，细谋分朱布白，殚精于方寸之内，竭虑于虚实之间，青灯孤影，岿然挺经，犹能苦中作乐。刻之以铜，载之以铜，历时逾两载，耗铜过百斤，废屑盈丘，始成刻铜《千字文》，四字一章，凡二百五十二方铜印，金光盈案，甫一示众，皆呼大观！ 巨构终成，重负如释，虽指痛腕疲，然心愿得遂，想其一人以疯魔之力，成此古今仅见之功，尚未疯魔，幸甚幸甚！

我识少杰久矣，未见王少杰其人，先闻王少杰之名，此名自是鼎鼎然印人之名了。

大约十多年前，我每有文字方面的疑惑，多去请教篆刻大家张牧石。先生精小学，明六义，教我之余，闲话我沽印人。牧石睿赏少杰，论其印章，尤以铜印，可谓独步当今印坛。

清乾嘉时期，下江芜湖诸葛氏刻铜镌印，得时贤称道，尝有文臣汪筠、方家翁覃溪、藏家马曰璐为之推扬。此一时期，为吾国印史上印材运用最为多样化时代。前明末世，文人士夫不能兼济天下，唯有独善其身，倡“雅人之致，旷士之怀”，耽玩篆刻一艺，养和雅趣，从赏玩天下古董时珍到亲炙分朱布白，流风所被，各显其能，尤以择选印材奇特矜好自炫。切玉、刻竹、划砂、镌铁、锲铜，而铜印最可一发思古之幽情。篋藏一方名章，绰继古风，大可满足此辈炫今好古嗜奇之心态。三百年后，少杰以铁笔刻铜折冲印章间，宣泄一腔豪气与才情。不因铜材迥异于时下常用石料而哗众取宠，驭青铜之性，扬秦汉雄风，重其神韵之所在。

听牧石先生如此赞许，又闻少杰斯时未及不惑之年，先自生出几分倾慕之情。牧石不唯印人之伟力者也，且与张伯驹先生闲敲诗钟、常相往来之诗友至交，恐怕只能由张先生这样的由民国沉香熏蔚出的一代雅士，才能道出此一番方家之言，方始构成我对少杰其人其印的最初印象。

壬辰龙年岁尾，我于道兄“双无双有馆主人”处观王少杰先生印谱，揽顾铜印一册，讶其精审典雅，竟有石章所不及者。要知庸凡手民奏刀刻铜，每因腕疲技乏，碍于铜质且韧且粘，若欲冲刀刻出剀爽锋崭之线条，实大不易，朱文愈见难度。少杰出蓝胜于诸葛氏处，是于最难处尽显巨匠手段，不费数刀，节修少琢，一改刻铜朱文肥浊软靡之滞态。

奇怪，始见少杰印谱，即觉其印文分朱，光洁秀拔，颇似善摄三代吉金之美的黄牧甫。少杰治铜源出古法，古今篆刻家不可不通金石之学，少杰卓然有成，得益其早定宗旨：其印学吉金之美，绝不等同于古玺之再现，与牧甫之厚味汉印，其所嗜者不谋而合。落落然又不以汉印斑驳边残为古拙雄浑之表象所蔽，须知“汉印剥蚀，年深使然。西子之颦，即其病也，奈何捧心而效之？”

少杰治印贵无一刀巧为姿态，故少敲边去角，不险不怪，不激不厉，不费修饰。刀下线条爽利遒劲与印面空间穿插错落，光洁雅逸，而尽得古趣。其印风之高迈，乾嘉以下，无此作手，遂骎骎然与秦汉先贤争驱于方寸之地，天朗气清，开一代印风于今朝盛世。

刻字镌铜，无非是陶冶风雅，不外是性情人格之提升，高尚品位之传承，最是讲求一个“闲”字。

忆昔癸巳二月上浣，少杰嘱我叙其铜印，正中下怀。不数载前，我师范曾先生巨目识少杰之结构，赏其法度井然，运刀如运笔，去古典胜景不远，假以时日，人印归美，信为不虚。其为少杰印谱题耑者三，擢拔后学有如此！少杰感荷铭深，大师厚望，敢不积糗计程而上！

芜文筹划期间，笔者与少杰多所觌面，诗酒流连，謦欬相得，喜其不汲汲索稿，庶使传伦心无驰猎之劳，身无牵臂之役，顺时安处，得闲而赋此闲文。

少杰先生心性宽和，所治印面虽曰空间狭促，怎敌他捉刀卅载，历践清贯，足以映带英风，生发高旷阔大之局。所谓相由心生，印亦然也。

才女周炼霞

民国四大才女：林徽因、陆小曼、张爱玲、周炼霞。似乎周炼霞名气不如前三位，实则不然。作为画家、诗人、小说家的周炼霞若论容貌、才华、艺术、气质、风度完全不输林、陆、张。小说《炼珠》可与张爱玲的《沉香屑》相埒，从一段描写中，便知她文笔的秀雅高妙："虽然务舟是曲意奉承，但他是绅士型，深于世故人情，缺乏热烈的情欲，正像是雕琢精致的器皿，而经过髹漆，或上了镍光，假使剥去了浮面，内容怎样呢？"周炼霞的花鸟人物画公认胜过陆小曼多矣，诗词方面造诣之深，休说此三位美女加一起也不能望其项背，纵是古之诗词大家，她也未遑多让。捧她的人说："就是晏殊、纳兰容若，怕也要让她三分。"此话是否适宜，见仁见智。倒是当代诗词大家冒鹤亭对后起之秀的周炼霞十分佩服，赞不绝口，因其一诗，竟甘拜下风。

在二十世纪四十年代的上海，周炼霞华年三十七八岁，已在沪上文坛、画坛享誉盛名。此时一代字画装裱圣手、由徐悲鸿捧红的刘定之在上海庆贺六十花甲大寿。他的裱画技术一流，徐悲鸿著名的一句话"中国画三分画七分裱"就是表扬刘定之的，为老刘定了位。刘氏请人画了一幅肖像，还要多事遍求当代名人题咏，冒鹤亭、周炼霞都在他诚邀之列。冒觉裱背褙匠的典故太少，只有明代的汤裱褙大名鼎鼎，但此典用之不妥。周炼霞说，不必用典，纯乎白描。少顷，立成七言律诗一首："瘦骨长髯入画中，行人都道是刘翁。银毫并列排琼雪，宝轴双垂压玉虹。补得天衣无缝迹，装成云锦有天工。只今艺苑留真谱，先策君家第一功。"冒公读罢甚是拜服，自叹弗如。

周炼霞早年就辑有《小螺川诗稿》，晚岁有《螺川韵语》，至今为人称颂的《西江月·寒夜》甫一问世，极获赞扬。炼霞辞藻如清水芙蓉，天然去雕饰，不屑于用典，几欲为白话而能独上高楼。《寒夜》词末两句，窃以为两宋词无此隽语，平淡中尽出奇韵："但使两心相照，无灯无月何妨。"而其情调更是怡然自乐，内心清明而深怀幸福感。周炼霞少时学画于郑德凝，诗词的启蒙老师是朱孝臧、蒋梅笙两大名家，尤其是朱先生是词坛盟主级别的大师。

一九二九年，周炼霞开始在沪上各大笺扇庄挂笔单鬻画，订件很多，供不应求。二十岁时经济上已完全独立。因为她很早就知道一个女人若要有尊严，能高尚的生活于这个世界上必须有独立生活的能力。

周炼霞在她的《螺川小品·露宿》中讲述了一个故事，可为天下女人戒。曾经高贵得似人中皇后的赵师母因贫穷而早逝，她在文章最后感叹道："我想当他们或她们在温暖的锦被中，正做着甜蜜的梦时，无论如何也不会想到，甚至不全相信同是一样的人，有的受过高等教育，也会为了要把血汗换一升米，不顾半夜的风寒，而‘露宿’在街头。”

当今的女人，应闻此语而惕醒。不论大势还是小因，假如你被裁员，失去原有工作，你还会干什么？靠什么生活？靠容貌与可怜的一点点才艺吃饭，不足以吃上一辈子的，更不是每一个人都如周炼霞一样是含着金匙出生的。

周炼霞又当何如？照样逃不脱大环境的影响。她出生于湖南湘潭的一门富足的簪缨世家。“乱世公主，不如太平犬”。“文化大革命”时，她的一只眼睛被打瞎，遭受精神与肉体的摧残或许不比李易安少，然少些“凄凄惨惨戚戚”的消磨。她不仅慨然接受了命运的不公，索性请来楚生刻了一方图章“一目了然”。请高络园刻一方“眇眇予怀”，复以屈子《九歌·湘夫人》之“目眇眇兮愁予”以兹印、以兹况。

周炼霞热爱生活，对一切时尚的东西都喜欢，驾轻就熟，非常娴雅。举凡美的一切修饰如美发、化妆、首饰、服装鞋帽均样样精致。对美应有独特的认识，五官只是天生美的一部分，而人体的“韵致”，才是美的根本之所在，要有妩媚幽娴的举止态度，此便是古人称善的上天眷顾的尤物了，古往今来不是一个随便什么样子的美女，都可以称作尤物的。尤物足以移人，移人之意是指美人之美夺人眼目，令人不由得心生爱怜。

世人喻为“中华五千年第一风流文人”的明代李渔于其名著《闲情偶寄》专谈美人的《声容部》《态度》章中，尽释尤物之美妙，其作虽文言，并不晦涩，无须译成白话，闲心可读闲语：“古云尤物足以移人。尤物为何？媚态是已。世人不知，以为美色。乌知颜色虽美，是一物也，乌足移人？加之以态，则物而尤矣……媚态之在人身,犹火之有焰,灯之有光,珠贝金银之有宝色,是无形之物,非有形之物也……”周炼霞天生尤物,加之她对生活早慧颖悟的理解,熟读诗书,给了她生活的力量,知其人者所云,该是事实:“也许正是她的通达与坚毅, 周炼霞只比陆小曼、林徽因小四五岁,比她二人多活了半个多世纪。比张爱玲年长十二岁,仍然活在了她的后面。”“原因很简单,那就是周炼霞不是一个与艺术、生活较真的人,而是一个钟情于艺术生活的人。美与爱为她而生,不是她为美与爱而生。所以她在风云变幻的二十世纪里,活得从容豁达,这实在是女性的典范。”

林徽因、陆小曼、张爱玲三大才女名媛与周炼霞相比,都显得有些矫情,性情脾气都没有周炼霞好。

林徽因命很硬的,与梁思成谈恋爱时,大冬天要吃橘子,梁思成上街去买,被章宗祥的小汽车撞折了腿。徐志摩迷恋她,非要搭邮政便机去北京听她用英语给老外讲中国古建筑史,中途飞机失事,这自然是徐志摩命中有此一劫,怨不得别人的,此前早有诗谶。

“一九三一年十一月十九日,徐志摩搭乘的‘济南号’邮机飞至济南附近,忽然撞上开山。在死前的几个月,徐志摩留下了预言式的诗谶:‘那天你翩翩地在空际云游,自在,轻盈,你本不想停留,在天的那方或地的那角,你的愉快是无拦阻的逍遥。’而在再前的几个月,他发表了《爱的灵感》,那里面的诗句更像是诗人对人间的诀别之词:‘现在我真正可以死了,我要你这样抱着我直到我去,直到我的眼再不睁开,直到我飞,飞,飞去太空,散成沙,散成光,散成风。’这种诗谶可以再往前追溯,比如那一首短短的《黄鹂》，便像他短短一生的写照：'但它一展翅，冲破浓密，化一朵彩云；它飞了，不见了，没了——像是春光，火焰，像是热情。'"

林徽因固然是集美貌与才华于一身的名媛，可她的儿子对母亲的印象如何呢？梁从诫曾在电视中说："我们子女看到的母亲和公众看到的形象是不一样的，母亲是一位常年因病卧床，脾气不好的母亲。"林徽因无疑是一位奇女子，患上了差不多是知识分子的"绝症"肺结核，她以顽强的生命力又活了三十年，于中国古建筑的研究居功至伟。

陆小曼与原配丈夫王赓离婚，男方无任何过错，完全是陆大小姐的豪奢生活、移情别恋所致，中年还染上了"阿芙蓉"大瘾，弄得面容枯槁，不复往日模样。

张爱玲许是从小无父爱，一生偏爱老男人，甘愿倒贴。晚年差不多是一个孤苦无依的老病嫠妇，终老美国的张爱玲愈老愈孤僻，离群索居，躲媒体如避瘟神。总是疑心床具、衣服上有跳蚤，不堪折磨，天降的龙种却被臆造的跳蚤蹂躏着高贵、纤弱的心灵。

张爱玲一生最爱的男人恐怕非胡兰成莫属，抗战胜利，胡兰成一九四五年八月潜逃，改名避居温州。一九四六年二月张爱玲还到温州探望他，张爱玲忘不了这段情，也与胡兰成有过非常惬意的生活，二人看上去也般配。

一九四四年新婚不久，他们住在南京市区的一条巷子里的南欧风格的房子里，院子草坪的中央是网球场。古之红说："他去的那天正巧是胡兰成和张爱玲打球方歇，只见那位男士约莫四十来岁，气宇轩昂，眉目之间英气焕发；女士年龄略轻，面容娟秀，显露出一股青春钟灵的活力。”胡兰成不那么花心就好了，至少有八个女人跟过他，桥公说：“胡兰成的文字当然写出了风格，《今生今世》写得多漂亮。只是落水之愧很难不浸霉他的名声，向来叫人牵念的反而是跟过他的那八个女人：玉凤、全慧文、应媖娣、张爱玲、周训德、范秀美、一枝、佘爱珍。”

周炼霞一生，上海滩上传她的绯闻不少，她了不当意，只是把这一切当作蛛丝一样轻轻抹去，哪怕是到了万不得已的情况下，她也不加理睬、不予回击。她只爱她的丈夫徐晚苹，在乎她的好友吴湖帆，吴湖帆是何等人物?！能够打动真正美人芳心的必是精神层面的东西。

周炼霞美得冷艳高傲，又善于应酬上流社会的各种场面，面容永远柔媚，身段永远窈窕。郑逸梅称她：“清丽婉转，如流风回雪。”苏渊雷称她：“七十犹倾城。”人间重晚晴，“文化大革命”结束，与她失散三十年的丈夫从美国寄信给她，开头一句：“炼霞吾妻……”

也让我们记住她的芳名——周炼霞。

王陵基巨款买到的古董全是假的

电视连续剧《特赦 1959》正在央视一套黄金时间热播，即将接近尾声。片中的一个人物王陵基，是四川大军阀，国民革命军上将。王陵基少年得志，二十来岁就已官拜中将军衔。年少万兜鍪，坐断"西南"战未休。王陵基率军纵横川中多年，抗战期间抗击日寇，亦有功于国家民族。此前因政见不同，反动气焰嚣张，残酷镇压革命运动。四川早期革命领袖杨闇公即惨死其手，生前受尽酷刑，被挖掉了双眼。杨家一门忠义，然今知杨闇公者不多，他的两个弟弟无人不知，一位是曾任国家主席的杨尚昆，一位是曾任我军总政治部主任的上将杨白冰。一九四九年，王陵基被俘，关押在北京功德林战犯管理所。王氏倒也认命，生活上出尽了洋相，自小仆下成群，自理能力极差，晨起后最简单的洗漱也搞得一塌糊涂，挤牙膏能挤出一尺多长，不知怎样弄到牙刷上。

经过几年的思想改造，王陵基觉悟有所提高，他看到其他人纷纷向党输诚，不甘落人之后。一日忽向功德林领导报告，说是有一笔巨额财富，愿意上交国家。这一笔巨额财富是古董，是他在四川做军阀时,用十几万光洋买下的古董。十几万光洋是什么概念呢?民国年间,若是在四川城镇,足可以买下几条街。王陵基向政府详细报告了这批古董,现在藏埋在什么什么地方,希望派人挖出来,贡献给国家,用以支援国家建设。功德林领导自然很是重视,层层上报。

这批古董全部被挖了出来,经专家认真甄别,仔细鉴定后的结论是:无一真品,全为仿造的假古董。

当时,正赶上张伯驹先生将平生珍藏的价值连城的古代字画捐献给国家,转天《人民日报》即报道了这一消息。功德林的战犯们每天都有报纸看,他们很关心王陵基捐献古董的事,见好久没有下文,由此及彼,看了报纸后更是好奇,为何对王氏此举一点说法都没有呢?

王陵基更加焦心,一时认为国家对他不公,十几万光洋扔到水里也有点响声啊……而功德林领导更是为难,知其献宝是真心,他却昏昧不知靡费巨款买到的全是假货,担心他面子挂不住,不忍心告知以实情。但这事早晚要有个说法。王所长想到了一个好办法,让与王陵基私交一向很好,在管理所给他理发修面好几年的杜聿明寻个机会,慢慢开导他,相信他能接受这个结果。果然没过几天,杜聿明给他刮胡子时,漫不经心地提起过去的要人买古董都上过当,军统少将沈醉在昆明买古董受骗……

王陵基是聪明人,好在杜聿明懂得照顾他的自尊,没有捅破这层窗户纸,总算明白了是怎么回事,心情也就平和了许多。

旧时代,专门有一类人以假画假古董骗达官贵人,他们哪里有这么大的胆量，不是作死吗？敢骗王陵基，王乃一方诸侯，生杀予夺一句话的事。王陵基又哪里知晓此中猫腻，骗子做局，事先与王府上下人等打好了关节，只是瞒着王陵基一人。骗子一开始，给王陵基入手入眼把玩入目的都是假古董，久而久之看惯了，弄假成真，真的到眼目前了，反而认定是假的。这情形有些像当今不大不小的贪官一直喝的是假茅台，一朝不小心喝了正厂真茅台，非说是假酒不可，人世间势力最强大的是习惯。

精明过人的大特务沈醉又当如何呢？

术业有专攻。大特务沈是高手，古玩行道，他是一窍不通。沈醉经历过的一件事便很能说明问题。一九四五年，抗战胜利，国民党大事“劫收”财产，不知是谁人将国之重宝，现藏在台北故宫博物院的毛公鼎放在沈醉的军统办公室，充作废纸篓。沈也不知是国宝，后来，来了一个明白人，沈闻之大惊，再也不敢随便处置，似这般漫掷闲抛了，马上上交了有关部门。不过，王陵基所献那一批假古董，也算是一顶一的民国旧仿了，当年唬得过王陵基，想必仿制水平不会太低。川人中居国民党高官的张群鉴古眼光最好，是张大千的好朋友，最懂字画，收藏大千书画精品最多，最可傲世之藏，据说是传世最大尺幅的八大山人四条屏。

梁启超对联

说是秋拍，国内的几家大拍卖公司都顺延至入冬才开拍，老实说应叫冬拍才符合实际。一副梁启超十言对联，在嘉德拍卖公司二〇一八年秋季拍卖会夜场，经多轮竞投，以一百六十一万元高价成交。众望所归，但不知花落谁家，拍卖场上的竞价举牌，好似击鼓传花，这么好的梁启超对联，恁是传到谁家手里也要好生善养，方不负梁公宝墨。

梁公的习惯是，但凡撰写集宋词联，大多是书录于事先打好朱丝栏格的白色宣纸上。昔年厂肆南纸店的伙计都会用界尺打这种栏格，借以招揽生意。如有某位书法家来店买纸，掌柜的先让座沏茶招呼着聊天，照客人所需，当即吩咐“给某某爷打四尺整纸汪六吉玉版宣对裁朱丝格七言对联十副，快，麻利着办”。伙计听喝，唱声“诺”，清茗三盏过后，朱丝格也就打好了。

界尺打格虽属书道末艺，然能打之中矩，线条粗细发色一致，接口处刚好搭准，不及不过，实属不易，是细心巧手才能干好的技术活，现今也差不多失传了。梁启超此副十言联，上下联句为：“忽相思，更添了几声鹈鴂；屡回顾，最可惜一片江山。”

鹈鴂是有灵性的水鸟，关乎诗情处甚多，古今文人喜好引之入文、入诗。屈原《离骚》有记，鲁迅先生集之为六言联："望崦嵫而勿迫；恐鹈鴂之先鸣。"余喜此联久矣，廿载前辱承范曾先生赐教与厚贶，书赠此联予我，以为座右之铭。梁启超"忽相思……"联钤印两方："新会梁氏""启超私信"。题跋写于上下联各自左右两边，依次为："崧生吾兄属集白石道人词句：'江梅引''琵琶仙''法曲献仙音''八归'。甲子六月，启超。"

此联堪称精品，品相一流，原装老裱。联语、跋文书体，出之以北碑深处，并皆佳妙，用笔沉雄苍润，墨色黝黑沉秀。下联"最可惜一片江山"，启超对此句可谓情有独钟，亦夫用情最深。裁之以不同的宋人词，配合此句，玉成佳联多副，如笔者所见有十一言联："春已堪怜，更能消几番风雨；树犹如此，最可惜一片江山。""最可惜一片江山"，梁先生胸中块垒，何以消之?！对故国江山万里，怅望经年，风烟弥漫九州殊难散去，风流却总被雨打风吹去。启超忧郁不已的情愫每每发之于笔端毫末，永生不忘的家国情怀，有几多沉重便增几分寂寥。

梁启超平生所作集宋词联，凡数百副。一九二四年冬天在医院养病时，集成宋词联两百余副。其居津沽公寓饮冰室所集更多。无奈每日求字者络绎不绝，梁公穷于应付，只好挂了笔单，这下可好，订件纷至沓来，更加忙碌，此一时期，麻将都少打，意义却很大，留下了许多书法佳作，其中大部，迭经百年，想必大多佚失不见了，沧海孑遗，幸有得之者，无不视若拱璧。

梁启超集宋词为联，缘之于陈师曾。陈先生一夕兴集姜白石词，审音揆藻，风裁雅致，别为十七言长联："歌扇轻约飞花，高柳垂阴，春渐远汀州自绿；画桡不点明镜，芳莲坠粉，波心荡冷月无声。”梁启超叹其工丽，受此启发，从此而喜集宋联，一发不可收拾。

梁启超或许可称为史上集宋词为联之翘楚，他曾在文章中写明对联乃属“骈俪对偶之文，以我国的文字构造，结果当然会产生这种文学，而这种文学，固自有其特殊之美，不可磨灭。楹联起自宋后，原不过附庸之附庸，然其佳者，也能令人起无限美感。”

梁启超所集宋词楹联，正其“佳者”“起无限美感”之佳作。任公所书究竟哪副对联最为佳妙，乐山乐水，仁智之选，人各有所钟爱者，任公自许最称得意之作，乃是书赠徐志摩的一副十五言联，联曰：“临流可奈清癯，第四桥边，呼棹过环碧；此意平生飞动，海棠花下，吹笛到天明。”

此联妙在极能写出徐志摩的性格，还连带着记着他的一个脍炙人口的故事。当年印度诗圣泰戈尔访问中国，是轰动国中的大事，志摩曾陪同泰戈尔游西湖，别有会心。又尝在北京法源寺的海棠花下(有一说是丁香树下)作诗作个通宵。

泰戈尔的来华，还有一个“松竹梅”的故事，流传至今。林徽因、徐志摩陪泰戈尔出游北京，是一道历经百年至今亮丽夺目的风景线，“林小姐人艳如花，和老诗人挟臂而行，加上长袍白面‘郊寒岛瘦’的徐志摩，有如苍松竹梅的一幅‘三友图’”。尤为可喜的是，梁启超书赠徐志摩的“临流可奈……”联，尚存于世。志摩殁后，此联辗转流入陈从周“梓室”，陈先生化私为公，捐献给了志摩故乡的浙江省博物馆。

梁启超有一联赠蹇季常，也自许为很得意。季常好酒，每每大醉，梁氏乃作：“最有味，是无能，但醉来还醒，醒来还醉；本不住，怎生去？笑归处如客，客处如归。”启超养病居京期间，写了不少长联赠好友留念，各人挑选各人喜欢的。上述嘉德今年秋拍拍出一百六十一万元人民币的“忽相思”联，即此时由崧生挑了去。崧生姓刘，亦名邕，号俊夫。贵州遵义人，民国时曾公派留学日本早稻田大学，后入法国里昂大学研修古地质生物专业。为梁启超意气相投之好友，一九四九年后任教于上海，一九七八年逝世。

梁启超号任公，绝对是近现代的风云人物，大学问家。与康有为齐名，世称“康梁”。康、梁亦乃师生关系，然仅以书法成就而言，启超过有为多矣，此亦为今日梁书价格远超有为之要因。观康有为的书法一味霸悍之气，不意燃起燥竞火大。尤为令人不解的是，康有为学识深湛，才气深蔚，其所撰《广艺舟双楫》，诚古今论书法之伟著，又缘何自家之书一至如斯？世间事真有不可解而复易解之事，归结为“字如其人”最省口舌。康氏伪造光绪“衣带诏”，史学界一致认定为不争之事实，铁案难翻。康有为行世做事确乎有些问题，本文不想，为此着墨过多，一带而过，还是回到梁启超对联为妙。

二十世纪九十年代中期，梁启超集宋词长联已不多见，偶浮出世面，价位在一万几千元，然殊不易得。

大约在一九九六年，在天津沈阳道开店的呼姓字画商得手一副梁启超集宋词长联，出示于我。开门真迹，我一见赏心，呼氏说：“先不卖，自个儿再留些日子。”未及两三月，被“搜趣斋”

王继和买走，王亦未留住，当年便获润售予他人。一九九八年，我以一万两千元购得一副梁启超七言联，原装老裱，心下甚喜，特制楠木框装之，悬于书房素壁，言于内人曰："梁启超联挂在书房，能挂一辈子是大福。"差不多是话音未落地，一月后，香港何培林兄来寒斋见之立索甚急，势在必得，我在何兄谦辞厚币的双重攻势下，从壁上摘下……培林得之，亦未久藏，早早换了港纸。

俗谚曰："炒家不如藏家"，大有道理。当年买卖十副梁启超联，不如今日留下一副。如同二十世纪八十年代倒腾黄花梨家具的，从五百一对圈椅卖一千，一万时卖两万，二十万时，下家的客人好，能卖五十万……终不如只留了一对拆散了扔在床下，时间一长忘了，今日找出来，随便卖卖也值它个几百万……

苏东坡考进士时的策论是否杜撰了典故

北宋仁宗嘉祐元年(1056)五月,苏洵、苏轼、苏辙来到了汴梁城(今河南开封)。

三苏父子与一些家庭生活条件较好的进京赶考的考生一样,喜欢寄宿于寺庙,安心等待秋季的殿试。苏家在古蜀之地的眉州开有纱縠行,这次是应礼部的初试,考中的考生以备翌年仁宗皇帝陛下亲自监督的殿试。

此次由眉州抵京的考生有四十五名之多,苏氏昆仲考中了前十三名之内,具体的排名名次,谁是前三名,林语堂先生写《苏东坡传》时,也没有搞清楚。但这无关紧要。关键在仁宗嘉祐二年开春的翰詹大考之时,屋场发挥是否顺畅。

苏氏父子在帝都汴梁的日子过得很是滋润, 宦囊充盈,不缺银两。苏氏兄弟"游逛华美的街市,吃有名的饭馆子,站在寒冷的露天之下,以一副羡慕的心情注视大官在街上乘坐马车而过"。兄弟二人看在眼里,心中自然生出涟漪,本自雄心万丈的书生,考取功名是他们的人生理想。

父子三人除了在京都盘桓,到处游览之外,注重参加社会活动，多与社会知名人士结交，这将对此后的晋升有着非同小可的意义。

殿试的日子很快到了，仁宗皇帝任命欧阳修为主试官，另有几位饱学宿儒为判官，其中就有著名诗人梅圣俞。

北宋嘉祐二年（1057）四月八日，苏东坡考中，成为时年不到二十岁的年轻进士，苏辙也以优等得中。

苏东坡的策论是一篇论为政宽与简的文章，名为《刑赏忠厚之至论》。文中表达了苏东坡基本的政治哲学观点，文章的内容和风格极得主考欧阳修的激赏，后为流传千古的佳作，《古文评注》《古文观止》中都曾收录此文。

当时，欧阳修以为此文必然是他的文友曾巩所作，为避任人唯亲之嫌，便将本可列为首卷的改为二卷，苏轼故而名列第二，在三百八十八名进士中几乎名列榜首。

《刑赏忠厚之至论》中撰有令后人至今难以辨明孰真孰假的“三杀三宥”之论，苏轼纵情阐述，说君王在赏忠之时，宁失之宽厚；在罚罪之时，当有隐恻怜悯之心，以免罪不当死者受戮。苏轼的原文是：“当尧之时，皋陶为士，将杀人。皋陶曰杀之，三。尧曰宥之，三。故天下畏皋陶执法之坚，而乐尧用刑之宽。”苏轼的这一段文字单从字面上领会，毫无问题，“显示贤君亦肯用不肖，使之有一展长才之日，这种史实颇可证实明主贤君用人之道”。

这般领会无任何问题，其义更是大佳！但，要紧的问题是在古代历史上并无尧与皋陶的这番对话。

判官梅圣俞对年轻学子苏东坡风发之才情、雄阔之文风，推赏不已。也是一时懵懂,对尧与皋陶究竟有无此对白,不敢贸然提出查问,万一出典于某一部湮没年久的孤本古籍,而自己正巧不曾读过,岂不大损颜面,何以对天下学子。

苏轼好运气,似有魁星暗中照应,得以高中,且很快文名满天下。可这用典不确的未解之事,始终压在梅圣俞心头。

于此一端,林语堂于其所著《苏东坡传》中是这样记述的:

> 考试过去之后,梅圣俞一天问苏东坡:
>
> "可是,尧和皋陶这段话见于何书?我一时想不起在何处读过。"
>
> 苏东坡这位年轻学者承认说:"是我所杜撰。"
>
> 梅圣俞这位前辈宿儒大惊:"你所杜撰!"
>
> 东坡回答说:"帝尧之圣德,此言亦意料中事。"

林语堂的《苏东坡传》,世人目为"二十世纪四大传记之一",固有其道理存焉。然其写于二十世纪三十年代,历史资料之搜集远不如今日丰富。经我历年研读林著,无可为其转圜之硬伤有二,与苏洵、苏序有关。兹请于专文中详释此事,是文暂且不论。

方才述及东坡自言"是我所杜撰"一语,大不类东坡所能言者,太无诗意。

至此,更加深了我的另一层疑问,《苏东坡传》乃林先生以英文撰就,或许英译汉不够准确所致。

自宋之后,历代学者皆对东坡策论及引发后续之故实发表见解。吴其敏曾引陆放翁《老学庵笔记》:“东坡先生省试《刑赏忠厚之至论》……梅圣俞为小试官,得之以示欧公。公曰:出此何书?圣俞曰:何须出处?公以为皆偶忘之,然亦大称叹。初欲以为魁,终以此不果。及揭榜,见东坡姓名,始谓圣俞曰:此郎必有所据,更恨吾辈不能记耳。及谒谢,首问之。东坡亦对曰:何须出处?乃与圣俞语合。公赏其豪迈,太息不已。”

《刑赏忠厚之至论》所云:“当尧之时,皋陶为士”,东坡似不应省略一个“师”字,“士”乃泛称非有所特指的专有名词。

尧帝时代,皋陶的官称是“士师”。所司为何职?《周礼》载明:“士师掌国之五禁之法,以左右刑罚。”相当于后世之刑部。皋陶执法严厉,尧帝执法宽宥。

梅圣俞、欧阳修认为东坡出典见所未见,候东坡谒见时,须问个详故,究竟出于何书。据《石林燕语》所记,东坡答曰:“想当然耳,何必要有出处?”因此语,乃有后人说东坡杜撰典故。殊不知,东坡一句“想当然耳”,也是大有出处,大有渊源可寻的。此语出《后汉书·孔融传》,东坡熟读《后汉书》,才思敏捷,故可出口成章。于此一节,高伯雨先生释之简明扼要,倘若果真是东坡有杜撰之嫌,承袭的竟亦是古典故实:“曹操打垮袁绍,袁氏一门被杀,曹丕入袁府,见袁的儿子袁熙的老婆甄氏有姿色,就接受过来做老婆(后来曹丕灭汉,做起皇帝,甄氏封皇后,也就是《洛神赋》中的主角人物)。孔融写信给曹操,大加恭维,说古时周武王伐纣,纣王自杀,武王以妲己赐给周公。曹操也和欧阳修那样,问孔出自何经何典。孔说:以今度之,想当然耳。这本是孔融借此来讥讽曹操的,是一千年前已有孔文举(融)杜撰典故于前，后有苏子瞻跟风于后了。”

古人早有为东坡所谓杜撰典故“平反”。明人张燧《千百年眼》一书引《礼记》来证其说：“尝观《曲礼》云：公族无宫刑，狱成，有司谳于公。公曰宥之。有司又曰在辟。公又曰宥之。有司又曰在辟。及三宥，不对出走。致刑于甸人。乃知东坡之论原有所本，想主司偶忘之，而东坡不敢辄拈出处以对，漫应如此。后人遂以公为趁笔，则又甚陋矣。”

文章之道亦如人生实难，难免偶失路径，小蹈歧路，依张燧学问之淹雅博通，稍不留神，出一岔头，以致引典有误。盖因《礼记》的《曲礼》章中，无此一节，而是见《文王世子》章中。

如果非要辨明“三杀三宥”非苏东坡杜撰，最为有力的说辞、最为照应的出处应是《礼记·王制》章。清初康熙年龚炜所著《巢林笔谈》中有一则云：“大司冠以狱之成告于王，王命三公参听之。三公以狱之成告于王，王三又，然后制刑。《周礼》一宥曰不识，再宥曰过失，三宥曰遗忘。谓行刑之时，天子犹欲以此三者免其罪也。东坡杀之三，宥之三，本此。盖主司一时失记，东坡不便显证，故以想当然答之耳。”

“三又”之“又”，郑玄切为“宥”字。注语谓：“天子犹必三宥而后有司行刑者，在君为爱下之仁，在臣有守法之义也。”此正与苏东坡“天下畏皋陶执法之坚，而乐尧用刑之宽”意颇相合。

苏东坡一首七绝近年才被发现

这首七绝出现在苏东坡写给老友僧人惠山清顺的一封信里，古雅些的说法叫“尺牍”“书札”，或“尺书”“手简”。惠山清顺，世人多称其为北山清顺，是东坡任杭州副市长（当时的官称叫通判）时所识大德高僧。二人来往甚密，东坡有题为《是日宿水陆寺寄北山清顺僧二首》《僧清顺新作垂云亭》等诗文相赠。

《咸淳临安志》卷七十一有清顺小传。写给清顺的这通尺牍著录于近年有中国学者于日本国会图书馆发现馆藏明代宗景泰元年（1450）朝鲜刊本五卷《欧苏手简》卷五第十八篇。卷五所录各类文章凡四十二篇，其中题为东坡所作十五篇，均未见于苏轼别集和《全宋文》，第十八篇中的一首七绝亦未见于《全宋诗》和《苏文忠公文集》。

二〇一四年之前，学界多认为《欧苏手简》只有四卷本的两个版本，即日本的天明本和朝鲜宣祖朝本。四卷内容包括欧阳修和苏轼的尺牍各两卷。

五卷本《欧苏手简》卷五苏东坡十五篇手简中，字数最多的便是东坡写给清顺的这一篇，我最感兴趣的是唯有此篇含上述之七绝一首，兹请恭录如下：

幽居兴味有谁知，斗觉平生万事非。牢落江村相识少，上人何日打松扉。

诗存于信中，东坡思至笔随，故而此诗无题，吾辈姑妄称之为《幽居》诗。

读此信中提及“东坡”之地，可知写于苏轼谪宦黄州任团练副使期间所写。

苏轼左迁黄州，仿效古贤“或有事于西畴”，于是种些时蔬消闲乐道，遂将东边的一块地面呼为“东坡”，且以此自号。信中还提及“雪堂”，更其明了此信必写于黄州，乃因“雪堂”此一椽屋宇正是建于黄州。东坡书此信之时，心情是愉悦且颇为期待“上人”清顺叩门来访，“幽居”的“兴味”要与友人分享。东坡在信中大谈君子为人之道，可为世人交朋好友之司南，极富哲理。虽贬逐一隅，却是放飞了心灵，给了苏东坡一片更为广阔的天空。

远离了京城政治斗争的旋涡，远离了一群群宵小，流放之地的黄州成为东坡最堪忆往留恋之地……居黄州之时，东坡思念远方的朋友——北山清顺。东坡别离了黄州，“仆去黄州五周岁矣，饮食梦寐，未尝忘之”。东坡心中永远盛满了浓浓的友情。在另一首忆及湖北黄州的题画诗中，诗人白昼的梦境里，黄州变作了武陵仙境，于是殷殷期盼山中故人邀他再游黄州：“山中故人应有招我归来篇。”

章士钊、周弃子说苏东坡诗律不细

唐代晚期，已有“诗圣”“诗仙”“诗鬼”之分。诗人的风格有不同，欣赏诗的人“萝卜白菜，各有所爱”，太正常的一件事了。诗词歌赋以及所有文学艺术的评论，也不应是一面倒的赞扬之语。诗人的诗句字字珠玑？下面的话扯远了，但不离题。谚曰：“人非圣贤，孰能无过。”窃以为大不通！圣贤之名都是后人追捧的，等于说：人有过，圣贤无过。难道圣贤不是人吗？！譬如，王羲之的帖也不是篇篇都那么好，是跟他自己比，否则后人又何必将《兰亭序》推为第一呢？

对历史上极负盛名的诗人词家的作品，敢挑毛病、敢批评、敢白纸黑字又落落大方地公之于众的，亦是现代诗坛巨擘，斫轮之老手（周弃子、章士钊）。他们写明了说：“东坡诗律不细……”

我自然大有兴趣，要认真听听有无道理。章士钊其人不用多加介绍，诗人毛泽东尊敬的湖南老乡贤，第一任中央文史馆馆长，相当于国史馆馆长。非老成耆宿、学问淹通者难当此任，士钊足当之。与之相比，诗人周弃子先生，当世鲜知其人。其实多年以来，周弃子被公认为中国台湾的首席诗人：“这是指传统形式的诗而言，打破传统形式的诗人的观感如何，不敢说。不过，我相信，至少余光中兄及周梦蝶先生是承认他的首席的地位。诗人在中国台湾首席，海外固犹多老辈，但亦未见诗有胜于弃子先生者。”以上一段介绍诗人周弃子的文字，出自台湾作家高阳之笔，可令人服膺弃子无疑是德才配位。

弃子批评苏东坡“诗律不细”的那一首诗是《读孟郊诗二首》。节录其一：“我憎孟郊诗，复作孟郊语。饥肠自鸣唤，空壁转饥鼠。”节录其二：“要当斗僧清，未足当韩豪。人生如朝露，日夜火消膏。”

“弃子先生之意，不应用两‘当’、两‘饥’字，改之甚易而不改，即涉粗疏之病。东坡诗律不细。”“若少陵、玉溪、后公、荆公，皆断无此病也。”

当其时，与周弃子俱同感，而识见之高又获弃子内心钦服的是章士钊。据弃子追忆多年前在重庆交通银行楼上和章士钊酒边闲语坡公诗，持论甚佳。两公之所言，非真识坡公者，难出此语。

允我绎录弃子所记隽语，当知其于苏学之富。仰之弥高，复于孤桐（章士钊）睿见，深为嘉许。纵有微意，亦见珠圆玉润，温文尔雅，前辈风流直不可及也：“坡老诗自是一尊大菩萨，然吾读之数十年，但知敬佩，而不能喜爱，愈读愈不喜而愈不敢轻。何以有此矛盾，自不能明，往者曾多方质诸友朋，说者虽多，皆不能使我满意。唯忆章孤桐云：‘坡学太富，才太大，意到笔行，无施不可，欠锤炼亦不必锤炼，而足下（周弃子）诗，属清深密栗路线，自与后山、半山为近，故不能爱坡之疏放流转云云。’”

苏东坡的食酒和药石

食酒篇

林语堂先生在其所著《苏东坡传》一书中，给苏东坡一口气加封了十九个头衔，极欲全方位概括苏东坡乃何等人物。其中提到他是“酿酒的实验者”，是“饮酒成癖者”，奇怪的是唯独没提他是美食家。苏东坡不仅懂吃、会吃，更是会做的美食家，因地制宜，擅理新菜，条件好时讲究，不便当时将就，常啜隽味。当年他在鄂东发明的“东坡肉”，飘香九百年，至今还是世界各地中餐馆肉食类的招牌菜。

“东坡肉”的普及极有可能来自史上一次最大规模的炖猪肉。苏东坡做杭州太守时，疏浚西湖。大功告成，百姓感念东坡恩德，担酒抬猪来拜贺。东坡收下，叫人切成方块，授以秘制之法：“慢着火，少着水，火候足时它自美”，烧得醇香，酥而不烂，分给参与浚湖的民工。大家吃后无不啧啧称奇，从此“东坡肉”的美名传天下。“东坡肉”推广于杭州，发明在黄州。元丰三年（1080），东坡贬谪黄州，见黄州市面猪肉价贱，人们不大会吃，东坡食性大发，以苏法亲手烹调，其味大佳，并作打油诗《食猪肉诗》一首。教杭州人“慢着火，少着水……”的烹调法，就是这首诗中的句子。杭州“东坡肉”色香味美，超过了苏东坡在黄州所治，乃因地理物产之别。将“少着水”，换之以江浙所产的黄酒，猪肉经含有糖分的黄酒慢慢滋润，炖汤靠卤，火候到了，红酥晶透，好看好吃，撩发食欲。

号“东坡”以为菜的还有“东坡鱼”“东坡肘子”。“东坡鱼”即是在今日川菜馆仍然热卖的“泡菜鱼”。这道河鲜菜，相传也是苏东坡在黄州所创：选一条鲤鱼，去鳞，剖肚，掏出鱼肠，洗净，将鱼的两肋各轻划五刀，在鱼腹中放入菜心，放入锅中水煮，放少许姜、葱、橘皮，待鱼煮熟时，再放入少量盐即起锅，趁热上桌。鱼汤白浓而鲜美，鱼肉细嫩而可口。苏东坡特别强调，鱼汤内一定要放入泡菜，以泡萝卜为最佳。他把这种做法叫“水煮鱼”或“五柳鱼”。

做这道菜，为何一定要放泡菜，是有典故可寻的。四川泡菜名闻天下，以眉山泡菜历史最为悠久，为商代的眉山当地人老寿星彭祖发明，后经苏东坡发扬光大。

于美食一道，苏东坡总能随遇而安地萌生独属于他的烹调方法。如发现某地水乡多鱼，他会不时变化吃法。他做的一道烤鱼，特别之处在于不是只拿香葱垫底，而是拿整棵的香葱塞进鱼腹，微火慢烤，适时翻身，葱香、鱼香透彻表里，美味自然非比寻常。此时的东坡说不定还会生出“治大国如烹小鲜”的意兴呢?！他甚至一时闲逸，便将烤鱼的秘方刻在石头上，沉在水里，以期后世之人启之，饱以口福。

东坡还将他临时发明“烤羊脊”的方法写信传给弟弟子由，

说他在惠州市肆“买脊骨，骨间亦有微肉，煮熟热酒漉，随意用酒薄点盐炙，微焦食之，终日摘剔牙綮，如蟹螯逸味”。吃下的是“羊蝎子”，而令东坡颊齿留香的却是螃蟹大爪的味道。

无论是玉盘珍馐的琼林宴，还是穷乡僻壤的粗食寡水，苏东坡一样甘之若饴。那一年他“离开定州南下，他写过《过汤阴市得豌豆大麦粥示三儿子》，将豆少麦多的杂粮粥当成‘时珍’。年轻时准备试制科，他‘日享三白饭，食之甚美，不复信人间有八珍’，所谓‘三白’，便是‘一撮盐，一碟生萝卜，一碗饭’。宋儒吕本中，在杂著中写过一句话：‘能常咬得菜根者，凡百事可做。’明人编《菜根谭》，也留下‘不可使士大夫忘此味，不可使天下民长此色’的格言，还特地引了东坡的一联诗：‘无钱种菜为家业，有病安心是药方’”。

不系之舟将苏东坡载到了天涯海角的海南岛，渡海后的生活窘况之难堪，“开门七件事”难以为继，不仅是囊中羞涩，“已到了‘尽卖酒器，以供衣食’的地步，只剩下一只‘工制美妙’的‘荷叶杯’，留以自娱”。但他很快适应了，“超然自得，不改其度”，竟然喜欢上了海南岛的方物土产，一时清馋之兴，每每聊发于诗文词翰。

宋时的海南不产大米，全靠海运为济，“北船不到米如珠”。平日吃不上大米，东坡却能吃上似乎比大米还好吃的“玉糁羹”，做法是儿子苏过的研究成果，他表示十分欣赏：“过子忽出新意，以山芋（芋头）作玉糁羹，色香味皆奇绝。天上酥酡则不可知，人间决无此味也。”

“玉糁羹”好吃，无疑是诗人的诗情在发挥作用。倘无这云上之思，又有哪个不知还是大米饭好吃呢？

南海海鲜味美，尤其是儋州礁滩产牡蛎甚多，肉味鲜美，东坡食之，大快朵颐，不忘戏谑一番叵耐中土故人海天悬隔，无缘尝此美味的遗憾。他告诉苏过不要轻易泄露牡蛎好吃的秘密，录之于文的语调是他一贯的幽默风格：“每诫过子慎勿说，恐北方君子闻之，争欲为东坡所为，求谪海南，分我此美也。”今人有幸读到苏东坡这一节生动的文字，深感欣慰，仿佛看到一向风趣的苏东坡“他脸上肯定滑过了我们所熟悉的东坡式的微笑”，也是东坡式的旷放。

即便在岛上将有断炊之虞，苏东坡还在编写寓言。他的语汇太美，使得人们不容易发现潜藏之悲辛。他的杂记《学龟息法》令我不忍卒读，几欲为之泣下。为节省不够吃的粮食，父子二人要学传说中的龟息之法：“洛下有洞穴，深不可测。有人坠其中不能出，饥甚，见龟蛇无数，每旦则引吭东望，吸初日光咽之。其人亦随其所向，效之不已，遂不复饥，身轻力强，后卒还家，不食，不知其所终。此晋武帝时事……元祐二年，儋耳米贵，吾方有绝粮之忧，欲与过子共行此法。故书以授之。”

据说苏东坡在岛上还吃过黎族山民喜吃的一道地方特色菜“蜜唧”，菜名听着颇有几分甜美，其实是“活吃蜜饯幼鼠”，《朝野佥载》记之甚详：“岭南獠人好为蜜唧，即鼠胎未瞬（未睁眼），通身赤蠕者，饲之以蜜，饤之宴上，嗫嗫而行，以箸挟取，咬之唧唧作声，故曰蜜唧。”我却始终不敢也不愿相信苏东坡真的吃过这东西。范曾先生二十年前写过文章说苏东坡吃过，依范公之严谨，当非没有缘由。聊借芜文，姑妄记之，一慰闲人闲逸好奇之心。依稀记得苏东坡曾在诗中提起过“蜜唧”，“旧闻蜜唧尝呕吐，稍近虾蟆缘习俗”。苏大学士究竟是吃也？未吃也？不得而知，此亦无伤大雅于万一。他的解道之语“人言天下无正味”，最见宽人之旨。苏东坡在惠州“打听到桂酒的酿造法，刻在石头上，藏在罗浮铁桥之下……”这回是故意藏得严密些。他非常赞美此酒的异香，说是“能益气补神，使人容颜焕发”。在一首诗里苏东坡盛赞此酒，如果此种酒能开杯畅饮，会感到浑身轻灵飘逸，可飞行空中而不沉，步行水面而不溺。

中年的东坡善于天真地投入迷信般的悬想，堪与唐代的李白同气相求。他与李白一样“深信那些仙翁、仙女、仙兽、仙禽等是实质的存在。他深信人可以长生不老，或者返老还童。他和秦始皇一样，真正相信东海上有神仙居住的三神山。他和汉武帝一样，真正相信西方的昆仑山上有西王母……”像苏东坡这样的诗人，从来不缺少浪漫的想象，但他不会迷惑，不会完全相信比人要小得多的白鹤、黄鹄等会把人载着飞入仙境。难怪他要藏好桂酒的秘方，只让寻神求仙之人费尽周折才能找到。

许多回命运独应于东坡一身，哪怕是在常人看来最为黯然的海南岁月，东坡的那一个梦境定是佳兆，有如神助：“元符二年(1099)，岁又将残。这天夜里，苏轼忽然梦见自己回到了惠州，夜登合江楼，但见月色如水，魏公韩琦跨鹤凌空而来，对苏轼说：‘我现在天上负责一个重要部门的工作，今天特来相报，北归中原，当不久也’。梦醒之后，苏轼既喜且悲，将信又不敢信，他对苏过说：‘我曾经跟你们说过，这次迁谪，必能北归。近日颇觉有还中原气象。’于是郑重地铺纸研墨，焚香祈祷，说：

‘我将默写自己平生所作的八篇赋，果然如我所言，当不脱误一字。’八篇赋共有洋洋数千言，而且其中不少都是多年以前的旧作，岂能保证没有一字脱误？苏过深恐老父因此反受挫伤，想要阻拦，但苏轼已凝神屏息，振笔直书。苏过只得悬着一颗心侍立一旁观看，果然无一字误差。数月之后的元符三年（1100）五月大赦，苏轼量移广西廉州，六月渡海北上，七月梦圆廉州。”

书生若我，向来崇奉天人感应，也愿相信伴随着历史上每一位天才人物而传颂的神奇故事，都是真实爻象的精准推演。我原文照录下面的文字是当代作家王水照、崔铭写在《苏轼传》引言中的首段，然此二君写便写了，何又写明“这当然只是一个不可以确信的民间传说”，不免太过理性。窃以为天地灵淑之气即钟于人，亦必钟其物。人杰地灵，由不得你不信：“在四川省眉山县境内，有一座秀丽的彭老山。公元一〇三七年，这座山忽然变得荒瘠起来，百花不放，草木枯萎，禽鸟野兽远走高飞。眉山的父老议论纷纷，百思不得其解。直到多年以后，他们才恍然大悟，原来这就在这一年，一位令人惊羡、受人敬慕的不世之才——苏轼（字子瞻）诞生在这片富饶美丽的土地上，彭老山的灵秀之气，独钟于他一人身上，走完他不平凡的人生历程，辞别人世，将英灵之气还给自然，彭老山才重又变得郁郁苍苍。”

苏东坡爱酒擅饮，酒量不大，酒兴极佳。他不因量小而稍致气馁，反而会说出一番道理来，令豪饮之士顿觉能喝、海量是一种毫无意义的浪费！好友张方平畅饮数斤而不醉，大约是东坡酒量的十倍，可酒后扬扬得意的倒是东坡。且听东坡如何说：“君饮五斤微致酒意，何若我酒三四两，入得衷肠，已然十分尽兴。”其于“浊醪有妙理赋”中，更是妙语连珠：“在醉常醒，孰是狂人之乐；得意忘味，始知至道之腴。”

东坡还要兴致勃勃地亲手酿酒，于酒他是高明的鉴赏家，同时也是失败的试验者，从未成功的酿酒师。他先后做过橘子酒、松酒、桂酒、蜜酒，声名很响，听听就好，千万不要真的去畅饮一番，否则，后果会很严重。九百年后林语堂先生的点评，不失君子温柔敦厚之旨，话说得很客气：“苏东坡在做酒方面，只是个外行中的内行，而不是个真正的内行。做酒只是他的业余嗜好而已。”此语不虚，可令人联想到，除了文学的方方面面，其他的任何爱好之于苏东坡几乎都是业余水平，是浅尝辄止的，甚至干不过任何一位寻常的普通劳动者，因为那不是他的专业。但这丝毫不耽误他自得其乐，犹如“雪夜访戴，何必见戴”。知父莫如子，东坡先生的公子忆及乃父当年酿酒之事，所言合乎实情。“在他去世之后，过和迈两个儿子常被人问到他父亲做各种酒的方法。二子过说：‘先父只是喜欢试验罢了，他只试过一两次。桂酒尝来犹如屠苏酒。’”

难以为饮的原因是屠苏酒实为药酒，酒方中有多种中药，每岁除夕，全家进饮，可以预防瘟疫，并非适饮好喝的美酒。桂酒在宋代则是一种家喻户晓的名酒，传世最为古老，深得士夫阶层的喜爱，分析酒的成分，当属药酒或果酒类，桂即是肉桂，还有一种说法是桂花，楚辞云“奠桂酒兮椒浆”，汉代郭宪《别国洞冥记》中，载录了“桂醪”和“黄桂之酒”的酿制与饮用之法。及至清代，京师尚存传统节令酒“桂花东酒”，尊为宫廷御酒，酒味香甜醇厚，有开胃、怡神、养生之功效。

东坡所酿者纵然不是桂花酒，适以肉桂入酒，若其制法精良无误，自当酒香醇厚，也绝不会喝出屠苏酒的味道。值得一提的是，屠苏酒与桂花酒在古代的饮用，有着严格的序齿长幼之别，桂花酒用来敬神祭祖，祀毕，晚辈持此酒敬奉长辈，恭祝益寿延年。饮屠苏酒的方法正与之相反，是从年少的小儿饮起，年长者在后，每人只饮少许，古人解释说："少者得岁，故贺之；老者失岁，故罚之。"不过读苏辙的那首《除日》诗，颇显豪迈之致："年年最后饮屠苏，不觉年来七十余。""东坡大概是太性急，不能锲而不舍研究个透彻。据说尝过他在黄州做的蜜酒的人，都有几次腹泻。"

无所谓的，东坡不过是一时性起，做着玩的，一定还会觉得很好喝，至于他本人闹没闹肚子，东坡的心思，想必早已不在这档子事上了。

关于苏东坡的饮酒，苏门四子之一的秦观曾经评道："此先生饮酒但饮湿而已。"此典原于苏东坡在黄州写的一句诗"饮酒但饮湿"，意思是指只要称得上酒的液体，不问酒浓醪薄烈柔甜酸，皆可取饮一醉，细心人还可从《超然台记》中找到"餔糟啜醨，皆可以醉的"注脚。

药石篇

苏东坡似乎还应有一个医生的头衔，不知何故，林语堂未及列入他那著名的"十九头衔"之内，恐怕是碍于苏东坡一生并未真的去开堂坐诊，悬壶济世。但这并未影响林先生在《苏东坡传》中，仍是写明苏东坡"他自己是医生"。在林先生笔下苏东坡很懂中医，写至此，想起一句俗谚“医不治己”，之于东坡可谓符合事实。

苏东坡医己之病，自开药方的量药组方，全然颠倒。苏公由少及老始终是热性体质，尤其是垂老投荒，远谪海南，身染热瘟之疫，亟应服解毒祛瘟的凉性草药，东坡却给自己开了补药，加重了晚年的病情。大补之药最应慎用，凉热亦属阴阳，天地之阴阳均调，万物乃生。人身之阴阳均调，百脉乃和。《素问》曰：“亢则害，承乃制。”故而丹溪创立“阳常有、余阴常不足”之说，医家不审，或失其要旨，东坡自非悬壶手，开方遂至偏误于补阳，又值花甲之年有四，而参蓍桂附，用之不善，亦至害人性命。

苏东坡一定喜爱中医，也一定下过功夫研究中医，最是热心搜集中药良方。早年曾从巢谷处讨得“圣散子”秘方的制法，曾向江水盟誓，不得传与他人，为了救人一命，最早在黄州就破了誓。到了晚年，他还在一道表章里向小皇帝哲宗表示“倘若他不纳臣子的忠言，苏东坡宁愿做‘医卜执技之流，簿书奔走之吏’，也不愿在朝中担任侍读之职。”从东坡“下岗”后的第一个谋职选项是去做医生来看，仍是大有担当。致君尧舜，整顿朝纲的治国理想不能实现，那就去治病救人吧。究其医术之高低，那又是另一回事。

出知杭州的元祐五年（1090），当地饥荒与时疫并作，东坡再次破誓，献出“圣散子”，救人无数。同时他还做了一件功德无量的大好事，特邀精通《伤寒论》的蕲水名医庞安常来杭主持医务。东坡一人捐金五十两，加上公费两千缗，设立病坊，杭人感谢东坡，将此病坊称作“安乐坊”，这大概是杭州最早的国家医疗机构。或许就是苏东坡掌握了“圣散子”,创办了“安乐坊”,历代文人多有为之扬诩者, 才成就了苏东坡深通医学的美誉,广为传颂。千百年来在老百姓心目中苏东坡有千万个好,也不嫌多,都是他们所喜闻乐见的。

正是这种极具普世价值意义的审美,甚至潜移默化地影响了清代编纂《四库全书提要》的士大夫纪晓岚。其于《苏沈良方》所载一条,对苏东坡有所称誉,其下笔之处条分缕析,又极见分寸。条载:“宋士大夫通医理,而轼与括尤博洽多闻。其所征引,于病症治验,皆详著其状,凿凿可据。其中如‘苏合香丸’‘至宝丹’‘礞石丸’‘椒朴丸’等类,已为世所常用,至今奇效。即有奇秘之方,也不恒见者,亦无不精妙绝伦,足资利济。”

《苏沈良方》的“沈”,是写《梦溪笔谈》的沈括。条载的这个丹那个丸的,并非是苏、沈二人的研究发明,稍加细味,便可知文中沈、苏二人由于“博洽多闻”而“皆详著其状,凿凿可据”。换言之,二人只是将宋代存世的中医良效组方记录成文,传之于世。“苏合香丸”至今还可在药店买到,“至宝丹”“礞石丸”,也只是增改了药名, 易为 “小儿至宝锭”“礞石滚痰丸”,“小儿至宝锭”仍为儿童养和的平安药,皆可为验证。

“宋士大夫通医理”,未可怀疑,却未必真的可以为医治病。社会分工不同,身为文学家、科学家的苏轼、沈括大可不必以医家为荣。谚语“不为良相,便为良医”与那一句“书中自有黄金屋”同样荒唐,充其量是昏庸之辈的一剂兴奋剂而已,不知害了古往今来多少好端端的读书人,谋国治世的宰相与悬壶济世的医生,毫无必然关系。当不成良相,一咬牙一跺脚,转身做了良医的，也根本无从考证此人是否具备良相的资质。东坡所处时代，自然看不到明代李时珍的《本草纲目》。倒是好事，假使他看过，也就不会有下面一件令东坡大为开心之事了。东坡在琼岛的山野找到了一种药草，并且考订出来，“在古医书上是用别的名字提到过，别人从未找到，而他发现了，自然十分得意”。

东坡空闲无事时，喜欢到野地采药，还有一个好习惯，做医学笔记。笔记中记录下来的某些药材，确实好使，颇能致效，“有一种药可以一提，那就是用荨麻治风湿的办法，荨麻敷在风湿初起的关节上，浑身其他关节的疼痛都可以停止”。东坡还以自己的经验，发明了一种在今日仍得到广泛应用和重视的温补草药苍耳的食用之法，“苍耳（此种植物含有脂肪，少量树脂，维生素 C 和苍耳糖）极为普通，各处都长，毫无害处，吃多久都可以，怎么吃法亦无不可。他告诉人把此植物制成白粉末的办法，方法是：在文火上，把此种植物的叶子灰加热约二十四小时，即可。此白色粉末，若内服，能使皮肤软滑如玉。”

老实说，于医学、医术，东坡好比京剧的票友。想来他本人不这么看，他一定以为自己比普通的医生懂得更多更高明。林语堂可真是他的异代知己，因为写明了苏东坡是医生，“神而明之，存乎其人”。对此我还有什么话好说呢？忽然忆起三百年前阿文勤公曾教导纪晓岚的一番话，颇耐人寻味：“满腹皆书能害事，腹中竟无一卷书，亦能害事。国弈不废旧谱，而不执旧谱；国医不泥古方，而不离古方。”

东坡在仪真的那个夏季五月，实则身体已是很不舒服了，此时距他辞世还有两个多月。“这时，苏东坡在仪真等待孩子们前来相接,他就住在船上。那年夏季突然来临,而且非常之热。他觉得自己从热带回来,为什么反觉得在中国中部会如此之热?太阳照在岸边的水上,湿气自河面上升,他觉得十分难过。六月初三,他得了大概是阿米巴性的痢疾。他以为自己喝冷水过多(啖冷过度),也可能是一直喝江水的缘故。第二天早晨,觉得特别软弱无力,乃停止进食。因为他自己是医生,就自己买了一服药,买黄芪来吃,觉得好多了。黄芪,中医认为是很有力的补药,能补血、补内脏各经,是衰弱病症的好补药,而并不适于专治某一种病。这味药在现代还需要研究,因为很多现代的中国人天天论碗喝黄芪汤,确有益处。"

对于健康的人来说,酌量服用黄芪确是有益无害,正如林语堂先生所写到的"并不适于专治某一种病",遗憾的是林先生不知黄芪此时之于苏东坡尤为不对症。他始终是不受补的热性体质,常患的眼疾,红肿得难以睁开。苏东坡谪宦黄州时给陈朝清信,谓"春夏以来,卧病几百日,今尚苦目病"。给蔡景繁信,谓"近复以风毒攻右目,几至失明"。顽疾的痔疮更是折磨了他一辈子,这两种病皆须调理饮食,服药基本要以清凉解毒祛瘟为主。

花甲之年的老翁流放海南岛,正是这一次遭遇,严重损坏了东坡本已衰弱的身体。"白发萧萧的苏东坡,浮桴南海,倚樯太息。党争的旋涡使他谙尽谪宦贬逐的滋味,逆旅倦游,席不暇暖。"食不对口,还只是影响健康的次因,是儋州弥漫穷荒的瘴疠瘟毒,侵入了他的身体。加之心情黯然,他悲观地写出"某垂老投荒,无复生还之望"之时,何曾想到会又一次得到一个女人的恩顾。神宗的皇后赦免了所有元祐老臣之罪，东坡活着走出了海南岛，他能够顽强地在岛上与命运抗争三年，得以不死，缘于他心怀强烈的返还中土故园之念，可以说是他最大的人生愿望。也正是被贬逐到了海南岛，天荒地老，苏东坡的精神毫无羁绊地升华了，红尘勘破，无往而不适。此时此地的苏东坡堪称坡仙，方可一笑刘伶矫情的浅薄。世上高人大多钦慕西晋高士刘伶的洒脱，东坡评他算不得是一个达人，因其死便死了，何必想着埋？！“刘伯伦（伶）常以锸自随，曰：‘死便埋我。’苏子曰：‘伯伦非达者也。棺椁衣衾，不害为达；苟为不然，死则死矣，何必更埋！’”

现在他回来了，真的是万劫归来，一切的一切皆已释然，心劲儿、心气儿也就随之去了。他预感大去之期不远，了无生趣的人生态度表现在常州居停的一年时间里，拒绝看病治疗，不见医生，甚至拒绝吃饭，完全不配合。他那个极端的消极理由是：“‘庄生闻在宥天下，未闻治天下也。’如此而不愈则天也，非吾过矣。”当地的一位好友钱世雄一直在照顾他，可以给他请最好的医生，可以让他服用最有奇效的药。江浙自古不乏大国医，但是苏东坡拒不肯服。“他分析症状，相信他的病是来自热毒，即一般所谓传染病，他相信只有让病毒力尽自消，别无办法，用各种药进去干涉是没用的。”

东坡的这一次把脉自诊，本无大碍，或许不失为一种保守疗法。若仅止于此，他的病情也不会迅速恶化。要命的是他给自己开的药方竟是：“只喝人参、麦门冬、茯苓熬成的浓汤。”此三味中药只麦门冬一味之于东坡无害，茯苓虽性平，但高烧中的东坡虚寒而气虚下陷,以药理、医理析之,是忌服禁用的,至于"百补之王"的人参,受者发烧燥热,更是断然不可服用,盖因人体发烧时心悸剧烈,此时服用人参会加速血液循环,促使心悸更甚而致病情加重。显见东坡自开此药方不唯有误,更是开反了,"病根何处容他住,日夜还将药石攻"。只是这一攻,在最关乎病体之际,全然攻错。

病久羸弱,偏偏耽重于补阳,失其本旨。"亢龙有悔",实应服之以温凉之剂,不可以一味补阳而伐生气。令人心痛的是东坡在辞世前的第十五天,牙龈出血,还在服用这个三味汤。

东坡人生逆旅的最后居停之所——常州, 距他逝世(1101年 7 月 28 日)前三日,发生一件事,从中可窥见东坡之于人生,尤其是之于儒释道三教的临终悟识,生命垂危之际,时不我待,最须汲汲然表明自己的世界观。在这最后的关头,东坡无一语言及儒宗。东坡固儒者,理政治国是他人生最大的愿望,欲实现这个愿望,必须有官场这一平台来施展抱负。北宋政治的黑暗、皇帝的昏庸、奸臣的诡谲,使这平台早已坍塌,东坡最欲实现的政治理想随之破灭。

此时"康复已然绝望,他在杭州期间的老友之一维琳方丈,前来探望,一直陪伴着他。虽然苏东坡不能坐起来,他愿让方丈在他屋里,以便说话。二十六日,他写了最后一首诗。方丈一直和他谈论今生与来生,劝他念几首偈语。苏东坡笑了笑,他曾读过高僧传,知道他们都已死了。他说:'鸠摩罗什呢? 他也死了,是不是? '鸠摩罗什为印度高僧,在汉末来中国,独力将印度佛经三百卷左右译成中文。一般人相信他是奠定大乘佛法的高僧，中国和日本的佛法即属于此一派。鸠摩罗什行将去世之时，有几位由天竺同来的僧友，正在替他念梵文咒语。纵然这样念，但是鸠摩罗什病况转恶，不久死去。苏东坡在二十四史中的《晋书》中，读过他的传，还依然记得。七月二十八日，他迅速衰弱下去，呼吸已觉气短。根据风俗，家人要在他鼻尖上放一块棉花，好容易看他的呼吸。这时全家人都在屋里。方丈走得靠他很近，向他耳朵里说：'现在，要想来生！'苏东坡轻声说：'西天也许有。空想前往，又有何用？'钱世雄这时站在一旁，对苏东坡说：'现在，你最好还是要做如是想。'苏东坡最后的话是：'勉强想就错了'。"

林语堂先生这样评价东坡的这句话："这是他的道教道理。解脱之道在于自然，在不知善而善。"对于道教，东坡又有怎样的认识呢？孩童时受祖父和父母的影响，道家的玄乎，只是当故事听着好玩。苏轼八岁入乡塾，老师是眉山城有名的道士张易简。他身着道袍上课，真的是讲经"论道"，时不时地讲鸡犬升天的故事，回家后他把张老师讲的玄龙门阵"一人得道，鸡犬升天"说给祖父听，祖父教导他说："别听那个张老道瞎胡吹，他家养的鸡，没见一只升上天，墙都飞不上去，还到处屙鸡屎。"

少年苏轼的道教觉醒，让他始终未被道玄之术所迷惑，只是对道家养生的药补、食疗感兴趣而已。他亲近佛教的大德高僧，也是因为他们可以吟诵别具一格的"禅诗"，并非是热衷于研究佛学的经义。或许他的魂灵有知还会认同九百年后的一位笔名叫耕堂的作家所云："佛教之盛行，并不在它的经义，而在于它的宗教形式的庄严。所谓形式，包括庙宇、雕塑、音乐和绘画等。”任何形式的优美艺术,都可以让苏东坡神清气爽,哪怕是在生命垂危的病中,他最大的乐趣是欣赏图章:“卧阅四印奇石,失病所在。”

谈岳飞

岳飞三十九年短暂而壮伟的人生，早已融入历史的长河。壮阔的波澜之中，不是功臣，便是罪人。两种势力、两种人格的搏击，忠奸贤愚，一时间真假莫辨，难以逐分，纷纷溅起奔腾的浪花，经久不息，至今仍然浸湿着我们的心田……

国人鲜有不知岳飞者，知其英名者多，深知其人者少。属岳飞名下的诗词共有五首，其中有三首词:《满江红·怒发冲冠》《满江红·遥望中原》《小重山·昨夜寒蛩不住鸣》；两首诗:《七绝·登池州翠微亭》《五律·送紫岩张先生北伐》。这五首诗词中，有两首可能是后人托作。词为《满江红·怒发冲冠》，诗为《五律·送紫岩张先生北伐》。一词一诗可能均为明代人托岳飞之名而作，然却不忍也不能就说是伪作。尤其是《满江红·怒发冲冠》影响之大、流传之远，历史上还没有任何一首诗词可与之比权量力，不失为一首气壮山河、激励人心的爱国词篇。词中完全表现了岳飞不愿虚度年华，迫切要求建功立业、报仇雪耻、收复国土的雄心壮志。

岳飞的横幅书法“还我河山”，是一民国人士从相传为岳飞手书李华《吊古战场文》碑拓中集字而成。《吊古战场文》并非岳飞所书。“十二道金牌”急招岳飞回军，是阴谋，风波亭杀死岳飞的是秦桧，更是宋高宗。何为“十二道金牌”？金牌并非纯金制作，而是木牌金漆，以金字书写皇帝传达紧急军务的命令，全称是“金字牌急脚递”，是北宋熙宁年间朝廷设置的驿传，日行五百里，速度最快。

宋高宗铁心杀岳，交由秦桧罗织罪名。最后关头秦问宋高宗是否决定杀岳飞，高宗称是。狡猾的秦桧又说还请陛下考虑三天，再行定夺……宋高宗赵构与岳飞，在相当长的历史时期内，关系一向很好，感情很深。这一对君臣经常私下聊天，说些家常话，高宗非常关心岳飞，从谈话的内容来看，甚至很像是无所不谈的两个发小好友，岳飞年长高宗四岁。高宗给岳飞的御旨，有不少是亲笔所书。高宗杀岳飞，内心是愧疚的，不得不尔。

一个臣子或是一群臣子，与皇权，与“九五”之尊的皇帝之位相比，孰重孰轻，帝心最明乎此道，况且岳飞拥天下雄兵劲旅之最锐者。万一岳飞要造反，天下将姓岳而非姓赵了……

绍兴三年(1133)，宋高宗之于岳飞圣眷渐盛，岳飞声威大振，朝廷倚为长城，君臣关系非常亲近而融洽。《宋史·岳飞传》有记：“秋，入见，帝手书‘精忠岳飞’字，制旗以赐之。”岳飞“春殿语从容”，奏答得体，深明大义，君臣推谈甚惬。

高宗赐岳飞御书“精忠岳飞”，此“精忠”二字正为后世将岳母刺字“尽忠报国”误传为“精忠报国”之缘由。绍兴四年(1134)，岳飞率军收复襄阳，高宗大喜，“授岳飞清远军节度使，湖北路、荆、襄、潭州制置使，封武昌县开国子”。自此，陛见不断,君臣年年相见。“(绍兴)五年,入觐,封母国夫人……”这一年,岳飞封侯,“进封武昌郡开国侯”。绍兴六年(1136),张浚“独称飞与韩世忠可倚大事,命飞屯襄阳,以窥中原”,宣抚河东,节制河北路,再战皆捷,中原响应。九月“飞自破曹成、平杨么”。绍兴七年(1136),岳飞蒙诏入见,高宗与岳飞君臣感情越发亲融,闲话聊天,经常聊至兴处。高宗问岳飞征战坐骑可是良马,岳飞答道:臣原本有良马两匹,每天能吃豆料好几斗,要饮清洁的泉水一斛,若非干净的食料和水,宁可饥渴也不接受。揽辔骑行,开始跑不快,等到跑上百里,才奋鬣奔驰,从中午跑到黄昏,还能跑两百里,此时解下鞍甲,它既不大喘也不出汗,一副若无其事的样子。这是因为二马度量大却不贪随便之食,精力弥满却不逞一时之勇。二马是跑远路的良驹骏骥啊!可是,不幸的是,二马在历次战役中先后死了。现在我骑的马差多了。它每天吃的食料不过几升,从不挑剔食料和水。拉住缰绳还没坐稳,它就奔腾起来,刚跑百里,力气用尽,流汗喘息,几乎像是死了一样。这是因为它度量小,所以吸收的食物不多却易饱和,逞强斗勇却外强中干。不过是平庸之马而已。

高宗赵构闻之入耳,称善不已,说是爱卿的议论大有长进。高宗越加重用岳飞,说刘光世军纪太差,其为将门之后,朕待他不薄,众将中,朕擢升他为大将最早,然其不肯为国家担负重任,拖延剿寇时机,多次有违朕命。当时,南宋有四支军力强大的队伍,统帅分别为岳飞、韩世忠、刘光世、张俊,世有“中兴四将”之称。刘光世至少有两件关乎军国大事之所为,令高宗不悦。高宗任刘光世为江东宣抚史,守卫太平及池州,受杜充指挥，光世六次上书说不能接受杜充指挥，惹得高宗大怒，诏令不允刘光世进入殿门，刘才接受命令。杜充是岳飞河南相州的同乡，曾是岳飞的上级，继宗泽之后的第二位军事长官。

南宋王朝初建，岳飞上书反对高宗南迁，以越职议事被革职。不久追随宗泽守开封，宗泽十分赏识岳飞，升为统制。岳飞受宗泽影响很大，宗泽是抗金初期坚定主战派的军事首长，沉着刚毅，后人可从他的一首七言绝句中，领略他大战在即，从容不迫的元戎风度，诗曰：伞幄垂垂马踏沙，山长水远路多花。眼中形势胸中策，缓步徐行静不哗。

宗泽生前二十余次上书高宗，坚决主战，反对议和，率军十三战连捷。壮志未酬，死前三呼："渡河！渡河！渡河！"杜充接任东京留守，岳飞从杜充南下作战。仅从刘光世看不起杜充，不愿接受杜充指挥，便知刘光世是何等桀骜不驯的人物。

刘光世和岳飞都曾先后驻军池州（池州在今安徽省）。岳飞在池州写了一首诗《七绝·登池州翠微亭》：经年尘土满征衣，特特寻芳上翠微。好水好山看不足，马蹄催趁月明归。后人为缅怀岳飞功德，勒石刻铭。此诗的石刻，今日仍存翠微亭。

这首诗在中国文学史上占有重要的地位。我第一次读到它，是少年时代。十多年前，我曾写文章说："祖国秀美的山川，刚刚唤起英雄无限的柔情爱意，却来不及细细欣赏，短暂的云水居停，好在还来得及吟诵这样的一首小诗，声调一如书生吟来，清发而俊朗。因杀敌的重任在肩，英雄又策马远去……"

《中国文学史》评价此诗："透过这寥寥的二十八个字，人们仿佛看到祖国一位最好的儿子，在杀敌的百忙之中，偷闲看望一眼伟大的母亲。”《宋史》中无章节记载岳飞与刘光世有什么特别的交集。朝廷以“莫须有”问罪岳飞，秦桧罗织一大罪名是：“应诏淮西不救。”实则是刘光世“不救”，曾惹得高宗不悦。

绍兴六年（1136）九月，伪齐王刘豫遣其子刘麟、侄刘猊，寇犯淮西。刘光世欲放弃庐州不守，张俊欲弃盱眙，此二人为自保，同时上奏高宗。高宗知其不堪用。《宋史·岳飞传》记：“帝（高宗）虑俊、光世不足任，命飞东下破敌。”高宗对岳飞说，刘光世这厮这般作为，竟然还好意思上奏求朕，加封他的三个小妾为孺人。光世此招，路数甚高，意在让皇上放心，光世无大野心，所好者无非醇酒妇人罢了。

宋室南渡以后，各大将纷纷加封爱妾之事，自光世始，渐成定例。高宗驭将的手段比他老爸徽宗高明许多，也同样继承了徽宗的文艺特长及“足球运动员”的好身体，父子都好蹴鞠，这是一项中国发明的流行于宋代宫廷、贵族间的高雅运动。高宗居皇位，偏安江南三十六年，传位于八帝，南宋享国祚一百五十二年。高宗的底子打得不错，这当然是后话了。此处，还须加上一句，高宗赵构是国史上四百二十二位皇帝中较为会做皇帝的皇帝，然此中深曲之意，难言之慨，不在芜文详析之列。

高宗有一最大的优点，前面说过了，擅与臣下套近乎，特会聊天。哪怕是对刘光世，高宗也要以家人般的感情温慰一番。老实说，刘光世大宋名将之后，纵有过，用之也放心，拥兵自重，也不会有“彼可取而代之”的不臣之心。范宗尹上奏说，刘光世手下冗员太多，耗费太大，请准将其中老弱裁减下来。高宗说，等朕来日写信给他，如同一家人之间的礼仪，方能使他不生疑义。

岳飞却是忠义耿直，不擅敷对君王之道。国土沦丧，二圣被掳，岳飞内心忧愤，壮怀激烈，发表议论独持正义，讨论问题从不给人留有余地，为日后埋下了祸患。岳飞自宣和四年(1122)出山，虽奋起草泽，智勇绝伦，屡建不世之功，然其云路多阻，同僚见嫉，朝廷见疑。建炎初，岳飞以下级军官上书高宗，以越职夺官革职。然读此书洋洋数千言，忠臣所论，不唯大义凛然，节录一节，亦可见岳飞文气宏深，不让古贤："陛下已登大宝，社稷有主，已足伐敌之谋，而勤王之师日集，彼方谓我素弱，宜乘其怠击之。黄潜善、汪伯彦辈不能承圣意恢复，奉车驾日益南，恐不足系中原之望。臣愿陛下乘敌穴未固，亲率六军北渡，则将士作气，中原可复。"上此书不久，岳飞诣河北招讨使张所。张所为国惜才，待之以国士，借补修武郎，充中军统领。《宋史·岳飞传》载一段张所与岳飞对话，即见飞之武略，又见飞之文韬："所问曰：'汝能敌几何？'飞曰：'勇不足恃，用兵再先定谋，栾枝曳柴以败荆，莫敖采樵以致绞，皆谋定也。'所矍然曰：'君殆非行伍中人。'"

功高盖世，亦必震主，主必生疑，纵观历史，概莫能外。高宗故意道：刘光世军纪太差，他的部队今后就交由爱卿统帅吧！这是试探，岳飞不知，非常兴奋地回禀：陛下，我一定带出一支天下劲旅，不负圣望……此语必然惊了皇上：朕思你岳飞所率劲旅，已占天下三分之一，战斗力最强，光世军再归了你，朕恐怕寝食难安……高宗一心想听岳飞的回话，怎么着也应是这样的：谢陛下信任，臣不才，难应此重任云云。当然，似这般说，岳飞就不是岳飞了。四大军头中的岳飞、韩世忠，同为忠臣无疑。张俊奸臣，岳坟前跪地五奸之一。张俊不同于秦桧，千秋功罪当客观评说。抗金前期，张俊功勋卓著，官职也在岳飞之上。随着岳飞屡立战功，声名地位超过了张俊，张俊出于嫉贤妒能的本性，为了自身利益，参与了秦桧陷害岳飞的阴谋活动，提供伪证，堕落为秦桧的帮凶。

刘光世若衡其忠奸贤愚，差不多属于中间人物，体制内的军中枭雄，黑白两道通吃的南宋第一豪强，慑服各地流寇、土匪、叛军最具强梁手段，收拢、制伏此等杂流。光世号召力之大，甚至无须“传檄而定”，纷纷来投，云集麾下，乃至光世军人数最多，盖因龙蛇混杂，军纪很坏，兵士相对自由，乱世扰民以自肥。这些兵痞自然不敢也不愿投军纪最为严明的“岳家军”，兵卒有人私拿百姓一缕麻用来绑草垛，岳飞立命斩首示众。士卒夜间休息，百姓怜惜主动自开大门接纳，无一兵卒敢入，“冻死不拆屋，饿死不掳掠”。

刘光世庶几可为“混世魔王”，马上横戈，雄气赳赳，不甚看中金钱，业曾将财物贡献朝廷，以作军计民生之用。光世素有豪气，廉颇不老，临大战而有大宴宾客之兴。戎机攻略有大胜也有大败。人格人性，亦正亦邪，然当此正气多与王气合，其能尽摒内中邪魅，为宋皇杀敌建功之业，《宋史》不少载。高宗很给他面子，罚咎则必须，处分并不重。虑其将门巨子，将士多出其门下，影响军心。加之光世政治头脑精明，随世事沉浮，不被权奸秦桧所忌，因此而能忝居荣宠，终老一生。

岳飞忠直耿介，一心收复失地，喊出的口号是“迎取二圣回朝。”这显然触犯了高宗最大忌讳。父、兄回銮，朕将何以立命？在高宗看来，乃岳飞之不忠，倘忠则有之，则忠于徽、钦，于朕何干?!

此前君臣聊家常时,岳飞出于忠义言于高宗曰:“陛下无子嗣,可早立贤侄为储君。”此语亦犯下皇家忌讳,岳飞浑然不知。高宗疑心日意增重,岳飞初心不改。岳飞将他无比的忠诚,履行到了生命的最后一息。

依岳飞之机敏,焉能不知一日奉十二道金牌班师后果之严重!《宋史·岳飞传》记:“飞愤惋泣下,东向再拜曰:‘十年之力,废于一旦。’飞班师,民遮马恸哭,诉曰:‘我等戴香盆、运粮草以迎官军,金人悉知之。相公去,我辈无噍类矣。’飞亦悲泣,取诏示之曰:‘吾不得擅留。’哭声震野,飞留五日以待其徒,从而南者如市,亟奏以汉上六郡闲田处之。”

岳飞虔敬、沉郁的家国情怀,赤胆忠心,天日昭昭!如此关头,依然惦念天下百姓,为保生民安全,滞军五日,以遏金兵来犯,待百姓逃难到南方,遂急急上奏拨六郡闲田安置避寇的难民。

岳飞早已置个人生死安危于度外!呜呼哀哉!吾华有忠臣猛将而不能善用。“自古未有权臣在内,而大将能立功于外者。”社稷为重,君为轻,故有史笔评岳飞难免愚忠之议。

岳飞总资文武,宏猷韬略,智商高迥,自不待言。有谓其情商远逊智商,此语可存一家言。正是岳飞不计个人安危得失的孤忠义节。“赢得生前身后名”,辛弃疾的上一句,让我马上联想到宋高宗赵构朕思所虑者。只有杀了岳飞,才能“了却君王天下事”。

百代俄顷,岳飞得到了世间最普遍的尊重与敬爱。与此同时，国人也表达了对秦桧之流最大的憎恨和蔑视。

少时，听乡绅“说岳”，大人们嗟叹不已，说我们这个国家出最好的人，也出最坏的人。这一好一坏，“自古正邪同冰炭”的两个人，正是岳飞和秦桧 。岳飞被杀于风波亭，千古奇冤，要杀岳飞的是秦桧，更是身兼皇子、皇弟的宋高宗，因为最不愿徽、钦二圣还驾的正是这位当朝的皇帝。金瓯叹缺、偏安一隅的皇帝，难舍九五之尊。朝野上下多年的战和之争，终于以岳飞为首的主战派即将大胜而画上句号，决定岳飞命运的时候也就到了。元帅岳飞绝不是“国务总理”秦桧可以轻易杀掉的，皇上铁心杀岳，他才敢有恃无恐地组织实施。三天后，皇上圣意已决，主和。

秦桧第一要做的是罗织岳飞的罪名。封建社会奉旨杀人、依律杀人，也要有无可逃逭的罪名方可定谳行刑。而岳飞的忠诚是无懈可击的，于是元帅韩世忠问秦桧：“岳飞的罪名是什么？”秦桧回答：“莫须有。”千年来，人们一直认为这个“莫须有”，是“没有必须有”“也许有”。新的解释是，陈鲁豫采访李敖，李敖说他在宋书中查到，“莫须有”是宋时的口语，什么意思呢？“等等看会有。”李敖没有说明是在哪一本宋书中看到的，知识需求确切，我很想知道究竟是哪一本宋书。

二〇一〇年，李敖在刘长乐的安排陪同下访问杭州。许是因了岳王坟就在西子湖畔的缘故，李敖谈岳飞，爆料最多，举其大要有三：言及“莫须有”这一罪名，较之接受陈鲁豫采访时稍有不同的是，他特别声明查阅了两百多种宋书，方得此结论。更为爆冷的一条是理学家朱熹不喜岳飞，针对岳飞有“骄兵悍将”之讽，此语于“岳家军”亦不无贬抑。其三，岳飞被杀，有一罪名是岳飞骂皇帝乘坐的车，侮辱圣上。秦桧的“等等看会有”，最终找到的会不会是这“指斥乘舆”的罪名呢？李敖没有说。至于李敖此番说出有此“指斥乘舆”的罪名，所依何本？仍是无一语涉及。李敖其人是考据的高手，一向善用证据说话，斯言不虚，亦乎可信。稗记有传秦桧构岳飞狂悖之罪，妄比开国皇帝赵匡胤，捏造岳飞曾言“己与太祖皆三十建节”。

《宋史·岳飞传》记秦桧陷岳飞另一罪名是“应诏淮西不救”，指岳飞在绍兴十一年淮西战役中，高宗十五次御札令岳飞进师，岳飞按兵不动。秦桧为掩盖真相，待岳飞初下狱，“桧令亲党王会搜其家，得御札数箧，束之左藏南库”，十五御札尽在其中，可以洗清岳飞这一罪名的原始证据，被秦桧蓄意藏匿。孝宗时，岳飞被彻底平反，岳飞三子岳霖请于孝宗，赐还被抄御札。“霖子珂，以淮西十五御札辩验汇次，凡出师应援之先后皆可考”。

岳飞文武全才，有诗文传世。声闻遐迩的词作《满江红·怒发冲冠》，自明代中叶以后，每当国难当头、外侮当前，这首词无疑是鼓舞国人奋起斗争的冲天号角。

法国画家德拉克洛瓦的油画《自由引导人民》，差可与岳飞的《满江红·怒发冲冠》做等量观，法国社会每逢时局动荡，统治者都会将此油画从博物馆壁上摘下，藏之库房，唯恐女神手中的三色旗一变而成爆发起义的导火索。令国人遗憾的是油画《自由引导人民》是德拉克洛瓦的原作真迹，面世百年，从无疑问。而岳飞的《满江红·怒发冲冠》，近代学者余嘉锡最早著文指出非岳飞所作，是为明人的托作。余氏之后夏承焘于一九六二年发表《岳飞〈满江红〉词考辨》一文，赞同余氏所论之外，且有新见。一九八〇年，中国台湾媒体，发表孙述宇《岳飞的满江红？——一个文学的质疑》一文，注重于词的文字内容和词作风格的疑义阐发，这篇文章很快在内地的《参考消息》上转载。迄今为止，余、夏、孙关于岳飞《满江红·怒发冲冠》一词的研究，仍是最有说服力、庶几可为定论的考证，我亦服膺其说。只觉三君考证之文，于文章题目似不应简化命题，《满江红》三字词牌之后，须加“怒发冲冠”四字，属岳飞名下《满江红》词有两首，两首词的首句分别是“怒发冲冠”和“遥望中原”，世人知之不多的“遥望中原”，学术界素无真伪之疑，奉为岳飞亲作。笔者于此特为标举，并非要做目珠之判，“怒发冲冠”一词，虽叹托作，犹不失其自明中叶以来无比巨大的价值和无可取代的历史作用，所谓“疑之而其词不因我而废，听其流行可矣”。然观真作“遥望中原”，声华不振，恒遇世人淡忘，真亦不彰，可为一叹！

“怒发冲冠”一词最早载于明代嘉靖十五年（1536），徐阶编辑《岳武穆遗文》，乃据明代弘治十五年（1502）浙江提学副使赵宽所书岳坟词碑收文。此前不见记载，宋元正史稗文均无一字。数百年后，此词忽现于明中叶后期。赵宽碑记中述及岳飞名下另一首五律《送紫岩张先生北伐》，清人王昶考订为明人所作，第五六句“马蹀阏氏血，旗枭可汗头 ”，分明就是“怒发冲冠”词中“壮志饥餐胡虏肉，笑谈渴饮匈奴血”的翻版。最有力的证据是岳飞蒙冤七十年后，其孙岳珂编著《金陀粹编》，未录“怒发冲冠”一词。珂富收藏，玄鉴精微，于宋时贤诗文搜集，不遗余力，更无疏漏乃祖这首声震九州的大作之理。何况其父岳霖先期访求岳飞遗书文稿，始于嘉泰三年（1203）恭撰《岳王家集》序文至端平元年再版此书，凡历三十一年，仍未裒辑此词入书，适乃又一力证。

“怒发冲冠”下阕“驾长车踏破贺兰山阙”一句，严重违背地理常识。岳飞伐金的终极目标：直捣黄龙府！其址在今吉林境内，贺兰山在甘肃河套之西，相距数千里之遥！南宋时属西夏国，“这首词若真出岳飞之手，不应方向乖背如此！”承焘此说，的乎杰识！若止于此，又非完论，妙在其继而据史考证明代北方鞑靼逼居河套，进则骚扰东北西北，由明中叶迄至明亡的一百多年间，鞑靼铁骑鞭锋所向西指甘、凉，十有八九取道贺兰山阴。大明王朝终于在弘治十一年（1498），有赖明将王越在贺兰山的卓越指挥，方始击败鞑靼，打了一个空前绝后的大胜仗。“踏破贺兰山阙”，在明代中叶实在是一句抗战口号，在南宋是绝不会有的，只有明代人才会有此地理形势的认识和时代意识。有鉴于此，夏承焘进一步推论“怒发冲冠”的作者是明将王越或为其幕僚代笔之作。然依现有资料审之，明确“怒发冲冠”究为何人所作，落实在名头，尚无铁案可定，明人托作，似允称无疑。

四十年前孙述宇论文倾向于文学上的质疑，风裁格调，甚以为与岳飞真作《小重山》一词蕴藉大不相同，“《满江红》，激昂慷慨，英风飒飒，是一首英雄诗。但英雄诗是做不到英雄的诗人想望着英雄而创造出来的。真正的英雄心里未必有很澎湃的英雄感情，因为他们既能做英雄之事，便不会把这些豪杰事务看得这么了不起。岳飞多年奋斗和掣肘挫败的阅历经验在情绪上留下了印记，他的《小重山》一词，就有一种深深失望而生出的欲说还休的味道。相形之下《满江红》是一首有事迹、有心志，但没有阅历的词”。

绍兴三年(1133)，雷霆迅烈，岳飞在三月内，一举收复襄阳六州。岳飞凭借襄阳大捷，三十二岁封“武昌郡开国侯”。驻节鄂州。为赵宋王朝立此大功而不骄矜自傲，念念不忘的仍是北伐大业。前不久，因为岳飞战绩辉煌，圣眷渥隆，高宗御笔亲书付岳飞。高宗赵构乃徽宗第九子，与父皇同为历史上有名的书法家。徽宗自创“瘦金体”，笔势硬瘦而遒劲。子虽不及父开宗立派，但也妙悟八法，留神古雅，擅书能画。后人评高宗的书法“初学黄庭坚，后学米芾，唯属意于二王，手追心摹，自成天趣”。高宗此通《付岳飞》书两开，凡九十九字，算上花押整百字，字体出二王堂奥，深得宋人神韵。《付岳飞》书札内容，有关军国大事，却被高宗拟之温情脉脉，可见当时君臣关系非同一般。开头即“卿盛秋之际……” 文尾更见圣上对岳爱卿厚望之殷切：“如卿体国，岂待多言。”第二开上端，有清乾隆御书题跋七绝一首，竟也意味深长：“飞白精忠早赐旗，霜寒又塵上流师。本来原是腹心托，十二金牌竟若为。”

有清一代，康、雍、乾三帝，汉学水平之高不让翰林学士。乾隆一代帝王，底子也是读书人，学问是由国中最博学的汉臣所传授。几百年后，乾隆三希堂南窗下展玩宋高宗《付岳飞》书札，心态是平和的，无一字抑岳之词。虽然岳飞曾经痛击他的金人祖先，他只是敏锐地拈出关乎高宗、岳飞的两个“史实典故”——“赐旗”“十二道金牌”。实则，有清一代近三百年，清廷自始至终，十分谨慎小心地推行“扬关抑岳”种种举措，三国的关云长被奉为“武圣”“百世人极”，清帝更是加封云长为“‘忠义神武仁勇威显护国保民精诚绥靖诩赞宣德关圣大帝’。可谓天下第一美谥，一连串的好字眼儿，简直无可复加。宋元时代，崇关之风气并不似清代这般隆重，史家以为若求‘文武全器，岳飞有胜于关公处’”。

《宋史·岳飞传》传末有论，诚允正允公之语，概当照录，用示后人不忘岳飞之文裕威德、高宗之不仁不公：“论曰：西汉而下，若韩、彭、绛、灌之为将，代不乏人，求其文武全器、仁智并施如宋岳飞者，一代岂多见哉！史称关云长通《春秋》左氏学，然未尝见其文章。飞北伐，军至汴梁之朱仙镇，有诏班师，飞自为表答诏，忠义之言，流出肺腑，真有诸葛孔明之风，而猝死于秦桧之手。盖飞与桧势不两立，使飞得志，则金仇可复，宋耻可雪；桧得志，则飞有死而已。昔刘宋杀檀道济，道济下狱，瞋目曰：‘自坏汝万里长城！’高宗忍自弃其中原，故忍杀飞，呜呼冤哉！呜呼冤哉！”

文天祥目睹了崖山大海战

今晨乘厦门航空 MF8143 航班，由天津滨海国际机场九点十五分起飞，十四点十五分抵海口美兰国际机场，可惜延误。这个时间段的航班一向是直航，约半年前改成经停了。三个月前飞海口时，经停山西临汾，这回是福建泉州。如果时间不紧，我倒不怵头经停，可以下机伸伸腿走走路，再登机就快到了。对我来说，空旅寂寞，打发时间的最好办法是想好一个题目，写篇闲文玩玩，不待飞机落地，已然写好，传给西南名媛胡延芝老师编辑配好图后，上传“今日头条”。顺利时，与海南亲友尚未觌面，文章已先睹为快了！飞机飞临福建、广东上空，相当长的一段时间里，下方是万顷海涛。飞机是否飞至零丁洋的上空，不得而知。而大宋文丞相天祥的千古英名确是真真切切地浮现在脑海。

想起文天祥九百年前过零丁洋……

囚舟上，文天祥目睹了崖山大海战……

景炎三年(1278)，十二月二十日，文天祥率部在海丰五坡岭。开饭时元军突至，文天祥不幸被捕，立服冰片二两自尽，昏厥很久，竟不得一死。越岁，祥兴二年(1279)初，元军元帅张弘范将文天祥幽禁舟中,逼他写信招降张士杰。天祥正色曰:“我自救皇帝不得,乃教人背皇帝可乎?”

下面发生的事,后人浓墨重笔写进了中国历史。文天祥随即写下的那首著名的《过零丁洋》,千古流芳,激励了一代代仁人志士临大节视死如归的豪情壮志。

辛苦遭逢起一经,
干戈寥落四周星。
山河破碎风飘絮,
身世浮沉雨打萍。
惶恐滩头说惶恐,
零丁洋里叹零丁。
人生自古谁无死,
留取丹心照汗青。

张弘范读罢十分佩服,不禁称赞道:“好人好诗!”

历史上有许许多多的伟大人物、悲情英雄,在获得广大人民的爱惜敬仰的同时,因为他们的人格魅力,也曾得到敌人的尊重。

文天祥慷慨请死,张弘范终不肯杀,不愿担杀大宋丞相一代忠臣文天祥的恶名。此前他曾见过文天祥见伯颜时的从容无畏。虽为敌人,弘范内心敬服不已。遂与天祥“以平揖相见,叙问阔如客礼”。一百多年前,金兵犯中原,岳飞的死对头虏酋金兀术,每陷一地,获宋官吏,便问军师哈迷蚩:“忠臣乎?奸臣乎?”

奸臣虽降，亦杀之。可见奸臣贼子在敌人眼里也是该杀的烂货，对忠臣往往优礼有加。

可悲的是，残害背叛精英的恰恰是自家人。文天祥避难真州，极度危急之时，与他曾共患难的仆人余元庆四人，偷金叛逃。

二月六日，于文天祥是最为悲惨的一天。

文天祥在囚舟上，目睹了宋廷灭亡的一幕。

这一天，宋元两军在崖山海上大决战，宋军败。

文天祥有诗记之。

《二月六日海上大战，国事不济，孤臣天祥，坐北舟中，向南恸哭，为之诗曰》，文天祥椎心泣血，写下：

一朝天昏风雨恶，
炮火雷飞箭星落。
谁雌谁雄顷刻分，
流尸漂血洋水浑。

陆秀夫背负幼帝投海自尽……越七日，尸浮海上者十余万人。

张士杰也捐躯怒海……

宝祐四年(1256)，年轻的学子文天祥参加殿试，赐进士第一。援例，理宗皇帝陛见新科状元，见其姓名，大悦，与近臣语：“此天之祥，乃宋之瑞也。”

而宋之后的历代皇帝不这样看，以为文乃亡国宰相，文姓大不吉祥。凡文姓，纵极富宰辅之宏猷伟略，概不拜相。

宋末之际，天下已定，文天祥及诸多孤臣良将实无力挽狂澜于既倒，扶大厦之将倾。

最是无情帝王家。

王世襄逸事

玩家、美食家与书法家

王世襄先生，旷世大玩家。史称玩家、道家者，皆百代精英之翘楚。依明季高士所云，天下诸般雅艺，无非逸人玩家所治，纵然雕虫小技，若非渊然深秀者曷能办之。诚哉斯言！王世襄先生世家子弟，浊世翩翩佳公子，独于古艺咸有会心，举凡书画、家具、髹漆、竹刻、民间游艺、音乐等诸多方面之研究见解，堪称独到而深刻，成就泽惠艺林，普及世界。二〇〇九年十一月二十八日，王世襄先生于北京遽然仙逝，寿享九十五岁。随着王先生辞世，其平生所得之大成，或恐失为绝学。往圣往矣，不才传伦，实不能为万世开太平，当竭诚尽力一续大师余绪，用示先生之绝诣，赞诩先生之美德，终难一展先生大雅于万一。仅以廿载间与世襄先生素日交往之雅事，竞付笔端，聊表胜意，尚飨王公之“铁粉”。故乃不揣孤陋，倘有疏漏之处，乃伦不学之过，敬祈方家教正。

熟识王世襄先生的人都知道“鬯安”是王老的字，“鬯”同“畅”之意，畅顺、畅达、畅快、畅旺……“鬯”与“畅”或有不同，

“鬯”古雅了许多。“鬯”本古代之名物，是一种祭祀用的香酒。一个“鬯”，妙诣无穷，令人畅想无拘束，足以畅叙幽情。先生字“鬯安”，应是更多几分安逸才好，叵耐际世不辰，但见先生由少及老，未以字行，世人多知世襄大名，实乃命数所定，中年时逢四九，一路蹭蹬，委实是大不顺畅。

一位有大功于国家文物事业的精英人物，横遭牢狱之灾，出狱后，又被蛮横开除。“文王拘而演周易”，古往今来杰出的历史人物，无一不是在逆境中，奋起云路，所达到的高度，令人高山仰止。岁月不曾静好，现世更不安稳，世家子弟，上燕京读书都要带着自家厨子的王世襄是京都大少，但非寻常公子哥，他不曾一日沉沦，而是终日沉浸于古老的艺术中，艺术沉醉了他孤寂的心灵，同时也让他高昂起尊贵的头颅，人世间能让他俯首称善的只能是传统文化、古雅工艺的许多将要湮没无人知晓的密钥。简单说，不是王世襄乐于“不耻下问”，几十年来与木作行的老师傅，打成一片，倾心相交，研讨明式家具的种种非内行而难知的“门道”，今日全世界的玩古之士，恐怕都叫不出明式家具各个构件的名称。这是一门大学问，可以联想到《考工记》。

当京城大爷、沪滨遗少还在玩着高雅，或锦帽貂裘，或西装革履，以为非不如是，便是失守了人生尊严高雅的底线。然世襄看透了太多的东西，通达得很，早已融入了寻常人群中，一袭黑色疙瘩襻大棉袄，袄袖油渍麻花，提着菜篮子去市场买菜。多年下来，和他在路边聊天侃大山说厨艺的大师傅，一直以为他是哪家饭馆的厨子。

世襄是懂吃会做的美食家，喜欢亲理庖厨，深自钻研。他和张伯驹一样，擅啖蘑菰，以为是厨蔬无上佳品。蘑菰即是蘑菇，先生考究，执意写作蘑菰，透着文气，但他不是冬烘先生，不会轻易称蘑菰为“蕈”，写文章的时候，才可以唤作“春菰秋蕈总关情”。张伯驹爱吃坝上名品口蘑，王世襄对“寒露蕈”最为钟情，因为是儿时的美食情结，好像还说从来没有吃够过。寒露蕈这种野生菌只有寒露时节才出土。服侍王世襄外婆的老妪，每逢深秋，都要从洞庭东山的老家带回一甏寒露蕈，送给外婆吃：“清油中浸渍着一颗颗如纽扣大的蘑菰，还漂着几根灯草，据说有它可以解毒，其味之佳，可谓无与伦比。正因为它是外婆的珍馐，母亲不许我多吃，所以感到特别鲜美。”

王世襄在燕京大学读书时，曾对蘑菰做过专门的研究，深入实地考察。他听说香山一带的野生蘑菰很有特色，特意结识了香山四王府村的一位人称“蘑菰王”的六十多岁的老汉。学问无所不在，高手尽在民间。老汉见这位年轻的大学生好学又懂礼貌，一手不留传授采菰秘诀，只是说得有些玄乎，好似采金人要会看矿苗龙脉，挖“棒槌”（人参）的要会赶山一样，“采蘑菰要学会看‘稍’（读作sào），指生蘑菰的地脉。这“稍”从地面草木的长势可以看出来。”

听来听去，年轻的王世襄还是不能得其要领，“看来所谓的稍，一半指草木的葱茏茂密，一半和埋在土内的菌丝有关，蘑菰落下孢子才生长菌丝，所以产菌的地方年年会有蘑菰长出来。使香山出名的是一种大白蘑，直径可以长到一尺多，像一只底朝天的白瓷盆。过去只要在山上发现此种幼菰，便搭窝棚在旁守护，昼夜不离，以防被他人采去。只需两三天便长成，取下来装入大捧盒送到宣武门外菜市口去卖，可得白银三五两，因为它是一种名贵贡品。蘑菰王感慨地说：这是前清的事了，近年来简直得见不着了。贵人吃贵物嘛。贵人没有了，大白蘑也就不长了。”二十世纪六十年代，王世襄去怀柔县黄坎村参加劳动，老乡告诉他山上也有这种大白蘑，当地人叫“天花板”，自古便留下了一句歇后语：“天花板炖肉——馋人。”

王世襄当时以为“天花板”只不过是当地的土名而已。到底是聪敏公子读书人，此时的王世襄虽然才二十啷当岁，已对天下名物特产的研究大感兴趣，与其后来成为文博大家大有关联，正像歌词里唱的那样，谁也不会随随便便就成功。某一日，王世襄读明代人潘之恒所著蘑菰大全《广菌谱》，书中有“天花蕈”一条，并称：“出五台山，形如松花而大于斗，香气如蕈，白色，食之甚美。”王世襄查古书查到了根据，方知这位老乡的话大有来历，不禁肃然起敬。

美食家都注重食材的地道，江湖盛传王世襄炒大葱的传说，其味之美，竟然压倒满桌菜肴。关键是选料精严，王世襄烹此味的不二法门是：非山东章丘大葱不用，盖此青葱嫩而甜，葱白极长，啮齿即断。

二十世纪九十年代末，通过杨广泰，我与王老初识。一九九八年，拜请王老给我与杨兄合著的《文玩架座欣赏》一书题写书名，王老细细审阅了相关实物图片后，认为靠谱，欣然题就。后来熟了，聊天时多聊吃，王老闽籍，二十世纪八十年代，国家出八大名菜菜谱，《福建菜谱》的序言，有关部门恭请王老撰写。闽菜历来以擅制山珍海味著称，尤以巧烹琳琅满目的海味见长，王老十分在行地指出：闽菜“在色香味形质的前提下，以味为纲，具有淡雅、鲜嫩、和醇、隽永的风味特色，在烹饪派系中独树一帜”。

这本《福建菜谱》，当时是内部资料，我能读到，得益于先严是二十世纪七十年代改革开放后第一批涉外旅游宾馆的老总。他老人家的案头有这本书，我看后对福建第一名菜“佛跳墙”最感兴趣，更奇怪王老在序中对此名菜只是一笔带过，着墨甚少。后来我向先生请教这道名菜，先生教曰：“佛跳墙原本是一道肉菜，不加海鲜干货的。后来越做越奢侈，一坛子佛跳墙端上桌，十万块也是它。你想南非三个一头的鲍鱼放了十二只，吕宋黄的鱼翅干品放了一二斤，这得多少钱，十万一坛，远不够封顶的。其实这道菜好吃主要是沾了猪蹄、猪肚的好处，现在的酒楼越来越不会做，这道菜怎么会稀汤寡水的呢？猪蹄炖上好几个小时是浓稠的汁，真属外行，太不专业。”

王世襄先生喜欢内行又肯用功、规规矩矩的年轻人，得他青眼看顾的青年人，全成了他的忘年交。先生不仅尊享鉴物的超凡美誉，更兼雅具识人的本领，但凡他看中的小青年，皆为今日文博行内领军人物，呼之响亮：马未都、胡德生、田家青，还有天津玩匏器有名的“葫芦万”万永强。此中最属在下张传伦不争气，半生一事无成，只会爬爬格子，写几篇闲文，消闲浮生，月旦古今，语多嘉言，好为真行家立腕，不为“满不懂”张目。王老孤直耿介，不轻易许人，虽说青年朋友不少，但他老人家只承认田家青是他唯一的学生、入室弟子。王老这样做也是迫不得已，确有射利之徒冒充学生，以售其奸，早被王老一一识破。这帮孙子也太不识趣，忘了王老长得那是嘛眼？那是一双鹰眼，睿目巨睛，千年古物，一眼断代，视线中从无小人祟影。

二十世纪九十年代，我的藏石斋名“摩石精舍”，和我的老当家张大千的“摩耶精舍”，只有一字之别。我先请了启功、溥佐、慕凌飞、范曾几位先生题了“摩石精舍”，心下欲请王世襄先生赐题。我看中王老的字大有功夫，标榜推陈出新的“丑书家”们，见王老书法最应汗颜。王老却从不以书法家自居，王老亦不必以书法家为荣耀。清代书家张问陶的老师袁枚不以书家自重，人们偏偏更喜其字，随园老人的字，随情随性随缘，随心所欲，随笔写来，随合佳妙，见者莫不称善。张问陶说袁老师的字不轻易与人书，然偶一落笔便极有趣。我面子薄，加之此时与王老尚不熟稔，哪儿敢开口贸然求字。道友“葫芦万”万永强与王老关系好得不一般，每年时令节气一到，万兄十余年如一日，立马进京，叩府送上蛐蛐、蝈蝈、油葫芦等能鸣会斗的草虫。王老大为欢喜，特为永强书十五言龙门对，联曰：“紫檀鸂鶒红木铁梨黄花梨诸般家具；蛐蛐蝈蝈金钟扎嘴油葫芦各式葫芦。”说尽永强能事，意犹未尽，又复长跋三十余字：“甲戌冬月戏作俚语横额楹联，为永强小友补壁。畅安王世襄时年八十。”这还不算完，兴题横批：“要嘛有嘛。”永强天津卫的娃娃，王老诙谐，幽他一默，故以天津话出之。

此番我托万兄代求一幅斋号，定然万无一失，我一开口，万兄当即应允，一周内办妥，展卷观之，笔力雄健。愧领王老宝墨“摩石精舍”，请良匠，急付装池，悬之素壁，确为寒斋增色不少。

两张照片的真实故事

一张是王世襄的，一张是陈梦家的。

二十世纪七十年代初，湖北咸宁有一座“五七干校”，下放参加劳动的大多是由北京遣派的文化艺术界的名人，当时是“有问题”的人。其中我最熟悉的是范曾、王世襄，我说的熟悉不是当时熟悉，而是转眼过了将近二十年才熟悉的。

下放者中有不少的青年才俊，范曾在接到下放通知后，和几位差不多同龄的学者一样，不约而同地收到了女朋友的绝交信。有的语调婉转些，有的干脆开门见山结束关系。范曾的女友是北京某电影院的工作人员，直接把范曾宿舍的门钥匙退给了范曾，不久前还是爱的小巢，今日劳燕分飞。这些才子的女友于爱情的执着、道德的高尚，没有一个达到一百年前俄国十二月革命党人的妻子或女友的水平。俄国一群年轻的贵族眼见社会制度的不公平，挺身而出，反对沙皇，解救苦难中的劳苦大众。“秀才造反十年不成”，起义很快被镇压下去了。非常具有讽刺意味的是，将这一群贵族逮捕、送进监狱的，固然是统治者的旨意，而十分卖力地执行这一命令的军警们，正是十二月革命党人舍身拯救的劳苦大众的子弟。一百多位十二月革命党人，被判流放西伯利亚，他们的女人大多数义无反顾，坚决陪伴他们共赴天涯。要知这天涯是一片冰天雪地的苦寒之域，社会被感动了，沙皇害怕了，威胁这些女人，如果同去流放地，将永久取消她们的贵族资格，不得携带子女，不得返回家乡。这一法令的颁行，等同于判决这些美丽雍容高贵的女性，永远离开金碧辉煌的宫殿、豪华的乡间别墅、襁褓中的孩子，告别昔日优雅富足的生活，终生与贫寒苦役为伴……

十二月革命党人的妻子们以高尚的行为，证明了什么是忠贞的爱情。感谢俄国画家给后世的我们留下了一幅肖像画《十二月革命党人的妻子》。写至此，我忽生联想，假如范曾的女友当时没有放弃她与“流放”咸宁的范曾的爱情，说不定范先生会为她画一幅画，也一定会感动好多人。

王世襄在咸宁的日子也不好过，但他早经生活的打击，抵抗磨难的能力恒逾常人。尤其是到了一九七三年的春夏期间，政策放宽，“五七干校已进入逍遥时期，不时有战友调回北京”。本来就是乐天派的王世襄心情愉快，照了一张牵着小黄牛的照片，正值中年的王世襄只穿着一件浅色的大裤衩，因为是大半身照，看不见小腿。我敢说，王先生一定是跣足而立，他的左手抚着小牛的脖颈。右手舒服地自然下垂，掌中握着牛缰绳，戴着眼镜的双眼透闪出喜悦的亮点，满脸漾出感人的灿烂笑容，全裸的上身健壮而有形，胸肌发达得恰到好处。那是一个合格的文人才能拥有的坚忍意志、强健体魄的真实写照。十多年前，我在王老北京寓所初观此照，感到强烈的视觉冲击力。而我眼前的王老皤然一老翁，是气态安详的一位老书生。再看这张王老年轻时的照片，眼前幻化出赤裸着上身的嵇康，炉火映红他的面庞，双手抡锤正一下一下有节奏地打制铁器。魏晋名士有此风度的亦恐不多，画面外的小人钟会看得又羡又嫉，不免自惭形秽。竹林七贤的雅逸，遮盖不住他们傲兀的风骨，魏晋名士满脸的不配合，白眼朝天，见不得凡人。一千多年后的王世襄不失名士风度，于社会上的形形色色的俗人不屑一顾，不唯是有脾气，棱角甚是锋利。对于招惹的各类小人，往往给予痛斥，完全不给面子。

咸宁“五七干校”不堪的时日就要过去了，饯别先行回城的战友，王世襄心情大好。他兴致勃勃地亲理庖厨，做了一桌终生难忘且不可再有的鳜鱼宴。

说不定先生正是骑着照片上的小黄牛“去窑嘴买了十四条约两斤重的鳜鱼，一律选公的，亦中亦西，做了七个菜：炒咖喱鱼片、干烧鳜鱼、炸鳜鱼排（用西式炸猪排法）、糖醋鳜鱼、清蒸鳜面、清汤鱼丸和鱼白熘蒲菜，一时被称为鳜鱼宴。直到现在还有人说起那次不寻常的宴会。”“鳜鱼一律选公的，就是为了要鱼白，十四条凑起来有大半碗。从湖里割来一大捆茭白菜，剥出嫩心就成为蒲菜，每根二寸来长，比济南大明湖产的毫不逊色。香糟酒是我从北京带去的。三者合一，做成后的鱼白柔软鲜美，腴而不腻，蒲菜脆嫩清香，恍如青玉簪，加上香糟，其妙无比，妙在把糟熘鱼片和糟煨茭白两个菜的妙处会合到一个菜之中，吃得与会者眉飞色舞，大快朵颐……其实做这个菜并不难，只是在北京一下子要搞到十四条活蹦乱跳的公鳜鱼和一大捆新割下来的茭白草却是不容易罢了。”

专业的厨师和喜欢烹饪的美食家大都心地善良，为做好一道菜，不惜倾其所有，多累多热，只要食客吃好了，心里美极了。旧日制衣的裁缝最是与之不同，衣服做好了，不管多贵的加工费，也要留下些布头，至少够一鞋面之用。裁缝师傅家的床单是一块块布料拼接在一起的，五颜六色的，不用一分钱，真也好看极了，那可以说是一种别致异样的美的观感。

王老老派的文化人，最重恩怨分明，当年加害他的人，无论如何悔过，他是一个不见，好比鲁迅的一个不饶恕。然而对于他喜欢的人，肝胆相照。陈梦家先生研究古典艺术，明式家具的造诣之高，王世襄最是钦服，由衷地承认在己之上。所以王世襄先生特意在一九八五年出版发行的《明式家具珍赏》一书的扉页上端然写明“谨以此册纪念陈梦家先生”！

此前及其后的好多年，王世襄先生在不同的场合多次说过“如果梦家还活着，轮不到我写这本书”。此书刊行天下之日，陈梦家先生辞世已有二十年。世襄在心中纪念梦家，每一谈及故友，话语中透出的谦逊，蔼然现出“浊世佳公子”的敦厚修养，更是王世襄先生对陈梦家先生精鉴睿识明式家具的高品位、高格调的深情赞叹。畅安老人于雅藏一道，又何其孤独求败，华山论剑难寻敌手。

王世襄终归对得起陈梦家。陈先生的确了不起，民国时的大才子，“五四”新文化时期新月派的诗人，还是古文字学家、考古学家和收藏家，按时下说法，老早就是名闻海外的文博专家。二十世纪四十年代，陈梦家在美国讲学之余，精覃搜集流散在欧美的商周青铜器资料，玩古深雅有如此，有谁不佩服?！陈梦家的书，我能读到的并不多。他的白话诗，诗意清新晓畅，研古之文笔，高迥修洁。上下两册《西周铜器断代》，是他们那一代文人所能写出的玩古鉴古证文证史的绝尘妙撰。

我瞻仰了大半个世纪之前的一九五五年，商承祚为陈梦家拍摄的一张文房肖像照片。陈先生眸子晶亮，笑意盈盈，身穿浅白色中山装，深色扣子，右手握笔，焕发出一代文化大师的卓然风采，笑容中潜含凛然不可侵犯的沉毅与刚强。养成这个样子的人在生义殊难两全之际必然誓不受辱的英气，深深震撼了我。

世交好友们的前尘影事

中华人民共和国成立后，与王世襄先生长勿相忘、多相往来的朋友大多是老派的风雅人物，如溥雪斋、管平湖、朱家溍、关松房等贤达高士。梦家声调虽可入老凤之声，然其更可为洋派、新派一流人物。民国时梦家已是"新月派"的新锐。松风泠泠，古意潇潇，古词古曲的审音掞藻，八音十二律，梦家先生聆之亦夫赏心，却不似老派人物那般沉迷，算不上这个圈子里的人，少相往来，倒也在情理之中。

那几位老先生自然非常投契，大有渊源可寻。溥雪斋前清贝子与当朝名宦之后、收藏世家子弟的朱家溍是朋友，还兼着一层师生关系，雪斋是辅仁大学国画系主任，家溍是辅大的学生，学的是否国画，还是入得别的系，尚不清楚。管平湖与溥雪斋都是古琴高手，琴艺高低当在伯仲之间。管先生钦敬的是雪大人的身份、学问，那一笔糅入米南宫笔意的赵体，尤其让他拜服，执意公推雪大人为"古琴学会"会长。

王世襄的夫人袁荃猷与雪大人的九格格毓霖嘉同为学会会员。关松房先生是山水画家，"松风画会"的中坚，人也风雅，与雪斋先生属于一派天真的京都名宿。

王世襄仰服雪斋贝子爷的派头，更为欣赏贝子爷的脾气禀性。一九四二年，世襄所著《画论》脱稿。"曾思趋谒求教，偶过其门，见家人护拥先生登车，顾具规仪……”世襄贤敬之心甚诚，谦恭而言曰：“使我不敢再有拜见之想。”

过了三年，王世襄自蜀返京，才在张伯驹先生座上得识先生。

王世襄早闻雪斋大名，当年贝子爷的干云豪气，险些惊着了世家子弟贵公子的王世襄，多年未曾忘记：“溥雪斋贝子，一夜掷骰，府第易主。买宅西堂子胡同，庭院深深，不下四五进，旁有园，前有厩，仍是京华豪第。”

王世襄夫妇始终认为，在平生交往中，雪斋实为最使人感到率真、愉快的良师益友。管平湖是公认的画家及古琴家，许是与王家沾亲，平湖称世襄母亲“三姑母”。平湖琴艺之妙，世襄自叹弗如，对他的画艺却有独到而中肯的评价：“平心而论，他画人物不能与当时年长于他的徐燕孙先生及年幼于他的陈少梅先生相抗衡。但研制色料，如石青、青绿等却十分擅长而被人称道。”

平湖殁后，举世公认精研绘画矿物颜料，拔得头筹的大师是日本画家东山魁夷。宝石绿的敷色，令观其画者，如入野麓葱茏中。有一往事至今难忘，前几年似曾写进文章里。庚寅诗人之年的年尾，雪斋的侄子庸斋的七公子，著名画家毓岳来电告诉我：“昨儿个倒腾旧物，整理画件书作，找出一副七言对联，用洋纸写的，墨色真好，黑又亮，你看了一准得说墨光鉴人，是王世襄为纪念雪大人写的……”方听至此，我不禁思绪绵绵。

七公子话及的王世襄对联，几天后我到他府上，听他细说，始知是前几年九格格送给他这位叔伯弟弟收藏的。九格格当时言之庄重："是书虽属哀词，世襄王先生为敬悼我阿玛所亲撰并书，不宜散佚于世。你藏古深谨，留下做个念想吧。"九格格肃穆的面庞，是很当事很认真的样子。先前她随缘随兴，便将爱新觉罗溥字辈书画家的墨宝馈赠合得来的亲友，也未尝见她这样，所以令我印象深刻。

由王世襄这对悼念雪斋的挽联，使我忽然忆起九格格曾言及一韵事颇奇，与此大为关联。初闻有类明代冯梦龙《古今谭概》中故事，然不知应列入"癖嗜部"，抑或"儇弄部"？少顷而思之，仍犹不明世襄此副挽联，究竟写于雪斋生前，还是殁后？此话若依常情常理揆之，大是不通，谁不知晓挽联独为挽悼逝者所能作，岂有为生者挽之？殊不知文人谐谑，真有常人所不可解者！

那是二十世纪六十年代初期的事。王世襄、朱家溍、溥雪斋、关松房这四位先生同气相求，耽情古艺，过从甚密。一日在溥家，序齿叨末的王世襄，闲话清末天津卫八大家的某家老太爷富极无聊、闲极无趣，遂发奇想，让家人提前为之出一场大殡，命之儿孙辈："太爷我死后的发送有多大排场，看不着，不如趁我活着，先看看，也好知道你们有多孝顺。"

此即为当年轰动九沽给活人出殡的一场闹剧。谁知王世襄的噱头藏在下面的狷议里："八大家的玩法咱玩不起，不如趁我等四人活着，先期互致挽联，别等我死了，你们瞎捧，让我九泉之下不开心，来来，谁先诔我以谀辞。"关松房拊掌称善，遂斗胆向正在调弦的雪大人立索一对。雪大人嘿然颔首，拇指一抹，泠的一声，孤桐飒裂……松二爷不由得愣怔了一下。座侧的季黄忙不迭地立身而起，呼童侍墨，上素笺，面世襄而言曰："愚弟诚哀至深，先诔仁兄一副十三言联。"世襄观季黄来真的，便说出下面一番话，竟令平素端严矜重的雪大人掀髯大笑！"季黄兄给我写挽联先不急不急，五十年后都来得及，您还是先把我那份奠敬交了吧。"

明代美食家张岱的疏漏

喜欢文学，特别是散文小品的人士，一定要读明代张岱的书。喜欢美食的人士，特别是饕客吃货，更要细阅张岱状写清馋方物的文章。“富贵三代，才懂穿衣吃饭。”

张岱出身于饶有家资的书香世家，文学上的盛名，成就了他明代玩家、美食家的地位，玩得玄乎玩得豪奢玩得“嗨”玩得酷，且又样样在行。人间福享，他都怡然消受，所好甚多，毫不隐讳，就连他的双性恋倾向，也公然写在《自为墓志铭》中：“少为纨绔子弟，极爱繁华。好精舍，好美婢，好娈童，好鲜衣，好美食，好骏马，好华灯，好烟火，好梨园，好鼓吹，好古董，好花鸟，兼以茶淫橘虐，书蠹诗魔。”

所幸的是张岱所好兼以“书蠹诗魔”，才给后世留下《陶庵梦忆》《西湖寻梦》诸作，殆为明末散文坛最高成就。郑振铎先生曾详加点评：“像‘金山夜话’‘柳敬亭说书’，以及状虎丘的夜月、西湖的莲灯，皆为空前的精绝的散文，我们若闻其声，若见其形，其笔力的尖健，几透出于纸背。”

郑振铎点评张岱美文下一“空前”之句，的乎精论。而据我捧读《柳敬亭说书》柳麻子说武松打虎一节的感受，不唯是空前，简直是“绝后”，君若不信，容我照抄几行：“说至筋节处，叱咤叫喊，汹汹崩屋。武松到店沽酒，店内无人，蓦地一吼，店中空缸空甓皆嗡嗡有声。闲中着色，细微至此。”

此声此色，三百年后犹自醒人耳目。董桥先生二十世纪八十年代中期写《只有敬亭，依然此柳》一文的中心要点，除了欣赏柳敬亭“长揖公侯，平视卿相”的风度，亦于张岱妙语，倍加称誉。

张岱写美食方略，至今仍有一定的指导意义。然而妙悟之人可知“尽信书，不如无书”。盖因时代之局限，认知之深浅，即博雅如张岱，亦不可全然信其正确无误。如张岱在一篇小品文中，言及吃蟹后去手腥之法是用蟹肺擦手，实则无用，显然不可效法。

张岱于其所著《夜航船》卷十一《日用部·饮食》章中列举中国传统极品美味的“八珍”为“龙肝、凤髓、豹胎、猩唇、鲤尾、鸮炙、熊掌、驼峰。”顶头的“二珍”完全子虚乌有，自然界中无龙也无凤。第五珍的“鲤尾”又何足言珍?！此二则小丢丢，无关紧要。若尽信张岱《夜航船》卷十七《四灵部·河豚》章中所云，真就应了最嗜河豚的日人谚语：“今日与你同吃河豚，明日扶棺为你送行。”

绝非我故意吓唬人，不信，请听张岱怎么说：“河豚状如蝌蚪，腹下白，背上青黑，有黄文，眼能开闭，触物便怒，腹胀如鞠，浮于水上，人往取之。河豚毒在眼、子、血三种。中毒者，血麻、子胀、眼睛酸。芦笋、甘蔗、白糖可解之。”

河豚与蝌蚪二物形状，并无多大可比性。食者中了河豚微毒，刚好至嘴唇、舌尖微微发麻，恰到好处，正是吃河豚的至高享受，深度中毒则无医可救。“芦笋、甘蔗、白糖可以解之”的，可能不过是轻度中毒而已。张岱最要命的一句话是：“河豚毒在眼、子、血三种。”由此可知明代人，即令聪慧如张岱竟不知河豚之剧毒，并不在眼、子、血，今日国中喜啖河豚美味者，无所不知是在河豚的肝脏，唯其最毒，其味也最美。写河豚的文字，看了或许让人有点小紧张，舒缓一下，奉上一段好玩儿、有趣的故事。这回是张岱所记一“干蟹愈疟”的实事儿：“关中（西北地区）无蟹，有人收得一干蟹，土人怪其形以为异，每人家有疟者，借去悬于户，其病遂痊。是不但人不识，鬼亦不识矣。”

明儿个大伙就去海鲜市场，挑大个儿的海螃蟹，“照方抓药”，晾干了，“悬于户”，这回省钱，不用去医院了，一笑！一笑祛百病！

张岱仙笔草木有灵

明末张岱《夜航船》论古代花木之《草木》章，据实而写，亦存神话传说。

九州之大，神木仙本，奇花异草，南北皆出，至张岱之明季，或存或绝，亦比今日见之多多。草木有情，可应人心世故之灵卉佳草，不一而足。感之大者为"斑竹"，现代国人知之甚众，得益于毛润之先生诗："斑竹一枝千滴泪，红霞万朵百重衣。"

张岱记曰："斑竹，尧二女为舜二妃，曰湘君、湘君夫人。舜崩于苍梧，二妃哭泣，以泪洒湘竹，湘竹尽斑，故又名湘妃竹。"草木之灵性，常附着于古之英士、名人之上。项羽、虞姬，英雄配美人，事迹传千古，大丈夫"生当作人杰，死亦为鬼雄"，虞姬贞烈，愿为霸王死节。

项王霸业未成，为王抱不平之气，复思一己举业黜落，由是而大发愤慨，迹近"荒唐"者，为明人杜默，然其情可悯。张岱记《杜默哭项王》一章，人神感应，验之不爽："和州士人杜默，累举不成名，性英傥不羁。因过乌江，谒项王庙。时正被酒沾醉，径升神座，据王颈，抱其首而大恸曰：'天下事有相亏者，英雄如大王而不得天下，文章如杜默而不得一官！’语毕，又大恸，泪如迸泉。庙祝畏其获罪，扶掖以出，秉烛检视神像，亦泪下如珠，揾拭不干。”

越二年，神座上方椽梁生灵芝二茎，色鲜夺目。书生若我，不辞腕疲，乐为文抄公，一为行文流畅，势不可遏，不得不尔；一为甚喜“名落孙山”之杜默修辞之高迥，“天下事有相亏者，英雄如大王而不得天下，文章如杜默而不得一官。”能出此言之杜默何悲之有？！与杜公同科之状元姓名又有几人知晓，只存于《明清进士题名录》中，其翰詹大考之状元试卷，已随如烟历史，消失远去，无一字传于后世。

杜默科名未显，场屋不继，或许是魁星不曾照应罢了。杜默又何其有幸！有庙祝怜之、张岱念之，不意三百年后，传伦不以幽明见隔，祷之颂之！杜公哭项王，窃以为出于磊落真性，实堪嘉勉，张岱疏忽不察杜公之忠悫，实不应录入《荒唐部》。

项王英魄、虞姬慧灵，寄托于草木，显于后世之爻兆，赖有张岱记一“虞美人草”。“虞美人自刎，葬于雅州名山县。冢中出草，状如鸡冠花，叶叶相对，唱《虞美人曲》，则应板而舞，俗称虞美人草。”须知此记不虚，现代科学检测成果证明，花草有生命，人类施之以花草的种种好恶，花草可以感知，且可做出不同的微妙反应。

张岱又记一“挂剑草”，今人稍有历史文化知识，可知与春秋名士季札有关。季札以君子重义重情而流芳百世，季札挂剑是实典，屡见于史籍，兹不详述。谁有兴趣，网上搜索一下可尽知，我也趁机歇歇手。该我省心，甚喜张岱此章寥寥二十字：“挂剑草，季札墓前生草，其形如挂剑，故名。可疗心疾。”“可疗心疾”一语，最堪深思其理。张岱撰《草木》章，循环渐进，序年始自圣尧，取法高古，开篇即涉“蓂荚”，考“蓂荚”为古代传说中一种象征祥瑞的草，其叶生落之间，可验月历。“蓂荚，尧时有草生于庭曰蓂荚，十五之前，日生一叶。十五后，日落一叶。小尽则一叶厌而不落，观之可以知旬朔，故又名之历草。”

张岱记：“峄阳孤桐，在峄县峄山之上，自三代至今，止存一截。天启年间，妖贼倡乱，取以造饭，形迹俱无。”一截孤桐，不过一块枯木，何以令张岱录入《草木》章，因其非凡物，“峄阳孤桐”，可许为吾华雅物之首，《禹贡》有记：“峄阳孤桐，泗滨浮磬。”孔安国注解为：“峄山之阳特生桐，中琴瑟。”《太平御览》有记“峄山多孤桐”，峄阳指峄山之南。峄山在今山东邹城，亚圣孟子的故乡。秦始皇东巡曾于峄山勒石记功，是为著名的“峄山刻石”。孤桐是峄山南特生之桐树，乃上古之人制琴最佳材料。相传最先用峄阳孤桐制琴的是人文先祖伏羲氏。其后，大禹治水，洪患绝迹，四海升平，文明兴化之时，天下百姓纷纷向大禹敬献最珍贵的本埠特产。邹峄人贡奉“峄阳孤桐”以制琴，大禹闻之，如鹤唳凤鸣，悦耳清心。

读张岱所记，始知上古独遗一截孤桐，毁于明代天启年间妖贼之手。由此可知，世传以“峄阳孤桐”为材所制古琴，其最近年份亦在明天启之前。

唐代初年，太宗李世民于峄山亲植一槐树，今日存否，不得而知。读张岱所记，知“唐槐”明末犹自生长壮硕。“峄县孟子庙，有唐太宗亲手植槐，枝叶蓊郁，躯干茁壮而矮。”“泰安东岳庙东庑，有汉武帝手植柏六株，枝叶郁苍，翠如铜绿，扣其余干，如击金石，砼砼有声。"六柏东汉时曾遭磨难，张岱记之："曹操时黄巾作乱，大斧斫之，见血而止。今有斧创尚存。"张岱又记一汉宫"赤草"，亦涉血色："未央宫址，其地丈余，草皆赤色，相传为韩淮阴(信)受刑之处，其怨愤之气郁结而成。"

宋徽宗建艮岳，植山立峰，又遍莳奇葩异卉，张岱记之有"八芳草"："宋艮岳八芳草，曰金娥，曰玉蝉，曰虎耳，曰凤毛，曰素馨，曰渠那，曰茉莉，曰含笑。"徽宗是史上最负盛名的"文艺皇帝"，"八芳草"中，今人恐有五种不知为何种名花，想必"奇葩"之花名，定然为徽宗所命题。此不足为奇，艮岳大花园中的多块大石头，徽宗一一赐爵封侯，最为盘拗蟠屈的一块大石，徽宗御题"盘固侯"。

风流无过于徽宗，"江山留与后人愁"，无可奈何的是艮岳的石头连同北宋的江山，"盘固"不久，尽丧于金人之手，"玩物丧志"之于一国君主，不仅是丧志之哀，而是丧国之痛。能不悲之?!

玩家最称是张岱

好文章就是一盘好菜，色香味形俱佳。但众口难调，每个人的口味不同，同样喜明人小品文的读者，各有所好，私心倾慕哪一位，其实特简单。好公安一派的，不必说其如何真率自然、清新轻俊；好竟陵一派的，也不必说其怎样幽深孤峭、诙谐有趣。这都是所谓文学评论家的套话，说不明白也就听不太明白。

好在喜欢这两派的，十有八九都好张岱这一口。张岱性情好，玩心比他们大，文章是写着玩，轻松洒脱，不喜不在乎甚至完全不知这个派那个家的，好比梨园子弟有许多角，唱不过票戏的。

在文学的小圈子里，张岱不扎堆不拉帮结派，不用天天吊嗓子，这帮人添柴火、拉风箱，铁锅炖大肉时，张岱在干甚？自制乳酪。张岱嫌商家做不好，商家是生意，非做而不得生计，哪似张岱是做着玩。只有他玩得起，江左豪门人家也玩得起，然不得其法，更无张岱闲心与奇趣，乳酪制法十分奢华考究，但他一点不保守，不似苏州人所烹至味“带骨鲍螺”，“其制法秘甚，锁密房，以纸封固，虽父子不轻传之。”

张岱将乳酪秘方详以记之，公布于众，传之天下三百年，恐怕也无几人仿效得了。纵是照方做成了，也不如他说得好。乳酪这一道“天供”美食，给他说得天花乱坠，缤纷耀人心目：“乳酪自驵侩为之，气味已失，再无佳理。余自豢一牛，夜取置盆盎，比晓，乳花簇起尺许，用铜铛煮之，瀹兰雪汁，乳斤和汁四瓯，百沸之。玉液珠胶，雪腴霜腻，吹气胜兰，沁人肺腑，自是天供。或用鹤觞花露入甑蒸之，以热妙，或用豆粉掺和，漉之成腐，以冷妙，或煎酥，或作皮，或缚饼，或酒凝，或盐腌，或醋捉，无不佳妙。”张岱“乳酪”妙方，今日有店家依此古法炮制而成，我一定率先捧场，多买几瓶。

张岱性情又清迥绝俗，烟雨楼上，看舣舟缥缈烟波，与客期于楼，态度幽闭，茗炉相对。江南春夏秋三季，时有雨意空蒙之日，张岱怡然寻乐于柳湾桃坞，痴迷伫想，若遇仙缘，洒然言别，不落姓氏。神仙洞府中人不过如是。

张岱自云不擅饮酒，是乃未遇其境、未遇其人。一朝得面胜景、高逸，云上之情，必孕化美文，豪兴兴蔚，透之于纸背。

崇祯五年(1632)十二月，钱塘大雪，张岱往湖心亭看雪。“大雪三日，湖中人、鸟声俱绝。是日更定矣，余拏一小舟，拥毳衣炉火，独往湖心亭看雪。雾凇沆砀，天与云、与山、与水，上下一白。湖上影子，惟长堤一痕、湖心亭一点，与余舟一芥，舟中人两三粒而已。到亭上，有两人铺毡对坐，一童子烧酒炉，正沸。见余大喜，曰：‘湖中焉得更有此人！’拉余同饮。余强饮三大白而别。问其姓氏，是金陵人，客此。及下船，舟子喃喃曰：‘莫说相公痴，更有似相公者。’”

张岱湖上所遇，必是高士无疑。于崇祯己卯年(1639)八月十三日，与陈章侯驾舟到西湖断桥，过玉莲亭，遇一女甚可人。此女立湖岸，欲搭张岱的顺风船。“岸上有女郎，命童子致意云：‘相公船肯载我女郎至一桥否？’余许之。女郎欣然下，轻纨淡弱，婉瘱可人。章侯被酒挑之曰：‘女郎侠如张一妹，能同虬髯客饮否？’女郎欣然就饮。移舟至一桥，漏二下矣，竟倾家酿而去。问其住处，笑而不答。章侯欲蹑之，见其过岳王坟，不能追也。”

碧湖轻云，绿野仙踪，此女不为女魅，便为仙子，真可遇不可求也！

一件明代家具铁梨几的传奇故事

晚明年间写《陶庵梦忆》的张岱，有一个忘年交的挚友，姓氏比较少见，姓仲，名葆生。人也各色，是万历年间直至明末的古玩收藏家，真有好眼力，靠买卖古玩发家，“赢资巨万，收藏日富”。陶庵玩古、鉴古、藏古，都离不开仲叔的指点，陶庵尊称他仲叔。

仲叔也有传承，有师傅名叫渭阳，周秦故地的籍贯，序齿算计，估摸着陶庵无缘得见这位师祖，因为仲叔“少从渭阳游”，张岱还未出生。仲叔“遂精赏鉴。得白定炉、哥窑瓶、官窑酒匜……”陶庵在《仲叔藏古》一章中，仅是透露了仲叔收藏的冰山一角，已然足有称雄业内的资本。宋代的五大名窑独占其三，这三件宝贝，被仲叔的上家，富可敌国的天字号收藏大家项墨林，以巨资五百金买走，藏之密箧石柜，不肯示人，说是要“留以殉葬”。可知这三件炉、瓶、匜的珍贵，竟令墨林生死相随。

古董收藏非常道，何况天之道，补不足而损有余。

期盼古董珍玩与个人生死相随，大多是妄念。藏品之于每一位收藏家都是物件，暂存而已。藏古、传古之雅趣，历来是太平年代方可尽享的一份奢华。干戈日月，富养、穷玩的藏家一起黯然灰头都倒霉，项墨林的收藏，又当如何？明代万历皇帝都很欣赏，闻其大名，特赐玺书，征他做官，不赴。

甲申之变，江南国破，一个清军的小小千夫长汪六水，将项家累世所藏珍宝，抢掠精光。项家的收藏有多宏富，仅举一物尽可知晓：劫灰之余，尚存顾恺之的《女史箴图》，现藏于北京故宫博物院。

万历癸卯（1603），淮安境内的淮安府城，惊现一件长丈六，阔三尺的铁梨木天然几。明代人将四腿落地或双板足的桌、案、卷等统归于几，有案几、几案之谓。

这件铁梨木天然几，"滑泽坚润，非常理"，料头巨大，腿足天生自然形状，好似深山老林中的古藤，盘曲纠结，奇章纹理，夺人眼目。几面独板厚近半尺，仲叔半生玩古，见之惊异，叹为江左宝物，举世无双。

主家奇货可居，索价甚昂，张岱的师傅仲葆生玩古，买卖古董靠的是眼力加上一点运气，看主家的意思很懂行市，巧取无望，豪夺又不肯花太多银子。仲叔思谅古董行的大小老板，未必敢出、能出到我的价位，于是先自压压主家过高的心气："您先找主顾卖，过足了价，再谈这桩生意。"

铁梨几的主家姓裴，陇上望族，入明后，祖上好几辈做过明廷的高官，极富贵而足羡风雅，一味好古，喜石玉竹木雕刻，最喜天然的窦窍木山、皴透峰石。

万历年间，裴府的日子依然豪奢不减，为何却要卖出这件铁梨几？家具是房屋的肚肠，正经人家的家庭，不到饔飧不继的地步是不会卖家具的。败家始自卖家具,正是天下败家子们的惯例。为防止子孙后代糟蹋祖业,有些大户人家建房,四梁八柱,开间轩敞,唯有户牖相对逼仄窄小,盖房时同时打制大件家具,有多大呢?标准是大于门窗,搬不出去。老祖宗为传家久远想出的这一招,可说是自欺欺人,根本不管用。多大的家业,一个败家子足够了,别说家具了,房子也瞒着家大人,偷着卖了。

钟鸣鼎食的裴府出了什么问题?管家丁叔几天前放出话,传给古董行道上的二三大户和几个跑合的驵侩,说丈六铁梨儿,裴府不想留了,开价三百金。明代人说的金,其实是银,三百金是指三百两白银。

铁梨儿不是裴府要卖,阖府正兴旺着呢,是府上的两个双胞胎的纨绔子弟孙子辈的裴林、裴森要卖了分银子,这哥儿俩从小就掐架,谁也不服谁,老大裴林不省事儿,弟弟的名字多了一个木,他从小到大,一直不爽。

铁梨几子原本是老太爷赏给两个爱孙的,摆放在哥儿俩起居的东庑西窗下。老大裴林无事生非,非要把几子拉他书房去,好就着几子,临帖写颜鲁公大字。裴森不同意,话赶话,越说越撮火。森二少爷先急了,奔柴火间拿了把斧子,假装要把几子一劈两开,一人一半。管家见状,左劝兄右劝弟,按下葫芦起了瓢,谁也不听。

动静一大,惊动了上房的老太太祖母裴李氏,叫当屋的丫鬟唤来丁老管家。管家进得院子,哈腰立在门外,刚喊了一声“老太太”,老太太隔着窗棂发了话:“老丁头,这几子既然两个拧种都不爱,找人拉走吧,卖了银子二人分。”林、森二人听了都不再言语了。祖母隔辈人,宠孙子宠惯了,溺爱得很这俩儿拧种也乖巧,知道这事若是让在京都做官的父亲知晓了,祸也没多大,至少一顿板子是少不了的。

裴府门庭高峻,耸然不可梯接,家风家规家教还是传统的诗书人家做派。一看大门上黑地金字的五言联:“忠厚传家久,诗书继世长。”可知是重文知礼的簪缨世家。

裴林、裴森随着年龄的增长,懂事多了,学业日进,举业大顺,“双凤齐飞”,兄弟同年中了举人,光耀门楣,名动江左,成了气候。举人在明代相当了不起,百姓要尊称“老爷”的。地方上的大事,都是官家和举人商量着办,明代的举人几乎个个忠君报国,注重气节。明代末年,天下大乱,“巨贼蜂起”,举国上下只有一个举人牛金星“附逆”,当了李自成的谋士。

君子一日三省吾身,林、森兄弟常常深自痛悔少年的一时孟浪,一味斗气,卖了祖上的铁梨几,无计转圜。这几子纵然是加润多少倍,也不可能从项墨林手中赎回来。

项墨林得此巨几,特于一花木扶疏、云石孤耸的院落,专辟一雅室,独为摆置巨几。几面平素并无瓶尊之属罗列其上,墨林一心只为铺展赏玩手卷之用,十分应手,但见横山迤逦,云物幽绝,可于几案间作玩。董其昌颜其斋曰:“铁几丈六山房。”不消细说,这几子铁定是要与墨林先生人几俱老,相伴终生了。

裴氏兄弟视此已然释怀, 几子也算是找了一个好下家,得遇项墨林,又可谓待人而显。其奇未晦,造化灵淑,适可不必挂念于胸了。

世间妙物未曾得到的,或是得而复失的,最让人眷恋难忘。

裴氏兄弟常思寻觅一件与天然铁梨巨几尺码相仿佛的大案桌，天公造物哪里会有重样的？兄弟俩儿痴思归痴思，渐渐绝了这念想。

峰回路转，许是天公垂怜，裴家昆季得到一件宝物的珍罕程度，远超铁梨几。

多尔衮攻陷江南的前一年，崇祯十六年(1643)暮春，正是江南草长莺飞的好时节，西湖岸柳柔条，紫燕翻飞，春意盎然。

张岱曾祖父于明嘉靖年间，在西湖岸边宝石山下葺修一湖庄，名“寄园”，至崇祯末年已是百年老屋。椽朽檐松，多年不住人，真成了名副其实的“寄园”，寄存张家与柴米油盐酱醋茶无关的什物。大件的、玩腻了的古董封存于此，差了一个老苍头日夜照看，其中有一庞然大物“木犹龙”，顾名思义，木头犹如龙一般，实则是一座巨大的木假山，天然剔透的根雕。“木犹龙”神乎其神，来历诡谲，不可方物。

沧海桑田，变化无常，邈不知何年何月何方名山上的一桩坎坳巨木，落入辽海。又不知过了多少年，于明初之际，浮出海面，为开平王常遇春所获，视为重宝。木为辽海“风涛漱击，形如巨浪跳蹴，遍体多著波纹”，遇春车辇至京，植立开平王府大厅。京都所有的王宫府第，官僚巨室所藏木山与之相比，无不相形见绌，小巫见大巫。见者皆呼为仙物，人间难得一见。

明太祖未登基之前，天下大事已定，元廷君臣被逐至漠北。开平王府突遭回禄之灾，毁于一场大火，木龙定然难逃此劫。王爷兴叹：“谓木龙炭矣。及发瓦砾，见木龙埋入地数尺，火不及，惊异之，遂呼为龙。”

其后不久，王爷突患“卸甲风”，英年三十九岁病殁军中，府衙从此没落，不复往日繁华，木龙辗转流至钱塘古玩世面。奇缘骤降，张岱父亲见之大喜，不计卖家索价甚昂，终以十七只犀角杯易之归府。豪买豪得之势惊呆了众人，“货换货两头乐”，张父可说是不冤不乐。木龙这般索之太过急切，古玩行道玩之有法，急着买比急着卖还吃亏。旁边店铺“悦古堂”的老板最知底细，旁边看着，真为张老爷暗自着急，心想要是换上我，只需个零头六七只角杯，笃定拿下。这话是不能随便跟张老爷说的，张老爷不似古玩商人，不屑于精通行市，只管自家喜欢就好。

张老爷运回府第，好生摩挲、抚玩了数月，痒劲已去，一心要进奉鲁献王。王爷峻辞不敢受。木山上早被开平王府不知何等胆大妄为之人，刻上了“木龙”二字，鲁献王认定此举犯讳甚大，自古雄藩屏国在外，最怕惹上这无端僭越之罪。张父尊重王爷，不便也不敢自珍自赏，只好存在长史官署中，秘不示人。

张父谢世后，布衣秀士的张岱没那么多忌讳，运回张府，朝夕观赏，几欲“传为世宝”。

崇祯九年(1397)，张岱与一班文士成立“丁丑诗社”，社址就设在张府花园，正宜刻红剪翠，吟诗玩古。一日众高士云集诗社，一张螺蚵瘿木拼结而成的硕大画案的云石案面上，早有丫鬟摆好了多件各有名堂的茶具，环列的八椅一套也是螺蚵瘿木拼结而成。云石的案面白质黑章，自然幻化而出的山景，峰峦叠嶂，远胜丹青所绘，夺人眼目。诗友先自饱了眼福，眼福最难侍候，乃因天下妙物，从来不娱俗目。

能来此聚会的诗友皆是云林高逸，一望案上又添了一只铜香熏，便知陶庵雅兴，是要请大家品啜日铸兰雪茶。日铸是地名，当年越王铸剑之地，此地所产之茶，茶味棱棱，有金石之气，久负盛名，欧阳永叔点评“两浙之茶，日铸第一”。

张岱亲理茶道，真是太多讲究。泡茶之水，独煮禊泉，他泉瀹之，则香气不出。还须加入茉莉花，与铜香熏中燃熏的宋代沉香香方“心字香”的馨芬，互为弥合。冲茶之法，先启敞口瓷瓯入茶叶、茉莉，“以旋滚汤冲泻之，色如竹箨方解，绿粉初匀。又如山窗初曙，透纸黎光。取清妃白，倾向素瓷，真如百茎素兰同雪涛并泻也。”张岱亲题茶名为“兰雪”。

大家小啜“兰雪”两三瓯后，张岱方始道出此番雅聚的意图，是恳请诗社诸友为木山题名，并赋小言咏之。“周墨农字以‘木犹龙’，倪鸿宝字以‘木寓龙’，祁世培字以‘海槎’，王士美字以‘槎浪’，张毅儒字以‘陆槎’，诗遂盈帙。”

张岱最喜周墨农所题“木犹龙”，参酌大家题意，兴题四言铭文两段，最见机趣：“磨其龙脑尺木，勒铭志之，曰：‘夜壑风雷，骞槎化石，海立山崩，烟云灭没，谓有龙焉，呼之或出。’又曰：‘扰龙张子，尺木书铭；何以似之？秋涛夏云。’”

没想到，没过几年，张岱大概是常睹“木犹龙”，“久居兰室不觉其香”，产生了审美疲劳，加上与题名“木犹龙”的周墨农因细故而绝交，干脆眼不见心不烦，漫掷闲抛，命老苍头送至西湖边的自家湖庄“寄园”寄存。

又过月余，风闻淮安府城的裴家兄弟自下江安徽买到了两只齐景公墓出土的青铜出戟樽，这消息一下子惊醒了张岱，会不会是我藏玩了两年，曾经充作花瓶之用的大花樽？大花樽的来龙去脉，张岱最是门儿清，专门写了一篇小短文，题目就叫《齐景公墓花樽》。

花樽是出土文物，自明末出土后，转了好几手的情况，张岱叙记得清清楚楚。也是浙江人的当朝官吏沈佥事，敏学好古，宦游山东时，正遇盗墓人挖掘春秋时代齐景公大墓。出土青铜豆三只，“光素无奇”，两只大花樽可称上古铜器中的极品，“高三尺，束腰拱起，口方而敞，四面戟楞，花纹兽面，粗细得款，自是三代法物”。先是归乾刘阳太公收藏，张岱一见就非常喜欢，后为张岱外公所得，外公严厉，张岱不敢开口索要，以充私玩。等到外公去粤西做官，外婆取出放在爱孙的案头。张岱稍加拂拭，两千年古艳，焕发奇光。

张岱精娴插花之艺，花樽宜作花瓶，正值冬季，“取浸梅花，贮水，汗下如雨，逾刻始收，花谢结籽，大如雀卵”。

花樽日夜置案头，张岱赏玩了两年，外公自粤西归钱塘，要回花樽。日子不很长，张岱也不知是什么缘故，花樽竟被古董商人用一百两银子买去，转卖到了歙县，供奉在一大姓宗族的家庙。

传话给张岱的是古玩行内有名的驵侩，姓贾，人前背后说及此人时，张岱呼他为贾贾，这是明代文人称古玩字画商人的习惯用语，贾姓后的贾发“姑”音，富商大贾的贾。贾贾此人，行为做事中规中矩，很是靠谱，人也斯文，并无太多俗气，闲时也会学着文人雅噱一番，当然是趁着张大少爷高兴，找找乐子，说：“姑也罢，倒比相公大一辈。”张大少爷听了付之一笑，很给贾贾面子了。

齐景公大花樽，是张岱难得喜欢的爱物，而且祖孙二人都非常稀罕，当时怎么会被人一百两银子买走了呢？张岱心里一直牵挂此物，甚至到了每一思及，便食不甘味的地步。

大花樽落到了裴府，无论如何也要赎回来，银子多少不成问题。张岱特意带上贾贾，是图此人与裴森熟稔，届时议价不谐，只怕人家多少银子也不卖，也好有个缓颊余地。他转天一早乘船，沿运河北下，一天一夜水上漂泊，听贾贾聊些古玩道上的逸闻趣事，打发时间最是管用。傍晚时分，船靠在了城外的南门码头，城中已是群燕归巢，万家灯火。

贾贾路熟，雇了两顶闲时达官贵人喜乘的蓝呢小轿，直奔裴府而去。淮安府城地方不大，轿夫一路穿过路两边鳞次栉比的简陋民房，残檐柴扉，路上的行人已然稀少……

裴府大户人家，怎会住在贫民区？原来有明一代大官豪绅的大宅，四周大多预建有出租房屋环绕，府上的仆从杂役居此安家，大宅再以高墙围树，以防兵匪贼盗袭扰。

又走过一大长溜的青砖高垣，高台阶上对开着两扇相对显得并不很大，也不加髹饰的木门，上面分行，横列竖排着一个个凸起半圆的铁铆钉，连铺首叩环也是铁制的，发出深穆沉静的幽光，低调中透着高雅的奢华。内行人才知这些铁构件至少比铜金贵得太多太多，其非凡铁，乃是宣德年间有名的“宣铁”。铁价毕竟值廉，贵在工艺，“宣铁制铁琴、铁笛、铁箫，其声清皦，非竹木所及”。被裴府拿来做了建筑材料，阴雨时日久了，“锈迹斑斑”，泛生出来的色泽完全两样。

贾贾轻叩活环，早有伶俐小厮打开门户。迎面是一院落，朦胧中依稀若现小亭竹榭，幽深处有点亮的角灯，映出小池波光粼粼，上跨一道拱起的石梁，仅是高出水面数寸光景，池四面湖石错布，花木灌丛，深浅相谐，花园面积不足二亩。二人绕池半圈，过一月亮门，石制的影壁后，是一片不小的建筑群，贾贾向张岱介绍道："这个大院子，是五六年前两位裴老爷出资买下的汪氏废园，拓而广之，修葺了好几年，才有了这般规模，最大的房子是藏书楼。"

明代两江地区，但凡富裕的读书人家，都有藏书室一类的建筑，盖大盖小，量财力而行。裴府当然非同寻常乡绅，藏书楼仿照宋天祐二年（1018）始建的"书楼"，弘治十七年（1504）重建的曲阜奎文阁，广七间，深五间，高两层，檐三重，九脊顶，下层四周擎檐俱为石柱，立于砖石阶基之上。

藏书楼的配套建筑豪奢中不掩清华之气，格古韵奇，可见主家手笔之大。"地不拘大小，室不拘方向，墙院分割，廊庑分割，或曲或偏，随宜施设，无固定程式。其墙壁以白色、灰色为主，间亦涂抹黑色其间，配列漏窗，雅素明净，能与环境调和。其木造部分，多用橙黄、福黑、深红等暗幽色彩，故人为之美，清幽之趣，并行不悖。"

裴家昆季精熟诸般木作活计，廊庑开间设计宽敞。为摆放三代人收藏的奇石木山，背衬的墙壁由地及顶，一色老楠木的护墙板。上面刻着行楷的古贤诗文，笔道中填着石青色，未上藏书楼，森森文气，先自扑面而来。只是贾贾未必感受得到。张岱此行带他来，真是选对了人，此贾一见二裴甚喜木石的雅癖与其祖上相比，有过之而无不及，暗自叫好，这桩生意成了。趁着小厮去请主人的空子，进言道："相公附耳过来，听我一授机宜，拿下花樽，不用动一钱银子，拿‘木犹龙’跟他换，一准儿能成。”

不是贾贾的及时点拨，张岱的脑筋真转不过这道弯儿，不禁连连颔首称赞：“事成，重谢重谢！”

张岱与裴林、裴森虽说是初次见面，却是久闻彼此大名。张岱文名之盛，远在裴氏昆季功名之上，二裴的根基也是文人，平素也读过张岱的若干小品文，见了本人，自然多出了一份亲切，惺惺相惜，亦不会拿捏举人老爷的架子，更兼两府各自皆为诗礼世家，簪缨门户。

张岱年轻时中过秀才，秀才乃宰相根苗，远非寻常措大可比。一般人家的子弟，寒窗苦读，有幸中了秀才，场屋不继，举业止步，无一份廪食可享，大多日子过得寒素不堪，会被世人讥为“穷措大”。“穷措大”，不全是贬义，查查祖孙八代以上，谁家没穷过?！措大之意，其大无可比拟，唯有秀才措大事，方称措大，少文之士虽穷，断乎不可抬举为“穷措大”的。

此番张、裴为一双花樽聚首裴府，遇于淮上，亦为难得。更为难得的是，张子无措大气，裴子无头巾气，别为妙士解人。

世上玩物，聚散两依依，必是雅缘牵就。彼此见礼，少不了一番文士间的寒暄之语。清茗浅啜，张岱斟酌好了词语，说出了冒昧叩府，不速之客所为花樽而来的缘故情由，老大裴林与森弟对视了一眼，微微点头，意下明白可以成全张大公子，推开了藏书楼的一间密室。说是密室，只是与书有关，珍藏着几函宋版古籍，其中有老大最喜欢的宋徽宗初年精槧的郦道元《水经注》，一张丈二如意纹黄花梨条案的中间，独供着这函《水经注》，左右两边摆放着那一对令张岱朝思暮想的齐景公花樽。

真个是痴绝公子张陶庵，一似那拜石的米颠，连呼：“樽丈樽丈！别来无恙别来无恙！”竟亦一鞠到底，磬折者三。

随即转身，揖手二裴：“恕岱无礼过甚，宝樽如蒙二位先生割爱相让，见怜之意，定然回报，愿奉上‘木犹龙’，以为交换，雅望成全。”

当年张家易得“木犹龙”的经过，二裴有所耳闻，叹为仙物，惊羡不已。未承想今日张岱主动提出易换的建议，高兴极了，二裴是仁厚的君子，也知张家得之，靡资甚巨，裴森拉过裴林缓踱了几步，轻声耳语了几句，仍是兄长发话：“‘木犹龙’际遇奇矣，当年令堂大人出以十七只犀角杯方获此物，远超其值，前辈雅逸，令晚生佩服。二花樽理当敬上，犹觉不足，合当再赠两只铜豆，请一并先自带上，容我兄弟三日内舟发钱塘，恭请‘木犹龙’临渊淮水，奉为镇宅宝物，子孙永保。”

两只铜豆，正是齐景公墓出土的那三只铜豆中的两只，一坑之器，不知裴府又从何处觅得？张岱未见此物前，行文谓之“光素无奇”。光素是指青铜器全无纹饰，今观此一双铜豆，光素则可，而奇韵尽出，奇在深坑幽瘗，地不藏宝，铜薮钩沉而出，遂见整器泛金，蓝绿锈斑驳杂其间，醉人心目！

张岱焉能不喜，闻其言、感其事，心情大好，从此定交。

张岱爱之心切，急着携樽归府，眼前不断浮现出宝物置于书斋案几之上的情景，是何等雅致！恨不连夜动身，裴家哪里肯放，晚宴权当告别宴，接风饯行也只好一起办了。自然是一番盛会，酒以“醉流霞”，食以“金齑瑶”……

一路顺风顺水，驶达杭州，比去时省了两个时辰。诸事皆顺,不忘打点酬谢贾贾。张大少爷发问直截了当:“贾兄你是要钱还是要人?”冷不丁的一句,贾贾一时愣怔了,不知何意?只见张大少爷旁睨了一眼正在用鸡毛掸子拂拭“木犹龙”的彩凤,贾贾立马心领神会,不禁大喜过望,跪下磕头不止,张岱见状,正好唤彩凤:“还不快把你贾哥扶起来,三天后你就随了他吧。”

彩凤是张岱书房的书童,十二岁起侍候笔墨,裁纸磨墨,一教就会,两年后会盖图章,会用界尺打朱丝栏格,张岱用之省心顺手。一晃长成了大姑娘,年方十八,到了该出嫁的年龄。

伶俐聪明的丫头,大多早熟早慧,更是架不住常来书房找少主子办事的这位贾贾,每次来,瞅准空当,总是塞些小礼物给彩凤。一来二去,有了好感,彩凤很快探清了贾贾也是正经人家,在西湖岳坟附近的古玩街上,开着一爿古玩铺子,三十岁立业未成家,不由得芳心萌动。大户人家的丫头都调教得好,守规矩,贾贾心里爱得慌神,也不敢上手做一点出格的事,二人的这点意思,张岱美人堆里长大,能不看出苗头?

君子有成人之美,少主张岱乐得做个月下老人。征得了府上家大人的同意,三天后正是吉日,彩凤是孤儿,张府算是女方的娘家,一笔像样的妆奁总归拿得出手,陪嫁什物之丰厚,不敢说连绵“十里红妆”,远超蓬门荜户嫁女的排场,不必细说,三坊五里的远亲近邻,纷纷夸赞张府仁厚有德!

彩凤出张府嫁贾夫的当日,裴府老大亲自押船驶至杭州,只为迎请“木犹龙”,刚巧碰上了喜事,沾点喜气,愈加高兴。及见“木犹龙”峥嵘奋迅,大有穿牖而过、腾空而去的气势,裴家老大不敢怠慢,登梯子爬高,恭恭敬敬地在龙头颈上系上了一条大红的真丝绦带，整冠三叩首后，仰脸再观“木犹龙”的样子，忽然变得温文慈慰多了。

贵公子一例的礼数周到，裴林封了一个十两银子的红包，权当喜金奉上。张岱忙着拱手揖谢，裴林更是急可可，乘兴一赏张府的木石珍玩。同好难得相聚，推谈甚惬，说的都是内行话。一张仿深山古藤雕刻而成的长方画桌，引得裴林驻足观览了好一阵子，像是自语又似是说给张岱听：“只是不知我家的丈六铁梨几，现在何处？”当年裴家兄弟少不更事，一赌气，便将几子卖了，哪里会管几子流落何方呢？

张岱才知他对几子卖出后所发生的真实的曲折故事，一无所知。便邀裴林去水榭饮茶，一待宾主二人落座在白石鼓墩，张岱细细道出：“铁梨几被小弟师傅仲葆生自贵府以二百金购得后，加润卖给项墨林，气极了淮抚李三才……”

仲葆生买到铁梨几后，没想到裴府的老丁管家，口风不严，实话秃噜给淮府的师爷，挑起了事端。要命的是这铁梨木几子，先是被淮抚李三才知晓，一眼就看上了，几番议价至一百五十金。主家心里早有准谱，有仲叔接着，才敢驳了淮抚的面子，胆子也真够肥的，淮抚是朝廷从一品正二品的封疆大吏，淮抚中的“淮”是指淮河地区。淮抚是“漕运总督”的简称，这一职务是明、清两代中央政府派出的统管漕运事务的主官，驻节于南直隶淮安府城（今江苏淮安市淮安区），全称为“总督漕运兼提督军务巡抚凤阳等处兼管河道”，权限之大，不仅管理跨数省，长达三千里的沿线运河，并且还管理地方行政事务。李三才还兼庐凤巡抚，管理四府三州，即：庐州府、凤阳府、扬州府、淮安府，徐州、和州和滁州。

李大官人开府就在淮安城，铁梨巨儿就在眼皮底下，还怕它跑了不成。官做到这么大，修养也很高，三才平素也很看重一己的官箴和人品，绝非巧取豪夺的墨吏，大不了再派师爷跑一趟，加些银子，拉回来就是了。当即吩咐师爷带上三四幕僚亲兵，套上一辆马车径直去向藏有巨儿的府上。

晚了一步，主家告诉师爷，一个时辰前卖了。“卖了多少钱？”“比你家大人给得多。”“多多少？”“多了五十，整整二百金。”“谁买走的？”“仲葆生。”师爷一听又是他，急急打道回府，回禀李大人。“淮抚大怒，差兵蹑之，不及而返。”

淮抚甚觉扫兴，本来安排得大有条理，五开间正堂中间靠墙的一件丈二黄花梨雕螭龙翘头儿，挪到右侧，虚位以待铁梨儿。月上时分，还要大宴门下幕友，不免要逸兴遄发，有一番飞觞醉月的豪举，师爷报告的坏消息，败了酒兴。

这事搁谁身上，谁不别扭？！制军大人想起半个时辰前的兴头劲，越发不自在，深悔自身的不持重，有失清贵。如不是事与愿违，适才训导最得其宠爱的饶姓侍姬的话，不失为雅谑中颇见文心的深文之语。饶姬撒娇说：“哪有一堂摆两个大几几的，不如把翘头的放我屋里。”这话说得，谁听了都会觉得是小妾故意骚情挑逗，制军大人偏不向那方面想，尤其是当着下属，一向是崖岸高峻。为大臣者不如此，何以表率，维持风教。兴至所致，显摆显摆翰林出身的官老爷厚学而敏思的本事，还是很有必要的，话好像是寻常说给饶姬的，却是字字透着学问：“休得叽叽喳喳，几几祥丽得很，用在你身上可谓‘赤舄几几’，是说你鞋头装饰的美盛。”

众人的目光一齐瞟向饶姬的脚下，曳地衣裙下若隐若现出三寸金莲的鞋面上，上等湖丝绣出了一朵猩红闪耀的牡丹花。饶姬也真算得上是一个上上等级的尤物，衣饰越是胡乱搭配，越见韵味，越是“红配黄，丑死娘”的俗色，配在她身上，贵气一似大唐的贵妃。“赤舄几几”，典出于《诗·豳风·狼跋》。制军环顾四周的幕友面露钦服之色，更要抖抖文袋：“双几合列，定是吉瑞之象，《太玄·亲》不亦有‘饮食几几’一句吗?！”

“极是极是，制军大人所言极是！”座中一位博学的耆老，腹中真是有干货，接续之语，说得大人越发得意起来：“范望亦曾点注：‘几几，偕也。’还有一说，乃有法度之意，少顷，双几同堂，序列有致，定然阖府安顺，正大吉之象也！”

岂料风云陡转，花月失色，无奈搞成这样不堪收拾的局面。众人看淮抚意下怏怏不悦，独自衔杯，不饮不语，只好诺诺然，尽皆告辞。

不消十日，又传来消息，仲葆生抄了后路，撬了原本归淮抚李三才的这件铁梨巨几，压根就没想得手后再加润倒给淮抚，这不符合仲叔的性情和道上的规矩。首选的漂亮做法，也是早已盘算好了的，他善价倒给了项墨林。淮抚深知此物一入项府，是无论如何也买不出来了。

时间一长，淮抚也就淡漠了这回子事，漫漫消了气。淮抚闲暇时候，又不禁想起这个神通广大的仲叔的种种好处。先前没少从他手里买到好东西，仲叔的卖价还是很客气的，有里有面儿。不由得勾起了许多往事，心内一热，想起前些年看上了江左大藏家朱氏收藏的“龙尾觥”“合卺杯”，雕镂锲刻，真属鬼工，曾出百计、千金而不得。幸亏葆生肯帮忙，能以更上乘的玉料仿朱氏宝藏的这一觥一卺，虽说索价三千，但物超所值。

玉料的材质，张岱说是“水碧”。究竟是海泊而来的绿宝石，还是翡翠、碧玉？明人叫法不同于现代，不得而知。

考“水碧”最早著录于《山海经》：“又南三百里，曰耿山，无草木，多水碧。”郭璞注为：“亦水玉类。”水玉是水晶，水晶无色透明，而仲叔的玉材如张岱以下所记知其色是“鹦哥祖母”，显然是绿色，而且种水之好，是顶级玉料中的绝品，让仲叔撞上了大运气。张岱记此事曰：仲叔“得石璞三十斤，取日下水涤之，石罅中光射如鹦哥祖母，知是水碧。仲叔大喜。募玉工仿朱氏‘龙尾觥’一，‘合卺杯’一，享价三千，其余片屑寸皮，皆成异宝。”

两大件卖给了李三才，余下的下脚料可做玉牌、挂件、耳环等，售价亦昂。所以张岱不无羡慕地夸赞仲叔由此“赢资巨万，收藏日富”。

师傅比徒弟幸运得多，仲叔没有赶上江山鼎革的战乱年代。崇祯八年（1635），寿终正寝于西湖孤山别业，除了贤名盛德远不及他的春秋远祖子路之外，一生优游雅逸，安享富贵。

自甲申（1664）年开始，两年之间，钱塘张家一门日趋衰落，府第也被清廷新贵强占，几代人珍藏的三万册图书，尽数毁于兵燹。

张岱虽不愿做殉难烈士，但国仇家恨无一日忘怀于胸。明亡后拒绝为新政服务，不与亲友中“附逆”之人往来，“披发入山，駴駴为野人”，躲进嵊县西白山中十七年。所存唯破床碎几，折鼎病琴与残书数帙，缺砚一方。他尝尽“瓶粟屡罄，不能举火”的痛苦磨难，却是至老不改书生本色，贫困中完成了自传体明史《石匮藏书》。张岱自述“著作等身”，不过其自信犹在《石匮》一书。流传最广、影响后世最大的，还是他晚年所著《陶庵梦忆》。

淮安裴府可谓一门忠烈，多尔衮兵锋犯境，老大裴林，毁家纾难，组织家丁义勇，奋勇抵抗数日后，终因实力悬殊，无力回天，于藏书楼束衣整冠，手书端楷绝命书，笔笔不苟，依然不肯有一丝飞白。明代忠臣义士，彪炳气节，浩然之气一以贯之，死亡之际，绝命书必以工楷书之，沉雄端肃。心凄惶，志紊乱，心旌有所微动，导致波磔点划，哪怕稍露飞白，数十载修身养性，功亏一篑，真真死不瞑目。士子入仕，一级级由乡试至天子殿试的翰詹大考，一张张考卷全须平心静气，拿出童子功练就的小工楷，一笔笔刻入笺素。不可有枯笔，偶露飞白，必为考官所不赏。此为昔时一代代士子，不可不知的不成文的规矩，生死一以，烈士临节赋绝命诗，书以工楷，岿然挺经，岂可令虚腕飞白，掩袭声华，不欲寄仁人志士之数者也！

裴林鄙视临节畏死，“辞以水凉”的钱谦益，绝命书中有句：“大丈夫为国尽忠，死得其所，何恨水凉！”举火焚烧藏书楼之前，命健仆王六自楼檐摘下王铎所书行书匾额，手持三尺青锋，劈斩数块，犹不解气，恨极王铎变节偷生，死心降清。想起崇祯二年（1629）的交往，更是悔恨交集。当时，位居高位，书名日盛的王铎舟行北下，由金陵抵淮安，一意造访裴府藏书楼，裴氏昆季慕其清望，出郭十里相迎。王铎饱览裴府书楼三代珍藏宋元宝籍后，褒赞之意，溢于言表，推赏之高蹈，足足看了三天，面裴林长揖不已："尊府藏书充盈，文锦机杼，龙文万轴，可谓'神经怪牒，玉策金绳，关扃于明灵之府'，且多宋椠珍本，实不让余姚黄梨州。只是廊庑间，尚缺一匾，余不揣浅陋，当书一横幅，涂鸦之作，献丑献丑！"

王铎诗书，雄冠当代，裴林取之不得，自是欣喜异常，拱手称谢："愿为先生抻纸磨墨。"急呼书童："上佳纸，上高丽发笺。"王铎轻挽袍袖，硕大斗笔濡足墨汁，起笔顿按书一"槐"字，不稍停，一气写下三字，裴林激赏，不禁念出了声："槐林集古。"这四个高逾尺距的大字，不仅雄浑遒劲，更是寓意深雅，大有古典可寻。汉武帝刘彻兴太学，学生至成帝时已达数千，增大了对书籍的需求，于是在太学附近的槐树林里形成了一个定期聚散书籍的集市，称槐市，位于长安城东南。槐市是最早交易书籍的市场，因此槐市、槐林又为最早的书肆代名词。

"秀才人情一张纸"，裴林博学，须臾间找到了表达谢意的最好办法，复命书童裁叠七言对联纸，也要写一副对联，回赠王铎，不忘客套一番："还请觉斯先生，多加赐教多加赐教！"

裴林的一笔米南宫，特见机锋，早为士林称誉。所写联句内容，在王铎搁笔于灵碧笔架山时，已经想好，就写苏东坡《次韵徐积》诗中的两句，最是契合此时情景，以配《槐林集古》，这两句也真是贴切得很："但见中年隐槐市，岂知平日赋兰台。"要知这兰台出典于汉代，为官家藏书之地。一向高傲的王铎读罢，甚是佩服，连称："好极好极！"

往事不堪回首，朱明旧臣，独王铎这厮最称可耻。裴林眼见劈开几块的"槐林集古"匾上的落款"王铎"二字，更觉其奸入骨,狠狠地踩跺了几脚。

暮色合围,黑云压城。这一刻健仆王六飞奔过来,跪在主人面前,昂首大声说道:“奴才眼下还不能陪老爷尽忠,大丈夫不手刃几个贼人,白活一世!老爷您先走好,过会儿再来陪您!”说罢,抓起大刀,一个鹞子翻身,跃出墙垣,扑进清军群中,斩杀军官数人,身陷重围。四面弓箭手,搭箭扣弦,喝令他投降。王六不肯就执,大叫一声:“老爷,我陪您去了!”横刀自尽。

裴林尽焚屋舍后,赴水而死。

裴大老爷死节前几日,严命其弟裴森负起家国使命,化装难民,辗转浙西、浙东,终得跟随南明之际最具号召力的抗清复明志士张煌言,于丙戌航海,共同组织义军。其间三度闽关,四入长江,两遭覆没,首尾十有九年,甲辰就执,不惧清廷威胁利诱,甘愿与煌言慷慨赴死。就义之时的豪迈之状,令敌方的清兵为之钦服。临刑前裴森面无戚色,与苍水先生张煌言远眺吴中的远岫翠微,煌言徐徐诵三字:“好山色!”

天地正气,人间珍奇,劫灰之余,犹有未尽磨灭者。铁梨木巨几迭经三百多年时光嬗递,万分幸运地流传于世,于二十世纪七十年代浮出水面……古典明式家具收藏巨擘金梦匏先生有缘见之于淮北,种种因由,最终无缘得之,写记于《金屑粹珍集》。

半百之期,倏忽而过,再无世人亲见此几,金老辞世前的二〇〇八年,还曾与友人谈及此几,感慨系之于当年实因交通运输不利,失之交臂,铁梨巨几,今生今世恐不复再见,一声长叹,惊了屋檐上的一对燕京名鸽“鹤秀”,公的突然飞起,一叫膀儿,母的随即腾空,比翼盘旋……

张传伦戏说金圣叹

圣叹、圣叹，圣上亦为之一叹！

金圣叹，叹其才气弥天，笔底波澜搅翻史海沉沙始到金。

金圣叹名气极大学问极好。其人声华行远。成名于朱明前朝崇祯末年，清初之际已然上达天听。

金圣叹好批书，崇祯末年推出贯华堂批本水浒七十回。不录宋江等人打方腊之后几十回，可谓独具只眼。

清世祖顺治帝御览群书，喜读金圣叹手批之书，尝与掖廷中书言：尤喜金氏韦然不群之言。天道不公，补不足而损有余。天恩圣眷，实则不曾一顾金圣叹，命耶运耶?！岂料顺治驾崩，圣叹难活！

江南"哭庙"案，呜呼哀哉！千古奇冤，世祖不死则圣叹不死。

圣叹死，其人不死！

人之将死，其言也哀！圣叹将死，其言也谐也谑也幽默！戏哉斯言，不意天下广闻，竟远过于圣贤之所言。

闻圣叹临刑之言，是以知圣叹批书之举，其固具"廓清天下之功，为更奇于秦人之火。”犹不及其临刑之言诙诡怪奇，“吾道一以贯之”，圣叹是其人也。适可翻将“灵心妙舌”于生死一发之际，千古之下，唯圣叹一人尔。

王应奎《柳南随笔》云：

> 闻圣叹将死，大叹诧曰：“断头，至痛也，籍家，至惨也，而圣叹以不意得之，大奇。”于是一笑受刑。

金清美《豁意轩录闻》云：

> 弃市之日，作家信托狱卒寄妻子，临刑大呼曰：“杀头，至痛也，灭族，至惨也，圣叹无意得此，呜呼哀哉，然而快哉。”遂引颈受戮。狱卒以信呈官，官疑其必有谤语，启缄视之，上书曰：“字付大儿看，盐菜与黄豆同吃，大有胡桃滋味，此法一传，我无遗憾矣。”官大笑曰：“金先生死且侮人。”

柳春浦《聊斋续编》云：

> 金圣叹临刑时，饮酒自若，且饮且言曰：“割头，痛事也，饮酒，快事也，割头而先饮酒，痛快痛快。”圣叹平日评诗文每涉笔成趣，故临死不忘趣语。然则果痛耶快耶？恨不起圣叹问之。

此又何必问之，遇至惨之事，偏出“趣语”以玩世，实乃哀大心死之痛言也！

一六六一年金圣叹蒙难之日，康熙七岁，越一载始登基。七岁康熙若知圣叹之名读圣叹之书，一如先帝顺治亦赏其人之大材，亦无从措手救圣叹于刀斧之下，因其并未执政，十四岁始夺回皇权。依康熙之宽仁，时势之变迁，圣叹决无必死之罪，然历史无情之最不可假设者——唯历史不可假设尔。

书生若我早岁知圣叹其人其事，早发心香一瓣，以奉圣叹之灵。孰知“盐菜与黄豆同吃”，有丧心之人，闻此万般无奈之语，竟以圣叹“菜谱”视之，意欲啖之有否“胡桃滋味”？

丧心有如此，一至于斯！可不悲乎？！

金圣叹临死不忘开玩笑之事，孟心史于其所编著《心史丛刊》第二集中收辑最多。然能最可见圣叹是何人哉，何样性情，不才以为当是周作人一九三五年转记清顺治癸卯周雪客覆刻本《才子必读书》上之徐而庵序言。由此序，周作人感佩“圣叹性情处颇多可取”，如云：

> 圣叹性疏宕，好闲暇，水边林下是其得意之处。又好饮食。日则为酒人邀去，稍暇又不耐烦。或兴至评书，奋笔如风，一日可得一二卷，多逾三日则兴渐澜，酒人又拉之去矣。

又云：

> 每相见，圣叹必正襟端坐，无一嬉笑容。同学则道其饮

酒之妙，余欲见之而不可得，叩其故。圣叹以余为礼法中人而然也。盖圣叹无我与人相，与则辄如其人，如遇酒人则曼卿轰饮，遇诗人则摩诘沉吟，遇剑客则猿公舞跃，遇棋客则鸠摩布算，遇道士则鹤气横天，遇释子则莲花绕座，遇辩士则珠玉随风，遇静人则木讷终日，遇老人则为之婆娑，遇孩赤则啼笑宛然也。以故称圣叹善者各举一端，不与圣叹交者同声詈之，以其人不可方物也。

金圣叹遇世上三教九流，不欲自矜自傲，随波逐流，相安相得，不以本尊之相欺人以方。

大不可方，圣叹是其人也！

乾隆御笔“宣风”

说来话长，二十世纪九十年代中期，我和爱新觉罗·毓震峰先生合伙在天津沈阳道开了一爿古玩店。我是法人代表，因为当时震峰在文物部门工作，不便领衔开店。

人有名字店有堂号，给这店起个什么名字好呢？斋室堂号的名称，国人一向十分重视，起码的标准是吉利和顺趋吉介福，如能再从寥寥几个字的堂号中表现出身份、个性、雅好等，那就是上上匾额了。我和震峰都传统都老派，笃信老理方才是摄生撙节为人处世的灵丹妙药。

在当年公认全中国古玩生意最为红火的沈阳道开店，敢不慎重？震峰启检旧箧，真给他找到了一卷老旧裱工的镜心。展开一看，天呀！真是天上飘来一片福云，绢本万字锦裱的横幅上写着“宣风”两个擘窠大字，典雅丰腴，上盖着御玺，是乾隆皇帝亲书的墨宝，震峰家的旧藏。

震峰出身于正宗的天潢贵胄之家，四世祖是道光皇帝。震峰的面相，凡是看过乾隆爷画像的人，都说很随很像这位高皇帝。一直到清末，宗室觉罗王公贵戚之间，但凡遇到好东西言必称“乾隆的”，因为乾隆爷玩物制器最是豪奢，考究得不得了，是要倾国之力来运作的。

未曾想到喜从天降，店的名字拜赐乾隆爷早就起好了。一意托大托福，就叫“宣风堂”吧，“宣风”二字的来历，岂止是“上上”，简直是天大的名堂。这么说没有一点吓唬人的意思，无一丝夸大其词。但凡进过我们店的朋友、顾客，迎面仰头都会看到“宣风”两个擘窠大字的横幅，瑞气满堂，装镶在清末老红木双打洼的画框里，虽说不是原配的官作御制紫檀框，也是苍润雅逸，很是和气。震峰请了他阿玛爱新觉罗·溥佐先生题写了“宣风堂”的牌匾，最为适宜。

当时沈阳道上只有两间大店出租，一间是我和震峰租下的“宣风堂”，另一间是紧挨着的近邻“逸佛草堂”。堂主当然是逸佛先生，先生姓邹，名继东，信佛，礼佛甚为恭敬。一天不知从何方宝地请来一尊高可摩檐的罗汉，皮壳温润雅逸，特制了巨大的玻璃柜子，专为侍候、供奉这尊罗汉大士。继东和罗汉并排站在一块的时候，颇有些互通生气的尊相、态势。一点儿不带开玩笑地说，我总是觉得继东兄的模样身量、行为做派，一定与十八罗汉中的不知哪一位大士奇气暗合。

“逸佛草堂”开张早，匾额是启功先生题的。“宣风堂”开业志喜，继东隆情厚谊，手面之大，立马赠送一对原装老裱的咸丰御笔作为贺礼，手绘蜡笺纸的八言楹联，宸翰宝墨，一看就是清帝的滋润笔法。

我和震峰大喜过望，笑纳没几天，一点儿没客气，送了瀚海的大拍，换了三万五千块人民币这笔钱当时是大钱，楼房便宜的才几百块一平方米。咸丰的御笔搁在现在也不得了,卖了就卖了,也不必瞒着继东,继东知道了,反而为我俩高兴,特别理解好古之士,玩古董字画的,多少钱都不够花的。要不然何以美国人举列世界“十大销金窟”,最大的不是买私人飞机、豪华游艇,而是买古董,一上套便一发不可收拾。

继东和当时的书画大师、鉴定大家启功、徐邦达、范曾诸先生的关系非常莫逆。有一天让他买到了一张启元伯早年的画作真迹,一张三尺的水墨山水条幅,江山清旷,空灵雅隽,颇具六朝烟水气。他当天打车,拿着就去了北师大,请启老旧画新跋长题了好几行漂亮的行书,我见之甚喜,情愿倾囊来买,加润多少随他,终不可得,他新进妙品,没爱够。我兄继东先生自那时在江湖道上,得一绰号“大眼棱”,尽人皆知,数范曾先生叫得欢,是爱称。继东与范公初次相逢,遂即定交,厚贶春秋青铜蟠虺纹大盘一件,范公甚喜,越半载,命我制楠木落地玻璃柜专为供养此盘,现今仍藏在先生京城公寓。

还是徐国栋这人有办法,不知出了什么计谋,自继东手里购得启功的这幅山水画,估计他也没留住,八成卖给日本人了。

一天晚上,我在集贤阁宴请邹兄还有他的收藏家的仁弟,我的“猴弟”李君,我又拉上一位书法家的“猴弟”黄国庆。邹兄属蛇,“三猴戏小龙”,四人都很高兴。尤其是我与邹兄,各因事忙,睽违二十载,然无一日不在念中。此番雅聚,确有兴事,值得飞觞醉月。我的万字中短篇历史考据小说《明代铁梨几》,或可曰“叙事文化大散文”,费思十日,于当日清晨定稿席上继东还要面授机宜。仁兄豪情,“大眼棱”风神依旧似当年,只是宽硕的脑门愈加明亮,“亮子他哥,更亮”。继东自此得一雅号“更亮”,左文襄公宗棠自号“今亮”,显见得是从诸葛亮化来,亮亮堂堂一定是旺家、旺国的气象。

席上说起那幅“宣风”,乾隆皇帝宣风宣雨宣化万民,和风竟亦飘至沽上潘三宝民府第,震峰五百万人民币卖给了潘氏三兄弟中的老三。

行三儿的都机灵,潘三宝民玩紫檀黄花梨发家,梅江豪宅中满堂的清宫御制家什古董,壁上就缺一幅乾隆御笔。三儿多精明,买御笔就从王爷手里买最保险,也最有面子。早就知道“宣风”在八爷震峰府上,宝民心机很细,刷卡之前询遍沽上字画玩家,每人至少通电“凿吧”三次。打到继东手机上,继东据实相告:“乾隆皇上的真迹,又从王爷手里买到,是福气,能买到就好,假了,把我的房子送你……”宝民这才踏实,五百万到了八爷卡上。

五百万花花用用真舒服。眼下时日,气象预报很准,八爷用不着宣风宣雨宣雾霾了,至于宣没宣、宣了几个小窑“细粉彩”,八爷能跟别人说吗?点到为止,适可而止……

“三坟五典、八索九丘”究竟是指哪几部书

林则徐最著名的联句一定是：“苟利国家生死以，岂因祸福避趋之。”感动国人一百多年，也是我最早读到的林文正公的联句，意思也全懂，只有这位为国兴利除弊、虎门销烟的民族英雄赋此诗章，才令人心服。

大约十多年前，又读了一对十一言对联：“此地有崇山峻岭，茂林修竹；是能读三坟五典，八索九丘。”书上说此联作者也是林则徐，我没有考证，林则徐书过此联则无可怀疑，我自然是大为欣赏，上联全明白，作者省心省力，十一个字竟然、竟然可以完全取自王羲之的《兰亭集序》，妙在有本事对应下联，下联是否巧对史上某位大师的名句，恕我浅学不得而知，知之为知不知为不知是知也！

“是能读”后的八字“三坟五典八索九丘”，我非但不知取自何处，只知大概其之意是指古书，具体而微的机要，不甚了了。先后问过好多比我学问大的人，不知而强知者、故弄玄虚者、顾左右而言他者，不一而足，都恕我领悟的理解力太差，始终不明就里。从此不敢再言此联，连累了书写此联之兴顿减。

两日来又读闲书又上网，获知不少，冰心老人喜对联，习集了不少的古今名联，也很是喜欢这对十一言联，出乎我之意料

是，文学大家的冰心竟也不知“三坟五典八索九丘”，实指是哪些古籍。冰心敏学，一定查过《辞源》《辞海》等工具书，亦不得要领，奈因《辞海》释“坟”字，字意阐述详达，提到“三坟五典”，却未能明确指出哪三部书是“三坟”，哪五部书是“五典”。只是有记“三坟五典”泛指古书而已。

“坟”本是指高出地面的土堆，郑玄注：“土之高者曰坟。”当代人大多只知是指坟墓。“坟”在许多古文中专指水边高地，有高起、隆起之意，《孔传》：“色黑而坟起。”明人记灵璧石上隆起之石纹曰：“白脉坟起。”“坟”有大之意，比如“坟仓”，指古代设在京城中的大谷仓。“坟”字以喻文，必是大著作。《后汉书·赵熹传》：“敷玩坟典。”《后汉书·李固传》：“遂究览坟籍，结交英贤。”

纵是古今英贤，亦鲜有淹通如张岱之博雅者。我的明末老当家陶庵张岱，于其所著《夜航船·文学部》中考证“三坟五典”“九丘八索”，晓畅明白，言之凿凿。昨晚夜读此章，尽悉妙诣，快慰至极！真庄生所谓大惑终身不可解者，今日得解。兹请全文照抄，不耽腕疲，不吝广而告之如下：

> “三坟五典：三皇之书曰《三坟》，五帝之书曰《五典》。《抱朴子》云：《五典》为笙簧，《三坟》为金玉。少昊、颛顼、高辛、唐、虞之书谓之《五典》。坟，大也。三坟者，山坟、气坟、形坟也。山坟，言君臣、民物、阴阳、兵象。气坟，言归藏、发动、长育、生杀。形坟，言天地、日月、山川、云气，即伏羲、神农、黄帝之书。”“九丘八索：九州之志曰《九丘》，八卦之说曰《八索》。”

插花宁叫“花艺”不可叫“花道”

邻邦日本人，特别喜欢将从中国学走的各门类文化艺术，如书法、剑术、棋艺、花艺、香艺、茶艺……通通叫作书道、剑道、棋道、花道、香道、茶道……

“道可道，非常道。”岂可兀自称道？十年前，听一位喜爱中国书法的日本人说起日本的“书道”，大意是：日本称从中国学来的书法叫作书道，乃因是有所改良，没有遵照晋唐之法来书写，不好称为书法的。这话颇有几分靠谱。于是我接过话茬说，贵国的“书道”可以完全按照个人性情来写，写着高兴，看着好看，不妨叫“美术字”。

这个日本人听了我这一番话，似懂非懂地点了点头。他同意不同意，我一点都不在意。此后，倒是让我对日本“书道”一词不那么反感了。仍须补上一句的是日人中确有恪守中国传统书法规范的书写者，尤其是老一辈方家会写小端楷的大有人在，讲求法度，适可称为书法。

无论是中国人还是日本人，毛笔字写得再漂亮，也不可妄称“法书”。何人之书，可称“法书”？只有晋之二王父子、唐四家及发明“瘦金体”的宋徽宗可称“法书”。

赵佶之后，再无一人可自成一体，可为天下法的“法书”，徽宗实乃最后一位开山立派的大家。有所释怀，我总算多多少少认可了日本人的“书道”一说。至于其他的这个道那个道，至少我不会那么叫。比如他们所谓的“花道”，非关小道，偶一思及，我便不爽，想起世间最煞风景的“焚琴煮鹤，花间喝道……”想起名士悦倾城的花界青楼，更糟糕的是很容易想起“采花大盗”。哪怕是想起一出京剧《盗仙草》，恐也不妙，仙草也是花呀，真真唐突了吾华花艺高雅典丽的精神气质。

日本的花道溯源于中华的传统插花艺术，最初来源于隋代的佛堂供花。日本民族崇尚以强者为师，自隋高祖开皇二十年(600)至唐昭宗乾宁元年(894)，近三百年间，日本曾先后派来中国的“遣隋使”“遣唐使”，共有二十二次之多。究竟是在先前具体的哪一次哪一年将中华插花艺术传到日本不可遽定，其在隋代公元六百多年间，则无可怀疑。

一千几百年的时光嬗递，日阳月阴，滋润出日本花道的各种流派，一如日本引进中华许多文化艺术、生活工具一样，非加改造不可，一定要打上强烈的大和民族个性的烙印。

一个连中式筷子也要变易成尖头的民族，将中式插花弄成今天的花道规模，固与日本人做事认真履行了“吾道一以贯之”有关。虽然，窃以为将筷子削尖有一利，更有一弊：易于插起食物，而实际功效又远不及刀叉，却有伤于中国筷子的古雅文明。细滑的食物很难夹住，几欲“投箸不能食”。揆诸日本花道的特质，是“冷逸孤峭，好在合气于日本庭园的禅意幽独”。峭是好的，峭如雪后晴山，松柏耸翠，劲枝横斜，带有几分灵逸之气，然终不及中式插花的宏深清雅。纵使是中式插花最寻常的瓶插，业经文士措手，雅如商彝周樽，斑痕陆离，设之几案间，令人神游三代之上。

宋元明清士大夫阶层的名士名姝，妙诣高蹈，风流醇古，宜其秀而远、隽而永，端得以三代、春秋战汉年代的青铜器充作插花之花器。举凡插花“六器”，皆可从青铜器中的鼎、罍、壶、樽觚、盘、瓶、瓿中，寻到最高古典雅的样式。日本花道所用“和器”差之恒远，非徒无此美器，实则无此古雅之美。

“禅房花木深”，日本的某些艺花专才，于精舍茶室布置花道，尝与香道并举，“瑞脑消金兽”，自以为高雅，实则大谬！殊不知焚香过程中会产生乙烯和其他有害于花朵的气体，加速花朵的衰败，即便是熟透的水果释放出的乙烯，也会导致同一室的花卉早衰。中国的师傅老早就教过日本人，憾其记性太差，合该记下一顿手板，待我先且做回文抄公，普及一番常识如下：

> 花下不宜焚香，犹茶中不宜置果也。夫茶有真味，非甘苦也，花有真香，非烟燎也。味夺香损，俗子之过。且香风躁烈，一被其毒，旋即枯萎，故香为花之剑刃。棒香、合香，尤不可用，以中有麝脐故也。

“酒干倘卖无，酒干倘卖无……”窗外收酒瓶的吆喝声，一声紧过一声。身着宽松黑色衣裤的女歌星苏芮也在电视机里激情演唱，一声低似一声：“酒干倘卖无，酒干倘卖无……”卖它作甚。董存爵饮罄之酒瓶不曾卖过，亦不肯丢掉。先生信手拈来“酒干”，移作瓶插。文人的书房太肃静，文人的书案太古板，文人的情趣不可少。奚若“书似青山常乱叠”，单调的书案余下错落有致的文房四宝，好似高低大小，或宽硕或细劲的峰石，有瓶插款置，平添粲粲生气。但需缤纷五彩的奇花异卉，亦要吐露芬芳的坡兰涧蕙，呼吸涵泳之间一半是书香一半是兰馨。

董存爵先生坐在书桌前，执笔给朋友回一封信，顺手成就了一篇妙文《得友人信戏作》。始知先生瓶插之趣，匠心独运。信是夜阑时分，“灯如红豆最相思。”“一样是那张面壁的书桌，案头空酒瓶里才插上几枝疏疏落落的嫩黄小苍兰，情调韵味就浓了不少。”“灯一亮，书案三边墙上挂的那些画，仿佛也给小苍兰的暗香熏得半醉半醒……”

北宋高贤欧阳修是莳花弄草的“老花匠”，花艺不免太过豪奢：“插花百瓶，醉饮其间。”不知花香醉人还是酒香醉人。读欧阳修的一首诗，知晓百瓶插花的花材一定采自他家私园，士大夫阶层的人家莫不如是，诗曰：“深红浅白宜相间，先后仍须次第栽。我欲四时携酒赏，莫教一日不花开。”花气一路熏蔚，千古文人一路醉倒。管他春夏与秋冬，管他醉花与醉酒。戛然而止，意犹未尽。芜文闲叙至此，本应搁笔，洗洗睡了，叵耐诗思不肯饶我，忽然涌起两句唐诗：“醉卧沙场君莫笑，古来征战几人回。”

我不禁肃然起敬，珍惜和平的日子吧！朋辈宴酬，高情云上！只要大家高兴，还有接杯酒之欢，能不感恩罄折者三。

美人只向晚明求——名士悦倾城

晚明的名士悦泽一顾倾人城的美人，绝非夸张，再顾倾国的绝色，也不乏其人。名士悦倾城的含义正是如此。

美人只向晚明求，概指明清鼎革之际，南都金陵、魏塘、云间活跃着一大群鲜活明媚的绝色美人，用色艺双绝来形容她们，不免失于轻亵，流于不察。她们中的许多人出则胜流堂上，檀板金樽，极擅胜场，风调皎爽而不韦。入则为名士佳弟子，以师生之义，砥砺品格，兼以男女私情，因缘翰墨，渲染歌赋，“乐府新翻《红豆》篇”。

名媛高贤，风流蕴藉。然而，她们不是追逐裘马轻狂，只争缠头的歌女秋娘。国难当头，外侮当前，临大义，她们中的佼佼者，豪言义举，足堪垂范千秋，可为名士之师。

崇祯戊寅、己卯、庚辰三年，是明代百毒俱发、势之必亡之时，而南都的繁华，却更胜于昔。此不可简单论之以畸形繁华。当其时，无人能挽狂澜于既倒、扶大厦之将倾。江南名士中具清醒头脑者，深知国事之衰败，有如鼎沸之鱼，不堪收拾，徒做无用之功，何如醇酒妇人，可令一时陶醉。

这些妇人又非寻常好，她们世受君恩，早生临节尽忠，以死殉国之念。此刻，于江南的温山软水间，艳帜高扬的秦淮名姬隔江所唱的，并非是陈后主的《玉树后庭花》，她们“壮怀激烈”的情感丝毫不逊于她们的老师兼情人的旷代众名士。“秦淮八艳”中的柳如是、李香君柔情似水，志忠爱国，体国之痛，超过无数食君之禄的高官显宦，也曾是她们昔日的夫君。

她们情愿为之一死的大明王朝又给了她们什么？！她们却义无反顾地以一死去殉这个曾给她们带来无尽屈辱伤悲的王朝。柳如是的画舫，依旧荡漾着江南的绿波涟漪，不肯去京城做清廷的新贵。李香君不惜血溅桃花扇，力图警醒侯方域。待侯生转过神来，悔之晚矣！他痛悔不已，作《壮悔堂记》痛言：“壮果能悔，其上愈诸；犹但恐余之不能悔也！”侯方域事新朝，不得不屈己曲意输诚以自保，“但为新朝谋划及颂扬的文字，已传播于天壤之间而无所逃，百计思辨，终有着不得力处”。史学家说：“侯方域内心的痛苦，实过于吴梅村。”侯方域于清初顺治十一年十二月底，以三十七岁的壮年，遽尔下世。说他抑郁以终，或者愤恨以殁，皆无不可。晚明的名士，以“明末四公子”——方以智、陈贞慧、侯方域、冒辟疆四人领袖群伦。

“公子”是乃古今沿用不替之称谓。公子之名，由来已久。最早见于《诗经》，如“振振公子”。《仪礼》释“公子”：“诸侯之子称公子。”扩而大之，则达官贵人，社会名流之子嗣，皆可称为公子，于今犹然。公子之名又岂可胡乱称呼。公子有真假之分，不学少教之纨绔子弟必是假公子。而不辱家风，振振若飞，文采斐然，烛照当世，众皆称羡者，可为真公子。古今四公子，除战国末期之四君：孟尝、信陵、平原、春申之外，人品高洁，又复多姿，文采风流，冠绝一时，声闻遐迩者，属明末四公子。四公子的声名鹊起于晚明国势衰败之时，明思宗苦撑庙堂，大厦扶倾，谈何容易?! 南闱的乡试，却是一如既往地大事操办。崇祯己卯(1639)，江南王谢子弟、东林孤儿，联翩入场。或许是魁星不肯照应，四公子中的陈贞慧、冒辟疆、侯方域皆名落孙山，桃叶渡——名士名媛霸陵折柳之地——却一点儿不冷清。

“崇祯十五年(1642)中秋，在桃叶渡水阁为冒辟疆、董小宛预祝良缘的公宴，裙屐联翩，为一时盛会。自此以往，风流云散，为秦淮艳迹盛极而衰的起点。”明末四公子中，最数冒辟疆俊秀漂亮，也最“高冷”，时人有谓“冷面铁心”。董小宛却对冒辟疆可谓深情专注，而冒因家运不振，似对小宛系情不温不火，惹得江南士夫族群，包括豫省的同社都有点看不公了，纷纷力挺董小宛，为之延誉不遗余力，“咸为赋诗作画以坚之”，方才促成“预祝良缘的公宴”。说是“公宴”，就是大家凑的份子银，成就了好事。明末四公子中年龄最长者为陈贞慧，四公子中以他家世最贵，左都御史陈于庭的儿子，明代的巡按御史“代天巡方”，权威极大。陈于庭极方正忠直，“巡按各地，裁抑豪强，所至有声。立朝则天启不附魏忠贤，崇祯不附周延儒”。四公子之间家世上溯几代皆有渊源可寻。侯方域、陈贞慧两家，论起来是三代四辈的交情。侯方域的祖父名执蒲，两榜出身，官至大常寺正卿。敢斗魏忠贤，魏大怒。“侯执蒲见机，辞官而归”。

“在朝时，陈贞慧的父亲陈于庭，当吏部左侍郎，与东林巨头高攀龙、赵南星，并负重望，对侯执蒲颇有照应。”由此，可寻出一处端倪，既然侯方域祖父与陈贞慧之父是官场同僚，贞慧自是长方域一辈，无可争议。更可为茶余酒后谈资的是陈贞慧的情人贞丽是侯方域情人李香君之养母。

此情由侯方域道来，见于侯为李香君所作《李姬传》："李姬者，名香，母曰贞丽。贞丽有侠气，尝一夜博，输千金立尽。所交接皆当世豪杰，尤与阳羡陈贞慧善也。姬为其养女，亦侠而慧，略知书，能辨别士大夫贤否。张学士溥、夏吏部允彝急子称之……十三岁，从吴人周如松受歌《玉茗堂四传奇》，皆能尽其音节，尤工琵琶词，然不轻发也。"

李香，即李香君。香后著一"君"字是尊称，类李云呼为云君。李香君固是美女，"能辨别士大夫贤否"，必是读书知理的才女，"亦侠而慧"，侯方域"侠"后缀一"慧"字，可知香君并未随其母而有豪赌一掷到底之性。而侠女之谓于香君则无些许愧色，盖有深情且明大义，正古今美女之伟丽者。

美女有才华有清气有静淑之气，已属难能可贵，又具侠气，这女人当是天地间至稀绝少的尤物。崇祯己卯年(1639)，侯方域与李香君于金陵相识。侯生为之诗，香君歌以偿。

时有阮大铖，阿附阉竖，为清议所严斥，陈贞慧、吴应箕击之最力。阮大铖与侯方域之父侯询曾有旧交，欲求侯方域为之转圜。若无李香君一番话，方域险些中套，被阮所利用，始知香君真具一双辨别士大夫贤否之睿目。

香君私语告诫方域曰："我少即从母亲识陈贞慧，其人有高义，又闻吴应箕铮铮铁骨，都与您友善，不必结交阮氏而负陈吴两至交，依您的出身世望，安能事阮氏?！侯公子读万卷书，所见岂后于贱妾耶？”

侯公子大呼称善，纳香君之语，大醉而酣睡。尚有一二事，更见香君大义高情。时不久，侯方域科场失意，最堪姬人抚慰之时。李香君“置酒桃叶渡，歌琵琶词以送之。曰：‘公子才名文藻，雅不减中郎（蔡邕）；中郎学不补行，今琵琶所传词固妄，然尝昵董卓，不可掩也。公子豪迈不羁，又失意，此去相见未可期，愿终自爱，无忘妾所歌琵琶词也。妾亦不复歌矣！’”。依李香君之明慧，多少看出了书生侯方域软弱的一面，善言劝诫侯方域有前车之鉴，莫蹈蔡邕后辙，当重名节，不令声华自弃。平生不轻发之琵琶词，今朝离别轻拢慢捻，从此广陵散绝，不复歌矣！

而侯方域亦深自痛悔于大节有亏，尤其是得知别后，有开府大官田仰，以三百金锾邀香君一见，香君固辞。田仰惭且怒，言语中伤，香君慨叹向田仰曰：“田公难道与阮大铖一般？！我一向为何向好赞美侯公子，您难道不知？我今日收受此金而赴约，是我卖侯公子矣！”

侯方域三十七岁早逝，甚与其深自内疚有愧于香君厚望深情而至者多矣，才子实不该有负佳人！侯方域以明朝遗少，孟浪赴清朝试而猎其官，此其深悔之大端。终日缠绵沉痛，摇影不去，历历如在目前的必是李香君的《桃花扇》。

晚明的公子亦不乏慷慨悲歌的奇士。柳如是有幸遇之者有二：陈子龙、李存我。

陈子龙，字大樽，号卧子，松江人（今上海），明代文学家，著名爱国诗人，抗清义士。清末，王国维著《人间词话》，曾引用卧子论诗精义，借以阐明自己的美学思想。崇祯五人，经友人介绍，柳陈相识于吴中南园（南园为李存我私家园林）。一心爱慕才俊的柳如是热烈地爱上了陈子龙，不嫉子龙已有妻妾，倾心撰著《男洛神赋》呈献子龙，直许其为爱情的理想化身。此后二人诗歌酬唱，交往密切，情感日增，于崇祯八年（1635）燕尔同居。怎奈子龙祖母古板老派，嫌如是出身卑贱，有辱家门，不准爱孙与如是往来，纳作外室。可怜如是欲求侍妾之位竟不可得，又恐妨碍卧子仕途，唯劳燕分飞而已……

李存我，是柳如是的书法老师，其书法之精妙不让董其昌。王应奎《柳南续笔》“李存我书”条云：“云间李待问，字存我，工书法，自许出董宗伯（其昌）上。凡里中寺院有宗伯题额者，李辄另书，以列其旁，欲以示己之胜董也。宗伯闻而观之，曰‘书果佳，但有杀气，恐不得其死耳’。后李果以起义阵亡，宗伯洵巨眼矣。又宗伯以存我之书若留于后世，必致掩己之名，乃阴使人以重价收买，得即焚之，故李书至今殊不多见矣。”“殊不多见”，不至于不得一见。

去岁戊戌，日本横滨国际拍卖，竞拍场上惊现李存我行草条屏一幅，底价仅为人民币一万八千元。我以图录观之，立判为真迹无疑，电话委托，俟开拍，不到一分钟，多位买家踊跃竞投至三十万元。我始料不及，先前以为知董者多，知李者稀，痴思可以买漏，心里价位十数万元顶天，没想到在场上热氛的烘托刺激下，三十万了。我仍想最后一搏，实已强弩之末，勉力举至三十八万元，没忘摸摸钱包薄厚，气为之一泄，放手……最终落槌价加佣金已逾人民币五十万元。如此高价，始料不及，好事哉！李存我、柳如是有灵闻之，自必莞尔。

其昌尝谓存我“书果佳，但有杀气，恐不得其死耳”，又何尝料到自身不俭，招致豪宅被乡人焚毁。恶有恶报，屡试不爽。又据曹家驹《说梦二》“黑白传”条载：“董玄宰（其昌）所题衙宇寺院匾额，亦曾被人焚毁殆尽。”然今董字传世者尤比李字为多，故李字尤特珍贵，天经地义，理应如此。

晚明名士之奇节奇事，今日尤不可解者甚众。“最可玩味的一件事是以钱牧斋（即钱谦益，晚年娶柳如是为续弦夫人）于冒辟疆有恩，竟不通往还，则其人行谊，必有大欠缺之处。”“冒辟疆殁于康熙二十二年（1683）十二月，享寿八十三岁。一生屡遭家难，其幼弟竟欲杀之，不知是何孽缘？”写此芜文前一日，书生若我，业曾与一南国名媛言及亲情未必可靠，可恃者唯道德高尚所能信服之。

人生不可解者多矣，又有冒辟疆如何得识董小宛，亦夫有趣，复可借此，见著明末四公子之间大有缠绵不已的韵事存焉。冒辟疆始见结识董小宛，是方以智的推荐，为何方以智未以董小宛早生情愫，而是将绝色让于辟疆让他欣赏？此中情由原委，又请何人解之？析之？

冒辟疆，人长得最帅书法也漂亮

老早就想收藏一幅冒辟疆（襄）的字，无奈其人名气太大，明季之后，仿冒他的假字伪书太多，充斥厂肆坊间四百年至今未绝。“寻寻觅觅”，冒辟疆的字我找了三十年。这期间，我一点儿不着急，还要借用李清照的四个字“冷冷清清”。这种心境也最合乎收藏雅道，躁竞火大，急火火地去买古玩字画，一不留神，有多少钱也不够造的。

一物一主，造化灵淑，是你的早晚归你，然必待人而显，不遇知音，则其奇终晦。

二〇一八年春，奇缘骤降。传伦夙愿得偿，于日本横滨国际拍卖会上经几轮竞投，竞得冒辟疆行草条屏真迹一幅，不唯伦之幸，亦襄之幸也！我慕辟疆久也，若起复襄公于地下，亦必揖手许我为异代知交！

冒辟疆，名襄，别号巢民，如皋人。少年英才，十岁能诗，董其昌为之作序，书法亦学董其昌，别有风采。董其昌书法家字，冒辟疆文人字，韵致幽淡。据说擅持斗笔作擘窠大字，世人多宝之。四百年时光嬗递，辟疆大字法书，不知幽隐何处，时人憾不能见，条幅、中堂多书以密字，以自作诗赋为主题。著作亦丰，有多种诗文集传世，最称遐迩传颂的是薄薄的小册子《影梅庵忆语》。

传伦少读襄公《影梅庵忆语》，于男女情事，处于似懂非懂的懵懂时期。及长，每每展卷览阅，辟疆此《忆语》追忆与爱姬董小宛自初始识至死别，九年之间的患难真情，足称哀感顽艳，诚天下第一情书。后人谓襄公是乱世中一大有福泽之人，享高年、享清福、享大名。我甚至以为冒辟疆得享大名，其中十之六七端赖明末清初最具传奇色彩的绝世佳人董小宛的成全。

明末美女真正可称倾国的绝色不外二人，一为董小宛，一为陈圆圆。清初顺治帝“出家”，系因情困小宛，可谓“倾国”。小宛是否即顺治之董鄂妃，对此，史学界其说不一。孟心史著《董小宛考》《世祖出家事考实》，力辟其诬，考证董鄂妃另有其人。《清史稿》本传记“襄即隐居不出，名益盛。督抚以监军荐，御史以人才荐，皆以亲老辞。康熙中，复以山林隐逸及博学鸿词荐，亦不就”。“冒辟疆不是淡泊自甘的人，自谓‘名心’甚重，而居然不做清朝之官，以隐士著称，实有不得已的苦衷。人人可做清朝官，只有冒辟疆因为董小宛入宫的缘故，不能受清廷的征辟，否则就太没有骨气，连立足之地都没有了。”何以在“明末四公子”中襄之名气最大，非以学识宏深远在那三公之上所可成之。一言以蔽之：人太帅！

美女更其爱慕有绝世风姿的美男，尤其是当这个男人又是一位才华卓异的奇才。此情千古不易，民国才女赵萝蕤爱上了陈梦家，晚年记者采访，问她怎么就爱上了家境并不如赵家的梦家，此一问一定勾起了赵老太太美好的回忆，她说："陈梦家漂亮。"想知道冒辟疆有多漂亮吗？看看他的好友，与之有金兰之交的明末名士张明弼对冒辟疆风采的深刻形容："其人姿仪天出，神清彻肤，余尝以诗赠之，目为'东海秀影'。所居几女子见之，有不乐为贵人妇，愿为夫子妾者无数。"女子见过冒辟疆，不愿嫁入富贵之家，甘心做冒辟疆的侍妾，可不是明弼替辟疆吹牛，绝非谀辞。

前文述及明季有两大倾国绝色董小宛、陈圆圆，世间多知冒辟疆与董小宛的关系，罕有知之冒辟疆与陈圆圆亦曾有嫁娶之约。愿为夫子妾者，竟有令吴三桂"冲冠一怒为红颜"的陈圆圆。吴梅村有赞美陈大美女的《圆圆曲》："教就新声倾座客"，说圆圆台上的风采迷人，歌喉美妙。陆次云作《圆圆传》亦谈圆圆擅歌，尤好淡妆，于美人堆中，独见韵致："群姬调丝竹，皆殊秀，一淡妆者统诸美而先众音。"

上之所录皆不及冒辟疆《影梅庵忆语》所记初见"陈姬"，即圆圆之印象："其人淡而韵，盈盈冉冉……真如孤弯之在烟雾。是日演弋腔《红海》，以艳俗之剧，乃出之陈姬身口，如云出岫，如珠在盘，令人欲仙欲死。"

遗憾的是，辟疆未及下聘，陈圆圆已为"窦霍豪家掠去"，辟疆闻之惨然。我言《忆语》是情书，是写给爱姬董小宛的，大抵不错，然而也是写给陈圆圆的，《忆语》中多处出现"陈姬"，言极温婉殷勤："至果得见，又如芳兰之在幽谷也。"不论与小宛如何缱绻，辟疆又如何忘得了独出冠时花明雪艳的陈圆圆。但小宛才是他生命中的守护神，辟疆初识小宛，先自生出无限爱怜之意。

时在崇祯十二年(1639),当日,董小宛浓睡不消残酒,鬟婢扶出曲栏,仿佛惊鸿一瞥,《忆语》记小宛“面晕浅春,缬眼流视,香姿玉色,神韵天然,懒慢不交一语。余惊爱之,惜其倦,遂别归”。

冒、董第二次见面简直神奇,恍如三生的命定,初见之时,小宛碍于醉眼迷离,这一次一见辟疆,便觉“神怡气王”,甘心“愿为夫子妾”。“崇祯十五年(1642)中秋,在桃叶渡水阁为冒、董预祝良缘的公宴,裙屐联翩,为一时盛会。自此以往,风流云散,为秦淮艳迹盛极而衰的起点。”

崇祯十六年(1643)三月,董小宛始得“入门”居侧室。《忆语》中记小宛归冒家水绘园后,先称其德后称其才。然而闲雅安逸的日子并不久长,世人谓辟疆乱世中一大福泽之人,也未必全然如此。

董小宛随冒辟疆避难避仇避兵,历尽人生坎坷,还算不得最为锥心的磨难。此其间辟疆“五年危疾者三,而所逢者皆死疾”,得必死之病,而起死回生,小宛的爱是回春之术,精心侍奉。病中的冒辟疆因病痛而失常性,时发暴怒,每遇此情,小宛疼爱不已,百般抚慰,用辟疆的话说是:“唯跪立我前,温慰曲说,以求我之破颜一笑。”九年相聚,虽曰伉俪情深,得享清福的日子真的不多。冒辟疆不得不感慨:“余一生清福,九年占尽,九年折尽矣!”

董小宛这个如夫人,冒辟疆真真娶得太值了。“襄无小宛何以致大名!”此言不虚,且与辟疆无伤,实乃才子佳人千古之传奇!我慕辟疆三分,二分在小宛。甲申之年,神皋横溃,江南士族感国破之哀痛,水绘园风景殊甚,辟疆举目见山河之异,不能造哀临文，久不操觚，偃苍波于楮上，颖毫之色黯绝。

自一六四四年之后，冒辟疆几无雪夜咏梅之作，忆昔故家园池亭馆之胜，诗酒流连，名士悦倾城，辟疆固一代清贵之雅士，玉树临风。鸣凤喜栖枝头，名媛如董小宛、陈圆圆何其清高，纷纷上赶着亲近，辟疆本性又何其高傲，冷面铁心，更令佳人春心萌动，不可自持……

明代四公子中属辟疆最有女人缘，此非辟疆精娴驭女之术，自然流露的“高冷”气质，乃他人格魅力的重要一端，起着主要作用。如若不然，佳人当不会如此情深神迷。男士对女人冷淡些，不必忧心“远则怨”，许多时候“欲擒故纵”之术挺好使，可我总是学不来，性情使然，不学也罢。

辟疆终归对得起小宛，小宛爱月爱梅，辟疆从此很少月下赏梅之雅集。

横滨拍卖竞得此幅冒辟疆行草书条屏，纵六十六厘米，横二十八厘米，绢本上书其自作七言律诗一诗，是乃友人邀辟疆赏梅时即席而作，落“巢民老人冒襄”款。钤章两方：“巢民冒襄之印”“辟疆”。